희극이 참여한 변주곡, 비극

제3의 장르를 찾아서

- 셰익스피어 다시 읽기

희극이 참여한 변주곡, 비극

제3의 장르를 찾아서

- 셰익스피어 다시 읽기

이 노 경

 한국학술정보㈜

You have to submit to the huge power of the genre
you are in. Genre really does determine outcomes.

- Martin Amis

서 문

● 장르란 무엇인가?

문학 이론에서 장르는 아리스토텔레스 이래 서구 문학 담론의 기본 전제로 자리 잡으면서 비평이론과 창작과정에 영향을 주어왔으나, 정작 장르에 대한 정의, 유효성, 목적 등은 여전히 되풀이되는 논란거리임을 부인하기 어렵다. 1908년에 헨리 제임스(Henry James)가 "문학의 생명 그 자체가 바로 장르다"라는 말로 장르를 긍정적으로 해석하고자 했지만, 낭만주의와 모더니즘의 일반적인 분위기는 작가의 자율성과 텍스트의 독특함, 창조성, 자기표현을 장르가 위협한다고 생각했다. 이에 발맞춰 장르에 대한 부정적인 견해에 집착, 장르에 대한 인식은 지속적으로 부식되어왔고, 장르를 의도적으로 배제하거나 의식하지 않으려는 움직임이 압도적이었다. 더 나아가 많은 비평가들이 장르 해체를 주장하며 장르를 대체할 개념을 찾는 일에도 머뭇거리지 않았다. 그러나 20세기 후반에서 21세기로 바뀌는 시점에 장르에 대한 거부감과 저항의 기운은 한풀 꺾이었고, 장르에 대한 호의적인 접근 시도가 번번이 눈에 띤다. 간만에 부정적인 뉘앙스를 벗고, 규정과 배제적 요소가 아닌 기회와 가능성을 도모하는 에너지로 새로운 해석이 이루어지고 있다. 즉 사회, 문화, 역사, 정치 등 수많은 요소의 불규칙적 조합의 결과인 하나의 문학 작품의 모든 의미를 파악해 내는 데 적극적인 도움을 주는 수단적 의미가 강화되었다.

 이러한 과정을 읽어낼 수 있는 한 단면으로 문학비평에 있어 장르를 정의하고 해석하는 데에 다양한 관점과 접근방법의 시도가 이루어졌다는 점을 들 수 있다. 어느 문학 용어 혹은 이론 못지않게 논쟁의 소지가 많은 장르라는 용어는 이미 쏟아져 나온 수많은 비평서와 이론서와는 별도로, 현재도 그리고 앞으로도 다분히 매력적이고 지적 호기심을 유발하기 충분한 문학의 무시할 수 없는 한 부분이 되리라는 예측 또한 어렵지 않다. 그러나 사전처럼 두꺼운 책 한 권으로도 결코 명쾌한 답을 구하기 쉽지 않은 것이 바로 장르라는 용어임에도 불구하고, 장르라는 개념은 생각보다 일반적으로, 대중적으로 특별한 의식 없이 일상생활과 언어생활의 일부가 되어 있는 것 또한 사실이다. 매일 접하는 신문 지면의 표제에 실린 '비극적 사고'라는 단어를 보고 사람들은 죽음을 연상하고, '어떤 사람의 행동이 다분히 희극적이다'라는 말을 들을 때는 자연스럽게 웃음을 자아내는 행동을 떠올린다. 어느 영화감독이 자신이 연출한 작품을 평하면서, 자신의 영화가 "역사적 비극과는 다른 서사적 로맨스이고 …… 영화의 목적은 관객에게 압도적인 카타르시스적 감동의 경험을 주기 위한 것이고 …… 진정한 사랑이야기이다"라고 말한 이면에는 분명하지는 않지만 듣는 사람과 공유된, 보편적으로 받아들여지는 일반화된 장르 의식이 존재하고 있음을 엿볼 수 있다.

 장르는 문학의 생산자와 수용자 모두가 공유하고 있는 문학을 해석하는 기본 공식이다. 문학 작품을 만드는 사람이나 그것을 보고 느끼고 생각하는 사람이나 모두 잠재적으로 장르 의식을 지니고 있다. 작가는 각 장르에 속한 기존의 비슷한 작품들의 기법을 모방하거나 기존의 영향력을 의식하면서 창작에 임하게 되고, 독자 혹은 관객 역시 "기존의 양식과 기법, 전개를 의식하며" 작품에 대한 기대의식을 만들어 가면서 작품을 이해하게 된다. 장르는 인간의 분류하려는 속성과 맞물린 인간의 본능과 직접적인 관계가 있고, 이러한 분류의 본능이 장르라는 개념의 시작이라 할 수 있지만, 장르는 이러한 단순 분류 기능에 머무르지 않고 그 이상의 무언가를 제공한다는 점에서 의미 분화를 시작한다. 장르는 결코 분류를 위한 틀이 아니므로, 고정되고 제한적인 분류의 도구로서 장르를 정의하려는 것은 아무런 의미가 없다. 장르의 가치와 의미는 문학의 생산자와 수용자간의 끊임없는 상호작용을 통해 생성, 발전되고 장르에 대한 다양한 접근과 해석을 통해 문학은 새로운 의미와 모습을 갖게 되기도 한다.

분명 장르 혹은 종류는 분류하고 구분하고 목록화함으로서의 편리함 이상의 그 무언가가 있다. 장르는 문학을 생산하는 사람에게 있어서나, 그 결과물을 수용하는 대상에게 있어서 매우 생산적이고 유용한 기능을 담당한다. 문학은 예외 없이 그들이 속한 장르에 대한 적절한 기대를 유발하고, 그들 장르가 정한 규칙에 따른 창작과정을 겪고, 이에 상응하는 적절한 해석과 이해를 독자나 관객에게 요구한다. 결국 장르라는 개념은 하나의 문학 작품의 의미 완성에서 제외될 수 없는 핵심적인 요소라 할 수 있다. 그러나 앞에서 언급했듯이 장르가 단순히 고정된 틀이나 반복적이고 유사한 규칙들의 집합으로 존재한다는 것은 아니다. 장르는 개별적인 작품들 간의 유사점을 모아 범주화하고 울타리 치는 배타적인 개념이 아니라 새로운 창삭과 새로운 효과 창출을 위한 작가들의 도전 영역이라 할 수 있다.

● 그렇다면 셰익스피어에게 장르란 무엇인가?

셰익스피어(William Shakespeare)는 그 누구보다 이러한 장르 의식에 민감했다. 그에게 희극, 비극, 역사극이라는 구분은 제한되고 고정된 틀이 아니고, 극의 독창성을 이끌어 내는 주된 수단이자 에너지였다. 셰익스피어는 기존의 틀에 자신의 작품을 끼워 맞추는 것이 아니라 기존의 틀, 기존 장르의 주요 관행(conventions)을 다른 문맥상으로 전치, 변형, 굴절시켜 새로운 틀 짜기를 즐겼다고 볼 수 있다. 이를 두고 파울러(Fowler)를 비롯한 일부 현대 장르 비평가들은 장르 진화론을 설명할 때 셰익스피어를 언급하곤 한다. 장르가 변하지 않는 고정된 틀이 아닌 역동적 생명체라는 기본 입장을 확대시켜, 변할 뿐만 아니라 보다 발전된 상태로의 진화를 겪는다는 것이 그들 주장의 핵이라고 볼 때, 장르의 혼합(generic mixture) 또는 장르의 조율(generic modulation)로 대변되는 셰익스피어의 작품은 그들의 입장을 구체적으로 증명해준 교과서와 같은 것이었다고 볼 수 있다. 이러한 장르적 차원에서의 셰익스피어 극은 장르 의식의 혼동 혹은 부재에 대한 비난을 이끌기보다는 보다 진보적이고 생산적인 장르 의식의 소유자로 찬사를 보내야 할 부분이라 할 수 있다. 장르가 정한 범주 안에서 장르가 갖는 일정한 관행을 유지하면서, 장르가 제공하는 기대의식을 만족시켜 나가는 것도 장르 의식이지만, 기존의 일반적인 장르 기대의식을 교묘히 피해나가면서 그에 파생되는 효과를 최대한 이끌어내는 장르의 역이용 역시 장르 의식의 또 다른 일면이기 때문이다.

극작가로서 셰익스피어는 게임을 했다. 그러나 그는 누구나 잘 알고 있는 게임의 규칙을 저버리고 새로운 방식으로 게임을 즐겼다. 자신이 잘 알고 있는 희극의 주요 특징, 장치, 양상, 구조를 비극을 풀어나가기 위한 도구로 적극적으로 이용함으로써 비극의 형태 갖추기를 시도했다. 희극의 인물, 소재, 구조, 기술과 같은 눈에 보이는 공식과도 같은 외형적 요소뿐만 아니라 희극이 옹호하는 가치, 개념, 철학과 같은 형이상학적 요소까지 비극의 의미를 확장시키고 효과를 증폭시키기 위해 조금의 망설임 없이 이용했다. 희극과 비극 사이에 넘지 못할 선을 긋는 것에 바쁜 작가들과는 달리, 각각의 장르가 충돌하면서 만드는 효과에 충실했다는 점에 주목할 만하다. 셰익스피어는 낭만 희극의 세계를 비극의 새로운 방향과 효과를 위한 출발선으로 이용했고, 희극에서 벗어나려는 움직임을 통한 비극 만들기를 시도한다. 결과적으로 셰익스피어의 비극은 하나의 장르적 반응의 결과로 볼 수도 있다.

셰익스피어가 무대 위의 배우뿐만 아니라 관객의 심리도 조절하고 통제하는 데 박자를 늦추지 않았다는 사실은 그의 장르 의식을 추측할 수 있는 또 다른 부분이 된다. 연극은 어느 다른 문학보다 직접적이고 일회성을 띤다. 소설과 시는 독자와 작가 사이에 좁힐 수 없는 시간적 공간적 심리적 거리를 두고 있다. 그러나 무대는 다르다. 눈으로 보고 귀로 듣고 배우와 감정을 공유하다 보면 관객 역시 극의 전개에 빠질 수 없는 구성요소가 된다. 셰익스피어는 이러한 무대 특징을 어느 누구보다 잘 파악하고 있던 사람이다. 그는 장르가 제공하는 관객의 기대의식을 가능한 최대로 이용하여 희극을 비극적 패러다임 안에 자연스럽게 접목시켰고, 장르의 충돌, 혹은 장르의 혼동으로 오는 관객의 불편함까지 극의 효과와 에너지로 발전시켰다. 문서화되어 있지는 않지만 무대 밖의 관객들이 공유하는 장르 코드를 역이용하여 비극이 어떻게 희극이란 장르에 침입어 조각(彫刻)에서의 두드러짐의 효과를 만들어 내는지를 보여준다.

셰익스피어는 단지 장르 의식을 이용하여 희극이 비극적 효과를 증폭시키고 비극 만들기의 모태가 되었다는 것을 보여주는 것에서 멈추지 않고, 다시 희극이란 장르에 의문을 갖고 새로운 해법을 비극이란 장르를 통해 제시함으로써 보다 구체적이고 검증된 극적 비전을 완성하면서 보다 성숙한 극작가로서의 입지를 굳힌다. 구조적 입장에서 희극은 역경과 고난을 이기고 부활과 재생, 조화라는 상승의 움직임으로 고정되어 있기에, 희극의 인위적이고 부자연스러운 결말에 대해 불편함 감정의 찌꺼기를 남길 수 있다. 비극은 비록 죽음이라는 인간의 유한적 상황이 깊게 개입하면서 희극과 완전히 다른 하향 움직임을 갖지만, 이것은 모든 기회와 가능성을 닫아버리는 폐쇄적이고 부정적인 의미만을 양산하는 것은 아니다. 비극의 궤도는 죽음의 필연곡선을 따라 움직이기에 희극의 상승곡선과는 대비되지만, 죽음 자체보다는 죽음이라는 한계적 상황에 대한 비극의 주인공이 만드는 저항곡선에 보다 주목하게 되고 그 곡선에서 비극의 진정한 의미를 찾게 된다. 결과적으로 비극에서는 죽음을 계기로 희극의 결말이 주는 것보다 더 검증된 단단한 진리를 발견할 수 있다는 말이다. 셰익스피어 비극은 희극이란 장르가 의도적으로 피해가려던 죽음을 관통함으로써 보다 구체적이고 발전된 '희극적' 비전을 제시하면서 '희극적'이란 단어의 검증된 새로운 의미를 만들어 냈다.

셰익스피어의 극작품은 '비극인가, 희극인가'라는 질문보다는 '비극에서 얼마나 멀어졌나, 혹은 희극에서 얼마나 멀어 졌나'라는 질문을 끊임없이 던지면서 상호 장르 의식적 반응을 유도하는 면이 강하다. 비극과 희극 사이에 넘지 못할 선을 긋는 것이 아니라 가능한 그 경계선을 넘거나 지워가면서 상호 다른 맥락에서의 장르 효과를 실험했다고 볼 수 있다. 셰익스피어의 극작품에서 장르는 결과물을 놓고 비슷한 것을 묶고 다른 것을 배제하는 수동적인 의미의 용어가 아니다. 창작이 시작되면서부터 장르는 매우 능동적으로 작품의 진행에 다층적 의미를 제공한다. 기존의 것과 다른 방향으로 움직일 수 있도록 도와주며 기존의 것을 비켜감으로서의 효과를 증폭시킨다. 끊임없이 새로운 것과 독창적인 것을 요구하는 무대에 대한 극작가로서의 셰익스피어의 선택이었고 기존의 것과는 다른 특별한 것을 만들려는 극작가의 도전 의식의 반영이다.

장르는 분명 제한과 한계적 의미가 강하다. 그것이 가시적인 틀이든 심리적 한계이든지 간에 창작과정과 수용과정에서 기대 이상의 영향력을 가지고 있다. 그러나 이러한 장르를 막연히 고정되고 경직되고 닫힌 틀로 보는 것은 옳지 않다. 장르는 눈으로 확인할 수 없는 경계를 지닌 것으로, 장르 간의 끊임없는 충돌과 마찰을 통해 영역을 넓혀 가는 생명력을 지닌 대상으로 보는 것이 적합하다고 본다. 그러하기에 하나의 장르를 넘어선다는 것은 결국 더욱 확장되고 발전된 의미의 장르로 거듭나기를 한다는 것이고, 이것은 문학이란 창작물이 살아남기 위한 하나의 몸짓이라 할 수 있다. 이에 이 책에서는 『로미오와 줄리엣』Romeo and Juliet을 처음으로 『오셀로』Othello와 『햄릿』Hamlet를 거쳐 『리어왕』King Lear라는 셰익스피어의 네 편의 선이 굵은 비극작품을 장르적 차원에서 접근한다. 전통적 희극 구조와 장치, 희극적 전제, 혹은 특징이 다양한 방법으로 비극의 모양 갖추기를 위해 비극이란 장르에서 재배치되고 있다는 것을 네 편의 작품을 통해 증명해 보이면서 새로운 시각으로 극을 읽어보려 한다. 극 전반에 걸쳐 나타니는 장르적 요소와 효과를 재조합하여 흩어져있는 퍼즐 조각을 맞추듯이 새로운 그림의 셰익스피어를 만나볼 기회가 되리라 확신한다.

2006년 7월
저자 이 노 경 씀

차 례

서 문___7

1. 셰익스피어의 희극과 비극___17

2. 셰익스피어 시대의 희극 관행___31

3. 희극 넘어서기___63

part. 1 『로미오와 줄리엣』: 장르 충돌과 변화의 효과___63

part. 2 『오셀로』: 사랑에 관한 비극적 진술을 통한 희극 파헤치기___86

4. 비극 넘어서기___115

part. 1 『햄릿』: 희극적 다중성의 비극적 변용___115

part. 2 『리어왕』: 희극적 좌절의 의미___160

참고 문헌 203

1 셰익스피어의 희극과 비극

셰익스피어가 작품을 쓰고 그것을 무대에 올리던 엘리자베스 시대(Elizabethan Age)와 제임스 1세 시대(Jacobean Age)는 그 이전의 어느 때보다도 연극 활동이 활발했던 시기이다. 그 원인은 셰익스피어와 같은 매우 생산적이고 위대한 작가들과, 연극이라는 문학형식에 폭넓게 반응하고 호응하는 관객과, 독특한 시대적 상황의 절묘한 결합에서 찾을 수 있다. 셰익스피어의 창작시기에는 체계화된 장르 구분이나 장르론이 존재하지는 않았다. 오히려 희극과 비극의 명칭조차 일관성 없이 극에 부여되는 경우도 종종 있었다고 한다. 1623년이 되어서야 비로소 2절판(Folio)에서 헤밍스(John Heminges)와 콘델(Henry Condell)은 셰익스피어의 극작품들을 희극, 역사극, 그리고 비극이라는 제목 아래 구분해 놓았다. 지금은 이러한 장르 구분에 어느 정도 익숙해져 버렸기에 특별한 의미를 찾기 어려울지도 모른다. 하지만 그 당시에는 매우 개혁적이고 놀라운 시도였다고 한다. 그 이전에는 『Ben Jonson의 작품모음집』 *The Works of Ben Johnson*(1616)처럼 대부분은 무대에 올려진 순서대로 편집되는 것이 일반적인 경향이었다고 한다. 헤밍스와 콘델이 시도한 작품 구분은 극을 읽는 독자나 보는 관객들이 장르적 입장에서 개별적인 작품의 차이점뿐만 아니라 하나의 분류명 아래 모인 극들이 유사한 점에 주목하도록 유도하는 구실을 해왔다는 점에서 시사하는 바가 크다.

사실상 어떤 예술작품의 개별적 성질, 혹은 특징을 그 작품이 속한 장르에 대한 인식 없이 이해하기는 매우 어렵다. 장르는 구조적, 주제적, 기능적 입장에서 접근이 가능한 다차원적 개념으로, 반복적으로 되풀이되어 이용됨으로써 하나의 규칙 혹은 습관, 틀을 이룬 문학적 타입 혹은 목록체계라 할 수 있다. 장르는 관객의 감정 이입과 감정 분리를 조절하고, 관객의 눈에 들어온 사실의 의미를 극적으로 확대하기도 하고, 앞으로 벌어질 내용에 대한 기대의식을 조장하면서 총체적으로 관객의 반응을 조율한다. 작가 역시 이런 장르의 기능을 십분 창작에 응용할 수 있고 사실상 의식적이든 무의식적이든 대부분이 이미 이용하고 있다. 작가는 관객과의 무언의 약속과도 같은 장르를 하나의 틀로 삼아 창작 활동을 하는 경우도 있고, 관객의 기대의식을 만족시키기를 의도적으로 거부하면서 얻는 효과를 위해 장르를 역이용하기도 한다. 이러한 장르의 역이용(contra-use of genre)을 통해 셰익스피어의 작품을 다시 읽어내 보려는 것이 이 책의 중심과제라 할 수 있다.

셰익스피어의 우수성과 가치를 비극에서 찾는 데 익숙해져 버린 지금의 시대적 분위기에서 굳이 "비극은 애써 공들여 만들어 내지만 항상 무언가 부족한 것이 있다"는 사무엘 존슨(Samuel Johnson)의 말을 빌어가면서 희극에서 셰익스피어의 작가적 천재성과 우월함을 주장하는 것은 그다지 큰 의미를 찾기 어려운 것은 사실이다. 무대 규칙을 일관성 있게 지키고 있고 시적 정의(poetic justice)가 깔끔히 해결되는 것에 초점을 두고, 그것이 부족한 비극에 비해 희극이 셰익스피어에게는 본능적인 장르라는 토마스 라이머(Thomas Rymer)의 견해에도 쉽게 고개가 끄덕여지지 않는다. 그러나 희극이 셰익스피어에게 보다 자연스럽게 다가왔다는 그들의 전제는 셰익스피어의 비극 작품을 새로운 각도로 접근해 볼 수 있는 기회를 제공한다. 어떤 면에 있어서는 하나의 문학 작품을 이해하고 공감하고 즐기는 데 있어, 그것이 비극인가 희극인가를 따지는 것은 그다지 큰 의미를 지니지 않는다. 희극이라서 그냥 가벼이 웃어넘기고, 비극이라서 보다 크고 심오한 의미를 찾으면서 우위성을 주장하는 것은 작품의 비평과 이해에 효과적인 도움을 주지 못한다. 그러나 희극이 만들어 낸 형식이나 인물, 혹은 희극의 관행(conventions)▪이 비극을 이해하고, 비극 자체에 새로운 의미의 옷을 입혀서 결국 작품의 새로운 해석에 도움이 된다면, 반대로 희극에 있어 비극적 개입이나 그림자가 희극 작품에 생각할 여백을 넓혀주는 구실을 한다면, 희극과 비극이라는 상르석 구분에 새로운 가지와 의미를 부여할 수 있다는 입장은 어느 정도의 설득력을 지니게 된다.

셰익스피어가 다른 장르와 비교해 볼 때 희극이란 장르에 탁월한 감각과 본능을 바탕으로 먼저 편안해지는 단계에 이르렀다는 것은 분명한 사실이다. 셰익스피어가 극작가로서의 처음 10년 동안 8편의 희극을 쓴 반면, 비극적 요소가 가미된 역사극을 제외한다면 시도된 비극이 단 두 편이란 사실은 이를 뒷받침해 준다. 『사랑의 헛수고』 Love's Labour's Lost가 셰익스피어의 첫 번째 비극 『타이터스 안드로니커스』 Titus Andronicus가 쓰여진 지 채 일년도 되지 않아서 창작되었음에도 불구하고, 이 네 번째 희극은 『타이터스 안드로니커스』에서 나타났던 도덕적, 극적 방향 제시상의 문제점, 어조 (tone)의 조절, 행동에 적합한 언어 선택상의 문제점이 전혀 나타나지 않았다는 일반적인 평가 역시 셰익스피어가 희극이란 장르에 보

▪ 'Convention'이란 단어는 시대에 따라 진화되어 온 문학 용어 중의 히니로 신고전주의 시대에는 '규칙', '법칙', '규범'으로 정의되었고, 구조주의 장르 이론에서는 모든 의미의 생산을 적극적으로 두악주는 규칙 체계까지 확대된다. 이 책에서는 전통적인 징의에 따라 독자 혹은 관객과 작가의 무언의 악속과 같은 것으로, 한 장르나 특정 시대를 정의할 수 있는 문학 표현방식, 혹은 양식으로 고정화된 틀, 장치, 주제 등을 총괄하는 개념으로 받아들이면서 문맥에 따라 '관행', '관례', '전통', '양식' 혹은 '공식'으로 해석한다.

다 익숙하고 숙련되어 있었다는 또 하나의 객관적 증거가 된다. 『사랑의 헛수고』에서의 수사법(rhetoric)과 상황의 절묘한 결합은 더 이상 언급할 필요가 없을 만큼 완벽했고, 셰익스피어는 이미 희극이란 장르에 편안함을 느끼는 단계를 넘어서서 희극의 공식들을 이용하여 또 다른 효과를 만들어 내려는 창작의지를 내비쳤다고 볼 수 있다.

희극적인 것과 심각하고 무게 있는 부분을 하나의 극 장르에서 절충하는 것을 선호하고, 그것에 어느 정도 익숙했던 그 당시 무대와 관객의 시대적 분위기를 잠시 논외로 하더라도, 기존의 무대에 올려진 비극과는 차별성 있는 새로운 극적 효과를 발휘할 수 있도록 비극의 방향을 잡고자 시도하는 동안에, 셰익스피어가 이미 희극 양식(mode) 혹은 공식(formulas)을 자유자재로 이용할 수 있을 만큼 통달해 버린 상태였다는 것은 셰익스피어가 낭만 희극의 세계를 비극의 새로운 방향과 효과를 위한 출발선으로 이용했다는 추측에 개연성을 부가한다. 이 책은 바로 이러한 전제를 가지고 『로미오와 줄리엣』*Romeo and Juliet*을 처음으로 『오셀로』*Othello*와 『햄릿』*Hamlet*를 거쳐 『리어왕』*King Lear*라는 셰익스피어의 네 편의 선이 굵은 비극작품을 다시 읽어 보고자 한다. 전통적 희극 구조와 장치, 희극적 전제, 혹은 특징이 다양한 방법으로 비극의 모양 갖추기를 위해 비극이란 장르에서 재배치되고 있다는 것을 네 편의 작품을 통해 증명해 보이면서 새로운 시각으로 극을 읽어보려 한다.

'희극적(comic)'이란 형용사는 이 책에서 자주 반복적으로 나타나는 단어 가운데 하나이다. 빈도수 높은 다른 단어들과 차별되는 점은 '희극적'이라는 것에 대한 명확한 의미 설정이 이 책의 내용과 주제를 이해하는 핵이 된다는 데 있다. 흔히 '희극적'이라 함은 '희극적 위안(comic relief)'과 연관되어 '웃음을 주는', '재미있는', '우스꽝스러운'이란 단어와 호환되어 쓰이는 것에 익숙하겠지만, 여기에서는 '희극이란 장르와 관련 있는'이란 뜻으로, 보다 조직적이고 체계적인 의미 접근이 요구된다. 단순히 심각하고 고통스러운 비극의 짐을 잠시 내려놓게 하는, 혹은 관객에게 긴장과 두려움의 나사를 잠시 풀어놓을 시간과 감정적 여유를 제공하기 위해 희극적인 장면이나, 대사, 인물이 개입한다는 것은 비극이란 장르에서 희극을 지나치게 기계적으로 해석하거나 희극의 장르 개입 효과를 무시해버린 것과 다름없다 할 수 있다. 긴장과 완화의 단순화된 공식에 따른 '희극적'임에 대한 해식은 『로미오와 줄리엣』에서 극의 질반에 해당하는 부활, 새생, 조화를 상징하는 결혼을 향한 확장된 희극적 움직임이나 『햄릿』에서의 묘파기꾼의 등장, 또는 『리어왕』에서의 불쌍한 톰(Poor Tom)과 광대(Fool)와 같은 희극적 인물의 존재의 의미에 대한 어떤 설명도 해주지 않는다. 결국 '희극적'이다라는 말은 로지터(A. P. Rossiter)의 말처럼 상호 장르 의식을 기본 전제로 무언가가 있어서 다른 것이 돋보이거나, 무언가의 부재로 그 빈자리가 만드는 두드러짐의 효과로 파악해야 할 용어("Low-relief or high-relief, whereby the figures are brought out by being laid against something, or an absence of something, so that the two effects interact, to produce a unified but complex reaction of the mind.")이다. 다시 말해 '희극적'이라는 것은 희극이란 장르와 관련된 개념으로 비극을 희극을 기반, 모태로 전개 발전되거나, 아니면 희극으로부터 벗어나려는 장르적 반응 혹은 움직임으로 볼 수 있다.

극작가는 의도적으로 비극적 불가피성으로의 움직임을 강화하기 위히어 희극적 걸론, 관행적으로 희극이런 징르의 일빈직인 걸론에 대한 허위 기대의식을 만들어 갈 수 있다. 상황을 잘 파악하지 못한다거나 상황에 전혀 어울리지 않는 엉뚱함을 보이는 희극적 인물들이 오히려 비극의 윤곽을 보다 명확하게 드러내 보이는 역할을 할 수도 있다. 또한 희극에서 반복적으로 사용되는 공식과도 같은 규칙 아닌 규칙들과 희극이란 장르가 만들어낸 전제(assumptions)도 비극적 딜레마의 근거가 될 수 있다. 즉 다중 인식(multi-consciousness)이라던가 결혼을 통한 자기완성과 같은 이미 희극이란 장르가 별다른 의심 없이 수용하고 있는 개념들이 역설적으로 부정적이고 파괴적인 의미로 해석 될 수 있다. 결국 이 책에서는 이러한 사실들을 바탕으로 희극이 비극의 효과를 강화하기 위해 단순히 장르적 개입을 한다는 점을 설명하려는 것이 아니라, 비극의 일부가 될 수 있다는 급진적인 결론 역시 가능하다는 것을 증명해 보이려고 한다.

셰익스피어가 비극적 목적을 위해 희극이란 장르를 체계적으로 혹은 계획적으로 이용했다는 것은 물론 아니다. 『로미오와 줄리엣』 외 언급될 세 편의 비극은 모두 각기 다른 방식으로 셰익스피어의 희극의 주요 소재들을 상기시키는 것은 사실이지만 이것만으로 작가의 의중 혹은 의도가 이러하다라고 단정적으로 말하는 것은 무리다. 게다가 셰익스피어는 잘 알려져 있듯이 어떤 문서화된 장르론이나 비평서 혹은 어떤 참고가 될 논평서를 남긴 적이 없을 뿐더러 창작과정에 있어서의 상황적 증거도 매우 불충분하다. 따라서 셰익스피어에 있어 희극이 비극 창작의 출발점이었다는 말 대신에 희극이 셰익스피어의 비극을 해석하고 평가하는 출발점이다라는 말로 대치한다면 직접적인 논박의 화살을 잠정적으로 피할 수 있다는 생각이 든다. 결과적으로 필자의 의도는 순수하게 작품을 근거로 흩어진 퍼즐 조각을 맞추듯이 비극에서의 희극이란 장르의 흔적을 찾아보면서 상호 장르 의식이 만들어 내는 극적 효과를 통해 극을 재해석해보면서 셰익스피어의 창작과정을 추적해보려 한다.

희극은 너무 다양하고 복잡한 의미를 지닌 광범위한 용어로 정의

하기 매우 어렵다. 희랍시대 이래 지금까지 수많은 평자들의 말에서 공통분모를 추출하는 작업은 극이 존재한 이래 계속되는 일이지만 결과는 매우 추상적이고 만족하기 쉽지 않다. 그러나 셰익스피어처럼 무대와 직접적으로 호흡을 맞추며 창작 활동을 한 극작가가 비극 작품의 출발점 혹은 참조의 대상으로 이용한 희극은 특정 시대, 특정 관객에게 매우 친숙한, 보다 구체적이고 분명한 기호, 표시, 신호와 같은 것이었다. 이에 이 책의 2장에서는 본 내용에 앞서 셰익스피어가 『로미오와 줄리엣』을 쓰기 전까지인 1588년부터 1595년까지 무대에 상연되던 현존하는 대중 희극을 중심으로 희극의 특징에 대한 설명을 중심에 두었다. 1588년부터 1595년까지는 하나의 구분된 장르로서 낭만 희극(romantic comedy)이 일반 무대에 주도적으로 올려지는 시기였고, 이후 엘리자베스 시대 말기에는 로마극의 영향으로 장르의 분화 현상이 두드러지는 시기라 볼 수 있다. 그러나 이 장에서는 1595년 이후의 희극의 언급에도 특별한 제한을 두지는 않았다. 비록 1595년 이후에는 존슨(Ben Jonson)과 채프만(Chapman)을 중심으로 풍자극이 유행했지만, 셰익스피어와 다른 극작가들은 여전히 낭만 희극의 전통을 이어 나갔다. 『햄릿』, 『오셀로』, 그리고 『리어왕』을 창작할 때 셰익스피어가 마음에 담고 있던 희극적 양식은 1580년대 후반에서 1590년대 초반에 무대에 완전히 정착된 것들이었다. 따라서 낭만 희극의 형성기를 거쳐 번성기에 만들어진 희극에 대한 기본적인 연구는 일반 장르론처럼 깊이 있고 세분화되고 구체적이지는 않지만, 3장과 4장에서 다룰 내용의 배경적 지식으로, 비극이 어떻게 희극이란 장르에 힘입어 조각(彫刻)에서의 두드러짐 효과를 만들어 내는지 알아볼 수 있는 필수적인 단계라는 생각이다.

어떤 면에서는 희극보다 비극은 사실상 접근방법이 너무 다양하고 논란의 여지가 많은 장르다. 몇 장의 분량은 말할 것도 없고 두툼한

한 권의 책으로도 다루기 버거운 주제이다. 그러나 일반적으로는 매우 도식적이고 이분법적인 정의에 익숙해져 있는데, 이는 희극이란 상대 장르의 존재 덕분이다. 희극과 비극에 대한 정의나 설명은 상호 장르에 대한 보충적 설명을 요구하는 경우가 많다. 다시 말해 대조적인 정의를 통해 상대 장르의 윤곽이 뚜렷해지면서 비교적 손에 잡히는 의미 전달이 가능해 진다는 것이다. 예를 들어 희극은 허구에서 플롯을 가져오는 반면, 비극은 역사적 사실을 참조한다든지, 희극은 중·하류층의 사람들이 이야기의 주류를 이루고, 극을 위협하는 요소들의 규모가 작고, 결과는 항상 평화와 조화로 매듭지어지는 반면, 비극은 모든 것이 반대로 인물과 사건들은 심각하고 비중 있는 것이고, 슬프게 끝난다는 것이다. 혼란과 소동으로 시작되어 평온과 균형을 되찾는 희극은 삶을 축복하지만, 순탄한 환경에서 시작되어 재앙으로 곤두박질치는 비극은 삶을 거부한다는 것 또한 보편적인 구분이었다. 르네상스 시기의 몇몇 작가 및 평자들이 희극에 대한 도덕적 교훈적 기능을 주장하기도 하였지만, 일반적으로 로마시대의 문법학자들의 도식적 장르 구분 패러다임을 수용, 그것들의 현실적인 영향력을 무대에서 느끼게 만들었다. 앞서 언급했듯이, 가장 쉽게 눈에 띄는 희극과 비극의 갈림길은 결말에 있다. 행복한 결말인가, 행복하지 않은 결말인가에 '죽음'이라는 인간의 유한적 상황이 깊이 개입한다는 사실에서 특별한 의미를 찾을 수 있다. 플라톤과 아리스토텔레스를 필두로 비극 안에 공존하는 긍정적 혹은 부정적 감정이 만들어내는 긴장감이, 표현은 다르더라도 많은 비평가들을 통해 끊임없이 반복적으로 언급되어 왔다. 플라톤 이래 비극은 주로 감정적인 효과 차원에서 논의되어 왔다. 플라톤이 시인 추방론을 주장한 것도, 비록 부정적이지만, 비극이 제공하는 강력한 감정적 영향력을 인정했다는 증거가 되고, 비극의 감정적 치유력을 부각시키면서 비극이 야기하는 연민과 공포의 감정은 다양한 해석과 논란의 여지가 많은 카타르시스를 통해 긍정적으로 순화될 수 있다는 아리스토텔레스의 주장 역시 감정적 효과가 비극에 다양한 방식으로 연루되어 있다는 또 다른 증거가 되었다. 리차즈(I. A. Richards)는 비극의 동인을 뒷걸음치려는 충동과 나서려는 충동의 충돌로 보았고, 라파엘(D. D. Raphael)은 주인공의 영웅적 위상에 대한 찬사와 그것을 무력화시키는 필연성에 대한 두려움을 비극에서 읽어냈다. 노드롭 프라이(Northrop Frye)는 영웅의 몰락에 대한 연민과 몰락의 필연성에 대한 거부할 수 없는 누려움이라는 상지된 감정을 비극이 형상화한다고 보았다. 이러한 역설적인 감정들은 궁극적으로 인간의 유한성, 죽음이라는 보편적 사실에 대한 당혹스러움의 표출이라 볼 수 있다.

아무리 위대한 인간이라도 죽음에 예외일 수는 없다. 이는 누구나 인정하는 사실이지만 받아들이기는 쉽지 않다. 따라서 일반적으로 죽음은 자연스러운 것인 동시에 부자연스러운 것이고 인간에 내재되어 있는 것이 동시에 외부에서 부가되는 것으로 파악된다. 비극은 죽음 자체에 대한 의미보다는 죽음에 대한 인간의 애매모호하고 역설적이고, 갈팡질팡하는 감정들로 팽배해 있다. 피할 수 없는 것이고 항상 발생하는 순리와도 같은 것이지만, 일단 죽음과 맞대면을 했을 때는 그것의 부자연스러움과 성급함에 당황한 빛을 감추지 못한다. 그렇다고 해서 비극이 죽음에 대한 이야기이고 비극의 주인공들은 반드시 죽어야 한다는 것은 아니다. 비록 셰익스피어의 비극 모두에서 주인공은 죽고, 다른 동시대 극작가들처럼 셰익스피어는 비극적 혹은 비극이란 단어를 죽음과 연관시켰지만, 중요한 것은 죽음이란 하나의 물리적 사건이 아니라 죽음을 구체적이고 절대적인 가치로 상승시키는 권력의 몰락, 희망의 단절과 같은 비극적 하향 움직임이라 할 수 있다. 아리스토텔레스는 순탄한 시작에서 암울한 결말로 치닫는 비극적 플롯에 대한 일관되고 적극적인 선호를 보이지는 않았지만, 하향적 움직임은 로마시대와 중세의 비극 전통에서 매우 중요한 자리를 차지했다. 이러한 하향 움직임의 궤도를 따라가면서 죽음에 대한 양가적 반응을 상징적으로 명확하게 표명해 내는, 수잔 랭거(Sussanne K. Langer)가 지칭한 "의미 있는 형식(significant form)"으로서의 비극을 관객은 경험하게 된다.

이쯤에서 가장 효과적인 비극적 플롯은 반전(*peripeteia*, reversal)이라고 한 아리스토텔레스의 말에 주목할 필요가 있다. 비극은 인간의 불완전함에 대한 자연스러운 결과인 죽음의 불가피성에 대한 인정을 전제로 하지만 막상 현실에서는 죽음이 외부에서 자의적으로 부가되는 부자연스러운 것으로 다가온다. 의도된 하나의 행위가 전혀 다른 결과를 초래한다든지, 오이디푸스(Oedipus)와 오셀로의 위대함 안에 이미 자기 파멸의 씨가 담겨 있다는 것 역시 이러한 죽음의 패러독스에 대한 또 다른 표현방식이다. 결과적으로 비극은 플롯과 인물들을 통해 생명의 유한성에 대한 인정과, 인간의 가능성을 파괴하는 죽음의 필연성에 대한 저항 사이를 움직이는 역설적 진자 운동의 표현으로 볼 수 있다. 비극의 궤도는 죽음의 필연 곡선을 따라 움직이지만, 죽음 자체보다는 그것에 대한 저항 곡선을 만들어 내는 비극적 주인공의 영웅적 행위에 주목하게 만드는 것에서 비극의 진정한 의미를 찾을 수 있다. 이러한 비극의 극적 움직임은 희극이라는 장르 요소를 지닌, 또는 희극이란 장르를 염두에 두고 비극에서 보다 효과적으로 표현된다는 점을 지적하고자 하는 것 또한 이 책의 요지가 된다.

『로미오와 줄리엣』의 초반의 예측 가능한 희극적 움직임과 관객이 갖는 희극적 결말에 대한 기대는 외부에서 부가되는 비극적 방해물들과 충돌하면서 비전형적 비극 구도가 주는 극적 효과를 유도한다. 희극이란 장르에서 우호적으로 이용되던 극적 장치들은 비극의 하향 움직임에 멈출 수 없을 정도로 속도를 가하는 도구가 되어 버린다. 결혼이라는 완벽한 희극의 완성에서 출발한 『오셀로』는 희극이란 장르가 옹호하고 애써 덮으려한 억제된 긴장감과 갈등을 노출시키면서 비극의 필연적인 운명의 궤도를 따라간다. 『리어왕』에서는 확연한 구원의 메시지를 담은 희극적 패턴 아래, 질서 부재의 부조리한 우주를 노출시키면서 다른 비극과 차별되는 독특한 '필연성(inevitability)'을 만들어내고, 『햄릿』에서는 복수를 하기 위해 해야 하는 것과 자신의 존재 양식을 부정하지 않고는 할 수 없는 상황 사이의 해결 불가능한 딜레마에서 희극이 옹호하는 다양한 인식체계가 비극의 핵이 된다는 것을 통해 비극적 필연성을 제시한다.

비극의 핵심은 주인공의 영웅적 자질에 있다. 한계와 필연적인 파멸이라는 운명의 장벽에 대항하여, 주인공은 쉬지 않고 자기에 대한 재인식, 재발견의 과정을 밟게 된다. 메이나르 맥(Maynard Mack)은 셰익스피어의 비극을 진정한 자아 발견의 리듬으로 보았다. 그에 의하면 주인공은 극심한 고통과 갈등 속에서 자기 부정(antithesis)을 지나 하나의 통합된 자아(synthesis)를 찾게 된다고 하면서, 극의 마지막 단계에 이른 주인공은 극의 처음보다 한층 성숙해지고 발전된 자아로 남게 된다고 덧붙였다. 따라서 비극적 움직임의 과정은 자아 팽창의 과정이자, 하나의 새로운 자아의 창조의 과정과도 같다는 해석이 가능하다. 희극이 피상적으로 사회적 차원에서 재생, 부활의 상징적 움직임을 만들어 낸다는 것과 비교해 볼 때, 이러한 비극의 움직임은 희극이란 장르가 직극직으로 피해가리던 죽음을 관통함으로써 희극이 제시하는 것보다 구체적이고 분명한 비전을 제시하면서 '희극적'이란 단어의 검증된 새로운 의미를 만들어 냈다.

필자는 이 책을 통해서 장르 의식(genre consciousness)을 하나의 수단으로 하여 셰익스피어의 극을 읽어냄으로써 작가의 창작의도를 추측해보고, 극을 바르게, 동시에 새롭게 이해할 것을 도모하고자 한다. 셰익스피어의 희극에서 하나의 고정되고 반복적으로 나타나는 희극의 특징, 양상, 장치 등이 비극이라는 전혀 다른 문맥에 끼어들면서 나타나는 효과를 찾는 과정으로도 볼 수 있다. 비극과 희극은 매우 다른 것으로 예로부터 비극, 희극이 다른 카타고리에서 논해져왔고 비평서 역시 비극론, 희극론으로 대부분 나뉘어져왔다. 작가 역시 비극작가, 희극작가로 구별되어 왔으며 관객 혹은 독자 역시 그것이 비극인가 희극인가에 관심을 집중해 왔다. 결과적으로 각각의 장르는 장르적 순수성을 유지하려 했고, 자신의 영역으로 불순물이 침투하는 것을 철저히 봉쇄하면서 각각의 관행(conventions)을 만들며 나름대로의 하나의 문학 장르로 자리 잡게 되었다. 그러나 셰익스피어의 극은 극적 효과나 주제 발전을 위하여 이러한 장르적 순수성을 기꺼이 희생하였다. 장르적 구분에 있어서 다른 극작가들이 자신의 작품을 쓰고 문을 닫아 자신의 작품을 비극 혹은 희극이라는 장르적 틀과 한계에 고정시켰다고 한다면 셰익스피어는 장르 간의 문턱을 없애서 상호 장르적 이동을 통한 최대의 극적 효과를 추구하였다. 이런 부분을 살펴봄으로써 셰익스피어의 비극의 의미를 재조명해보고, 희극의 주요부분을 비극의 문맥에서 읽어봄으로써 극의 의미와 효과의 상승을 지적하는 것과 더불어 셰익스피어의 창작과정을 역추적해 보고자 하는 것이 필자가 이 책을 통해 하고 싶은 두 번째 일이다.

이 책의 구성은 글의 논리를 이끌고 갈 희극에 대한 일반적인 고찰과 셰익스피어와 동시대 작가들에게 공통적으로 나타나는 낭만 희극(romantic comedy)에 대한 언급을 출발점으로 하여 셰익스피어의 비극 네 편, 『로미오와 줄리엣』, 『오셀로』, 『햄릿』, 『리어왕』을 중심으로 희극 장르의 주요 특징, 장치, 양상들이 비극적 문맥에서 어떻게 비극적 에너지를 증폭시키는지 알아보는 것에 한계선을 긋고자 한다. 이와 더불어 희극적 틀, 특징, 양상들이 단순히 비극을 읽어 내는 도구적 역할에 그치는 것이 아니라, 셰익스피어가 희극이란 장르에 직접적인 의문, 비판을 담고 있으며 그러한 생각을 실험하는 장으로 비극을 이용하고 있고, 비극을 통해 결국 보다 현실적이고 검증된 희극적 비전을 제시한다는 장르적 비평을 담고자 한다.

이 책의 3, 4장에 세목에서 쓰이는 '넘어서기'라는 난어는 바로 상르의 유기적 생명력과 연관된 것으로 볼 수 있다. 앞서 언급했듯이 문학이론에 있어 장르(genre)는 여타 다른 개념보다 정의를 내리는 데 어려움이 많은 용어임은 사실이다. 개별적인 문학 작품을 하나의 분류명 아래 종속시킨다는 것은 작가의 자율권의 침해 문제와 함께 작품의 독창성 및 차별성을 희생시키는 작업이라는 비판이 일반적인 시점에서 작가는 의도적으로 장르에 저항하며 작품 활동을 하게 된다. 기존 장르가 제공하는 규칙과 틀, 양식(conventions)은 작가의 작품 창작에 영향을 주지만 대부분의 작가들은 그것을 규율 혹은 고정된 틀이라고 생각하고 그것을 탈피하려는 시도를 멈추지 않는다. 이 책의 3, 4장의 제목에 붙는 '넘어서기'란 바로 현대 장르 비평에서 장르를 정적인 상태로 보지 않고 진화하는 존재로 파악한다는 입장을 수용한다는 차원에서 의미 접근이 가능하다. 즉, 3상에서의 희극 넘어서기는 희극이란 장르가 제공한 틀을 이용하여 희극이란 장르에 직접적인 의문과 도전을 시도하면서 장르에 저항하는 셰익스피어의 모습을 조명한 것이고 4징에서 다루는 비극 넘어시기란 희극이라는 상대 장르를 이용하여 비극이란 기존 장르가 포용하는 최대치를 넘어선 그 무언가를 추구하는 작가 정신의 탐구에 주목한다. 궁극적으로 '넘어서기'란 기존의 희극과 비극이라는 장르 개념을 넘어선 제3의 장르를 찾고자 하는 독창적인 셰익스피어의 작가 정신을 반영한다고 볼 수 있다.

셰익스피어는 자칫하면 비극의 농도를 엷게 할 수도 있고 희극의 밝음에 그림자를 드리울 수 있는 위험부담을 기꺼이 감수하고 하나의 실험적인 장르 혼합을 시도하였고, 그 결과는 그의 천재성을 재차 확인시키면서 어느 작가도 침범할 수 없는 셰익스피어 극의 세계를 완성시켰다. 이 책은 셰익스피어가 비극적 작품을 만드는 데 희극의 관행(conventions)과 구조, 희극의 본질을 십분 이용하면서 결과적으로 비극을 하나의 희극적 비전으로 통합하면서 그의 비극적 비전의 발전상을 보여 주었다는 것에 초점을 맞춘다. 여기서 말하는 희극적 비전이라는 것은 희극에서 제시되는, 정도의 차이는 있지만 어쨌든 죽음에 가까운, 죽음의 위협과 압력을 지나 새로운 개인, 사회, 안정이 이루어진다는 의미로, 비극 역시 죽음이라는 결과적 산물은 있지만 고통과 번민의 대가로 새로운 의미의, 보다 견고한 질서의 회복이 있다는 측면을 지적함으로써 희극과 비극을 같은 맥락에서 언급할 수 있는 공통분모적 요소를 말한다. 이 책을 읽는 동안 독자들도 셰익스피어가 비극을 통해 '희극적'임에 대한 새로운 접근을 함으로써 극작가로서의 완성도를 이루었다는 필자의 결론에 어느 정도 수긍하리라 믿는다.

2 셰익스피어의 시대의 희극 관행 ■

셰익스피어의 비극작품의 주인공들은 그들이 속한 세계에 갇혀있
는 인물들이다. "사느냐, 아니면 죽느냐 To be or not to be(Ⅲ. i.
56)"라는 햄릿의 대사처럼 선택을 시도하지만 그들의 비극의 길은
이미 정해져있는 운명이다. 코이올레이너스(Coriolanus)처럼 "그 밖
의 또 다른 세상 a world elsewhere(Ⅲ. iii. 135)"를 찾고자 하지만
그들에게 다른 세계는 허락되지 않는다. 그들의 비극은 선택의 결과
가 아닌, 선택을 요구받는 상황이고, 그들이 탈출할 만한 대체 세상
의 부재에서 오는 운명적인 것이다. 그러나 작가로서의 셰익스피어
는 자신이 만들어낸 비극의 주인공들과는 달리 적극적으로 다른 세
계의 문을 두드렸고 그 문지방을 넘어서기를 주저하지 않았다. 주인
공들에게 허락되지 않은 '또 다른 세계'를 창작과정에서 마음껏 드나

■ 이 책은 기존 장르의 문학양식이 다른 장르의 창작과 해석에 미치는 영향
과 그에 따른 극적 효과를 주된 내용으로 삼는다. 창작의 주체로서의 셰익
스피어에게 익숙한 희극 세계가 결과적으로 비극에 새로운 방향 설정과
비극의 효과를 증폭시켰다는 논리를 풀어나가기 위해 여기에서는 셰익스
피어 주변 시기의 희극 관행에 따른 희극 무대 현실을 집중 조망하고자 한
다. 다음 장에서 있을 희극의 주요 관행이 비극이라 장르로 전이되었을 때
의 극적 효과를 설명하기 위한 준비 단계이자 논리의 밑거름이라 할 수 있
다. 비극작품에 희극이라는 상대 장르의 존재 혹은 부재로 생기는 극적 효
과를 조명한다는 대전제하에 희극을 비극의 해석과 평가의 출발점으로 둔다
는 점과 희극의 주요 관행을 열쇠삼아 셰익스피어의 네 편의 비극의 문을
열고자 하는 점에서 셰익스피어 주변 시기의 비극 무대 현실은 글의 흐름에
서 제외시켰음을 밝힌다.

들며 비극의 모양 갖추기와 비극적 효과 강화에 몰입했다. 비극과는 확연히 다른 세계를 제시하는 희극과 관련된 요소들이 비극이라는 감정의 칼을 날카롭게 하거나 비극이라는 감정의 웅덩이를 더 깊게 파는 데 이용될 수 있음을 셰익스피어는 간과하지 않았다.

기존의 문학적 양식 혹은 관례(literary convention)의 존재는 창작하는 사람에게 매우 경제적인 도구가 될 수 있다. 그가 기존의 양식을 따라하든지, 혹은 기존의 관례를 벗어나든지 간에 몇 가지 간단한 표시로 풍부한 문맥상 효과를 만들어 내면서 자신이 전달하는 바를 나타낼 수 있다. 존 던(John Donne)의 "무관심(*The Indifferent*)"의 첫 시행을 예로 들면 보다 명쾌한 설명이 가능하다. "나는 미인이든 아니든 다 사랑할 수 있다네(*I can love both faire and browne*)"이라는 시행은 이미 존 던의 시를 읽는 사람들이 페트라르크식 소넷(Petrarchan sonnet)에 매우 익숙해 있다는 전제를 두고 그들의 익숙함을 십분 이용하고 있다는 것을 보여준다. '피부가 하얀' 아름다운 여성만을 찬양하는 소넷의 일반적인 관례를 벗어나 '피부색이 하얗든 검든 (*faire and browne*)' 모두 사랑할 수 있다는 시인의 말은 시에 희극성을 줌과 동시에 소넷의 차별성 없고 일관된 감정을 실은 목소리를 의미와 색깔을 지닌 개인적 목소리로 바꾸는 데 성공한다. 또한 소넷이란 시 형식을 통해 '독재자와 같은 사랑'이란 감정에 일방적으로 두드려 맞고, 되돌아오지 않는 사랑에 대한 무기력한 감정에 익숙한 독자는 "이 아이(큐피드)를 신의 세계에서 내 쫓으라(*ungod this child againe*)"이라고 말하면서 사랑의 신인 큐피드를 위협하는 당돌한 시인의 목소리에 당황하게 된다. 이는 이미 존재하는 것을 이용함으로써 얻는, 부인하기 어려울 정도로 명백한 문학적 부산물이라 할 수 있다. 셰익스피어의 소넷에서도 동일한 효과를 찾아 볼 수 있다. "내 연인의 눈은 태양과 같지도 않고, 그녀의 입술은 산호의 붉은 빛을 따라잡을 수 없다네(*My Mistress's eyes are nothing like the sun:/Coral is far more red than her lips' red*)"로 시작하는 「소넷 130」은 당시 소넷 작가들이 연인을 태양과 산호에 비교하곤 했던 소넷의 공식과도 같은 은유적 표현법의 관례를 뒤엎었다. 셰익스피어는 소넷이라는 시형식에 익숙한 동시대인들의 기대의식을 역이용하고 있는 것이다. 오랫동안 유럽과 영국의 사랑, 연애시의 스타일에 깊은 영향을 미친 페트라르크식 소넷의 전통을 비껴나감으로써 최소한의 공을 들여 자신이 의도한 바를 기대 이상의 효과를 올리며 전달하게 된다.

이처럼 문학적 전통 혹은 전례는 그것과 다른 방향으로 움직이는 작품에 틀을 주고 의미를 확장시키는 작용을 할 수 있다. 이러한 대전제 아래 셰익스피어의 비극에서 희극이란 장르의 영향력을 살펴보기 전에 셰익스피어 시대에 희극이 하나의 확실한 구분을 지닌 장르이자 문학적 전통으로 자리 잡고 있었는지에 대한 답을 찾아보는 것이 선행되어야 할 과제라는 생각이 든다. 결론부터 말하자면 셰익스피어의 작품과 그와 동시대 작가들의 작품에서 나타나는 공통된 틀이 존재한 것은 분명하고 이는 바로 하나의 극적 전통을 이루고 있었다. 희극과 비극이라는 제목에 포함된 지시어를 통해 극을 보러 가는 관객들은 이 극이 어떤 방향으로 나아갈 것이라는 기대와 추측을 하게 된다. 작가 역시 독자 혹은 관객과의 무언의 약속과도 같은 이 틀을 유지하든지 이용하든지 간에 작품 창작의 가이드라인으로 삼았다. 따라서 이러한 희극과 비극이라는 장르는 하나의 틀로서 관객과 작가 모두에게 극에 참여하여 반응하고, 극을 생산하는 에너지를 가장 효율적으로 이용할 수 있게 했다.

엘리자베스 시대의 극장에서는 가면극(maskings), 도덕극(morality plays), 간막극(interludes), 성서극(scriptural cycles) 등 다양한 극 형

태를 접할 수 있었다고 한다. 극에 대한 구분 자체가 없던 시기보다는 장르에 대한 진일보된 인식의 흔적이 나타나고는 있었지만, 당시 극의 명칭은 명확한 장르 인식이 존재한다는 사실을 반영하기에는 역부족이었다. 1560년에서 1599년 사이 무대에 올려진 극의 인쇄된 제목을 보면 1570년대만 희극과 비극이라는 용어가 자주 사용되었고, 흔히 우리가 희극이라고 부르는 극은 대부분 '히스토리'*historie*로 불리거나 아무런 라벨이 붙지 않았다고 한다. 희극이라는 용어가 끼어든 극은 대부분 행복한 결말로 끝나는 것 외로는 공통점을 발견하기 어려웠고, 종종 행복한 결말 자체도 주인공의 자살이나 구원받지 못한 저주로 끝나는 경우도 있었다고 한다. 일례로 나다니엘 우즈 (Nathaniel Woodes)의 『양심의 분열』 *The Conflict of Conscience*는 1581년에 인쇄되었는데 표지에 주인공의 자살로 끝남에도 불구하고 '새로운 희극(excellent new Comedie)'이라고 붙였고, 같은 쪽에 '슬픈 이야기(lamentable Hystorie)'라고 쓰여 있다고 한다. 이처럼 '희극 혹은 간막극', '비참한 희극' 또는 '비극적 희극'과 같은 명칭은 거부감 없이 흔히 접할 수 있었다고 한다. 정리해 보자면 어느 일관된 장르 의식이 부재한 시기였다고 볼 수 있다.

그럼에도 불구하고 1580년대 후반부터 1590년대 초반에 무대에 올려진 극은 공통된 몇 가지 요소를 가지면서 문학의 한 장르로 구분될 수 있는 희극의 싹을 보이기 시작한다. 비록 의식적으로 적용된 명칭은 아닐지라도 희극에 대한 생각이 통용되던 시점에 셰익스피어는 그런 희극에 대한 생각을 발전시키고 하나의 구별되는 문학 장르로 자리 잡게 하는 데 누구보다도 중요한 역할을 담당하였다. 이 시기에 무대에 올려진 희극은 대부분 관객의 기대와 예측을 크게 벗어나지 않는, 일정한 규칙과 공통된 극적 요소를 지니고 있었다. 본 연구는 일반적인 희극이론이나 영국 르네상스 시대라는 특정 시대의 희극론을 설명하려는 것이 아니고, 그 당시 희극을 보러간 관객에게 익숙했던 것이 무엇인지, 그들이 무엇을 기대하고 있었는지를 밝히려 한다. 이 장에서는 그 당시 관객들이 희극에서 반복적으로 패턴화되어 접할 수 있고, 무대 위에서 예외 없이 다루어지던 것이 어떤 것이었나를 찾아냄으로써 3장과 4장에서의 논지를 풀어갈 밑그림을 그리고자 한다.

그 당시 희극을 보러 가는 사람들은 자신들이 사랑 이야기를 보게 될 것이라는 기대를 하고 갔음에 틀림없다. 사랑을 찾고 완성하려는 행위기 극의 가장 중심축을 이루고 있었다. 드물지만 극의 중심 사건이 다른 경우에도 구애사건(courtship)은 하위플롯(subplot)을 통해 어김없이 끼어들며 관객의 기대를 만족시켰다. 당시 여러 희극에 대한 평에서도 사랑과 희극을 동일시했던 사실을 직접적으로 반영한다. 릴리(Lyly)는 그의 작품 『마이다스』 *Midas*의 서곡(prologue)에서 사랑과 희극의 밀접한 관계를 직접적으로 언급했고, 연극이 도덕을 즐겁게 가르치는 수단이라고 말하는 사람들을 비꼬면서 희극은 사랑과 구애(求愛)소동을 제하면 아무 것도 주는 것이 없는 무용지물이라 비난한 스태픈 고슨(Stephen Gosson)의 말에도 그 당시 희극과 사랑이란 주제를 거의 같은 범주로 받아들이고 있음을 확인할 수 있다. 죽음이 비극이란 장르와 동일시되듯, 사랑은 '영원한 희극의 소재'로 희극이란 장르를 대변하는 특징이었음을 짐작할 수 있다.

이 당시 희극 공식 가운데 또 하나 관련된 요소는 바로 '우연'(Fortune)이다. 행운 혹은 우연이라고 풀어 말할 수 있는, 우발적이고, 계산되지 않은 것처럼 보이는 이 신비적 요소는 대부분의 낭만희극을 이끌어 가는 원동력이었다. 낭만 희극에서는 운 혹은 우연이라는 우호적인 힘에 의해 재앙을 모면하게 되고 연애소동은 행복한 결말로 끝나게 된다. 희극에서 우연이나 행운의 주요 활동은 죽음에서 벗어나도록 하는 것에 있다 해도 지나치지 않는다. 죽음에 대한 적극적인 거부는 희극이란 장르의 또 다른 특징적 요소이다. 죽음이라는 위협의 그림자가 항상 드리워져 있지만, 죽음 자체의 의미보다는, 죽음의 먹구름이 걷히면서 드러나는 밝은 햇살을 돋보이게 하기 위한 극적 장치로서 영향력이 제한되어 있다는 것도 이 당시 극 무대를 특징짓는 희극 공식이다. 극의 초반에서는 분명히 살해되었다고 믿어졌던 사람이, 더구나 그 살인 사건이 이후 모든 사건의 원인이 되었던 경우에도, 우연히 등장한 나그네에 의해 구조되어 극의 후반에 멀쩡히 살아있고 더 잘되었다는 이야기나, 죽었다는 소문으로 아내의 죽음을 슬퍼하고 후회하던 남편의 앞에 다시 살아서 나타나는 아내의 이야기는 희극에서 위장된 죽음 혹은 죽음의 문턱 가까이 접근했다가 돌아서는 플롯이 얼마나 번성했는지를 단적으로 보여주는 예라 할 수 있다.

극의 조종자(manipulator)의 존재는 희극의 우연과 연관 지어 생각해 볼 수 있는 또 다른 요소로 지목될 수 있다. 『사랑의 헛수고』에서 벌어지는 사건들은 우연에 의해 지배된다. 공부를 위해 사랑을 포기한 바로 그 순간에 등장하는 공주 일행은 자로 잰 듯 정확한 타이밍이라 할 수 있다. 극의 마지막 장면에서 베룬(Berowne)의 불평은 사랑 소동이 항상 행복한 결합으로 끝을 장식하는 희극의 패턴에 대한 관객의 기대의식을 고려해서 나온 말이기도 하지만, 동시에 그들이 공주 일행에 의해 전적으로 조정되고 통제되었다는 것을 나타내기도 한다. 행복한 결말을 지연시키기로 결정한 주체도 바로 그들이다.

> 우리의 사랑소동은 옛날 연극처럼 끝나지 않는 걸
> 잭이란 녀석이 질 아가씨와 잘 안될 수도 있나. 이 아가씨들이
> 친절하였더라면 한 편의 좋은 희극으로 막을 내릴 수 있었을 테지.

Our wooing doth not end like an old play:

Jack hath not Jill. These ladies' courtesy

Might well have made our sport a comedy.

(V. ii. 862-864)

이 숙녀들과 유사한 역할과 기능을 떠맡는 인물들은 대부분의 희극에서 항시 존재한다. 운명과 우연을 적극적으로 돕기도 하고, 우연의 역할을 전적으로 떠맡으면서 막다른 골목에 이르지 않도록, 죽음이 마지막 단계가 되지 않도록, 사랑하는 사람들 사이를 가로막는 장벽이 영원한 것이 아니라 "피라머스와 티스비(*Pyramus and Thisbe*)"의 극에 나타나는 움직이는 벽처럼 유동적이 되도록 상황을 조절하고 통제한다. 단지 운이 아니라 자신들의 의지를 가지고 상황을 이끈다는 것은 단순한 우연이나 운의 작용과는 차이가 있지만 결과적으로 행복한 결말을 이끌어 낸다는 점에서 희극에서 우연과 극의 조종자는 같은 문맥에서 설명되어 질 수 있는 요소라 할 수 있다.

페투루치오(Petruchio)처럼 뛰어난 지략이나 오베론(Oberon)처럼 초인적 마법의 힘으로 무대 위에서 극을 통제하고 조종하는 것이 불가능할 경우, 희극이란 장르는 종종 위장, 혹은 변장(disguise)이라는 극적 장치를 이용한다. 변장을 통한 다른 아이덴터티를 취하는 것은 다른 사람들 보다 상황 파악을 잘하고 있다는 이야기로서 상황을 통제 조절하는 데 유리한 위치를 차지한다는 것이다. 그러나 항상 조종술(manipulation)과 변장이 질서와 조화의 세계, 사랑의 완성이라는 희극의 결말에 우호적으로, 사건을 해결하는 방향으로만 향하지는 않는다. 『한 여름밤의 꿈』 *A Midsummer Night's Dream*에서의 퍽(Puck)이 묘약(magic flower)의 마술적 힘으로 연인들이 문제를 해결하려고 했으나, 일시적으로나마 연인 사이의 혼동과 고통을 주었고, 『베로나의 두 신사』 *Two Gentlemen of Verona*에서 줄리아 (Julia)가 자신이 사랑하게 된 프로테우스(Proteus)의 하인으로 위장 한 것 역시 그녀의 사랑을 위해 아무 도움이 되지 않았고 오히려 그 녀의 상황을 악화시키기만 했다. 대부분 희극 작가들은 위장 혹은 조종술(manipulation)이 플롯상에서 문제 해결의 동인이 될 수 있을 뿐만 아니라 플롯을 꼬이게 할 수 있다는 양면적 성격을 파악하고 있었고, 이러한 상충적 기능을 이용했음을 추측할 수 있다.

초인적인 힘이든 변장, 위장이든 간에 이러한 요소들은 현실을 변 형, 혹은 왜곡시킨다. 있는 그대로 보다는 무언가를 첨가하거나 빼내 서 상황을 조작하게 되면서 현실과 허상 사이의 괴리를 만들어 낸다. 희극이란 장르의 적극적인 보호로 희극적인 결말이 보장되는 범위에 서 위험 수위를 조절하지만, 이런 요소가 희극이 아닌 비극에서 다 루어질 때는 그 파괴적인 힘의 강도를 무시하기 어려워진다. 앞으로 다룰 네 편의 비극은 희극이란 보호막이 제거된 상태에서 이런 희극 적 요소들이 비극적 문맥과 충돌하여 생길 수 있는 극적 효과를 최 대한 이용하고자 하는 셰익스피어의 창작 의도를 추적하는 과정으로 볼 수 있다.

변장이나 위장은 희극에만 독점적으로 나타나는 극적 장치가 아니 기에 희극만의 공식이라 제한시키는 것은 무리가 있다는 반론 또한 가능하다. 1600년까지만 해도 비극에서 변장이란 요소를 찾기는 어 려웠다고 한다. 17세기로 들어서면서 변장은 장르의 구분을 흐리게 할 만큼 음모와 복수의 비극에서 빈번하게 이용되는 극적 장치가 되 었지만, 여전히 '모자와 망토를 바꾸어 하는 것'은 희극작가들의 대표 적인 도구라는 생각이 지배적이었다. 그러나 이런 생각과 무대 현실 은 다소 차이가 있어 17세기에는 앞서 말했듯이 비극에서도 변장을 통한 다른 아이덴터티를 취해서 사건을 진행시키는 것이 자주 무대에 올려졌다. 그러나 셰익스피어는 변장이 희극이란 장르에만 귀속될 수 있는 대표적 도구 역할을 한다는 입장을 고수했다. 그의 희극 거의 모든 작품에서 등장인물 가운데 한 명은 다른 아이덴터티로, 일인이역을 맡게 된다. 변장이라는 행위가 전혀 없는 셰익스피어의 유일한 희극인 『착오 희극』 Comedy of Errors에서도, 변장이라는 장치의 변용으로 쌍둥이라는 극적 설정이 결국 아이덴터티의 혼란을 유도한다. 『한 여름밤의 꿈』에서 보톰(Bottom)이 당나귀가면을 뒤집어쓰게 된다는 것과 『헛소동』 Much Ado About Nothing에서 마가렛(Margaret)이 히어로(Hero)의 옷을 입고 그녀의 행세를 하게 되는 것은 모두 자신이 의도한 바가 아니지만 일시적으로 모습을 바꾼 것이 플롯의 발전에 중요한 계기가 됐다는 점에서 희극이란 장르에서의 변장의 효과와 거의 동일한 기능을 했다 할 수 있다. 하지만 비극에서는 어느 누구도 자기의 본모습을 임의로 바꾸지 않는다. 비록 속임수로 자신의 본모습을 속이는 이아고(Iago)의 경우나 정신분열과 같은 것으로 자신의 아이덴터티가 위협받는 오셀로와 안토니(Antony)의 경우가 있지만, 이것은 본래의 자신을 대치하는 전혀 다른 아이덴터티라 할 수 없다. 반면 햄릿이 광인의 역할을 떠맡는다거나 켄트(Kent)와 에드가(Edgar)가 케이어스(Caius)와 불쌍한 톰(Poor Tom)으로 신분과 외양을 바꾸어 나타나는 것은 예외라 할 수 있다. 다시 말해 특별한 목적과 극의 의미 강화를 위해 비극적 맥락에서 변장이란 희극적 장치를 이용한 것이다. 이 부분은 『햄릿』과 『리어왕』을 다루는 부분에서 자세히 살펴보기로 한다.

희극이란 장르는 희극에 적극적이든 소극적이든 적응하려 하는 사람들을 포용한다. 희극의 등장인물들 대부분은 조종술과는 거리가 멀다. 상황을 조절하거나 통제하는 힘은 거의 없고 대개 주어진 상황에 적응해 나가는 인물들이다. 악한 행동을 일삼다가 갑작스런 후회와 회개의 마음으로 전환하여 희극이란 장르에서 살아남는 인물들이나, 상황이 요구하는 대로 더 적합한 짝을 만나기 위해 처음의 사랑을 쉽게 포기하는 변덕스러운 사람들 역시 모두 희극적 적응(comic accommodation)의 대표적인 예로서 희극이란 무대에서 소외되는 것을 모면한다. 진정한 마음의 소유자나 재치 있는 사람들과 같이 희극이란 장르가 보호하는 사람들은 그들이 적절한 보상을 받기 전에, 죽음에 가까이 가는 위험과 역경을 견디어 내야 한다. 이는 행복한 결말이란 답을 구하기 위한 공식과도 같은 것으로, 희극적 적응과정의 한 부분으로 볼 수 있다. 『한 여름밤의 꿈』에서 허미아(Hermia)가 숲 속에서 홀로 남겨져 잠들었다가 눈을 떴을 때의 공포라던가 『착오희극』에서 아이덴터티의 혼동으로 누명을 쓰고 감옥에 갇힐 뻔한 에베소의 앤티포울러스(Antiphlous)의 절박감을 관객은 공유하며 불안해 할 수는 있다. 그러나 이것은 일시적인 것으로 희극을 보러간 관객은 희극이란 장르의 힘을 믿고 순간의 긴장감을 즐길 뿐, 그런 감정에 압도되는 경우는 없다.

사회적 규범이나 규율, 관습 혹은 권위 집단의 독재와 같은 법은 낭만 희극 무대에서 매우 껄끄러운 요소들이다. 이것들은 중심인물들이 자신들의 행복을 위해 피하거나, 왜곡하거나 타파해야 할 장애물로서, 희극이 희극적 결말을 위해 적극적으로 이용하는 소재이다. 문제를 만들고 복잡하게 얽고, 죽음에 가까운 고통과 절박감을 만들어내지만 결국 희극이란 장르의 해결 능력으로, 희극의 자연법 아래 무릎을 꿇고 만다. 셰익스피어의 희극은 차별성 없이 경직된, 일괄적으로 부여되는, 부자연적인 법의 허점을 공격하여 무력화시키거나 전복시키는 플롯을 자주 이용했다. 『한 여름밤의 꿈』에서 아버지라는 권위로 자녀의 사랑까지 좌우하려는 오만을 부리면서 네 명의 젊은이를 위험에 빠뜨렸던 허미아의 아버지 이지우스(Egeus)의 위엄과 법적 근거는 가족의 재결합과 연인들의 사랑 완성이라는 희극적 결말을 앞두고 아테네의 공작 티시어스(Theseus)의 "자네(이지어스) 청을 들어줄 수 없네(*I will overbear your will*)(Ⅳ. Ⅰ. 176)"이란 말에 온데간데없이 사라진다. 이러한 플롯의 전개는 셰익스피어 희극에서만 나타난 것은 아니고 시대가 공유한 극적 장치였다. 『정직한 남자』*Honest Man*이란 작품에서도 극의 행위와 사건을 만들어내고 플롯을 복잡하게 하는 것은 살인에 대한 법규정에서 비롯된다. 셈프로니오(Sempronio)를 죽인 르리오(Lelio)의 행동은 선처를 바랄 수 있는 여지가 있었으나, 어떤 융통성도 보이지 않은 완고한 법 앞에서 꼼짝없이 죽음만을 기다릴 뿐이었다. 그러나 후반부에서 르리오를 돕기 위해 그의 장인과 다른 인물들이 법을 비난한 행위는 극에 의해 인정되었다. 희극적 결말 앞에서 너무 늦지 않게 적당히 장애물이 제거된다.

기존의 사회위계질서 역시 희극의 공격 대상이자 희극이 이용하는 극적 요소이다. 여성이 남성보다 우월한 입장에서 극을 이끌어 가는 주체가 된다든지, 하인 신분으로 주인과 대등하게 지혜 겨루기를 하는 경우를 흔히 목격하게 된다. 『사랑의 헛수고』에서의 코스타드(Costard), 홀로퍼니스(Holofernes), 아마도(Armado)와 같이 사회 계층구조의 가장 밑단을 구성하는 사람들이 현실감이나 의무감에서 나바르왕국(Navarre)의 젊은 학생들보다 앞선다는 극의 메시지는 셰익스피어의 희극에서 빠지지 않는 풍자적 요소라 할 수 있다. 주체 의식을 지니고 극을 이끄는 여성 주인공의 출현이 시대를 특징짓는 희극적 관례로 자리 잡고 있었다는 예는 셰익스피어의 극을 비롯한 여러 다른 극에서 찾을 수 있다. 여성이 극을 적극적으로 이끄는 주체로 부상된 것은 셰익스피어의 초기 희극 『착오희극』의 이지온의 아내이며 에베소의 수녀원장(Abbess)인 이밀리아(Aemilia)나 『베로나

의 두 신사』의 줄리아(Julia)와 실비아(Silvia)를 시작으로 포샤
(Portia), 로잘린드(Rosalind), 비올라(Viola), 헬레나(Helena)를 통해
볼 수 있다. 여주인공이 자신이 원하지 않은 구혼자들을 포기시키기
위해 귀머거리와 장님 역할을 한다든지, 자신의 약혼자의 사랑을 시
험해 본다든지, 적극적으로 희극적 결말을 위해 변장과 조종자 역할
을 맡는 로버트 그린(Robert Greene)의 『제임스 4세(*James the
Fourth*)』의 도로시아(Dorothea)의 경우는 모두 희극에서의 여성의
역할을 추측할 수 있는 전형적인 예이다. 이렇듯 비극과는 달리 희
극에서 여성의 우월한 입지의 점유하는 것은 희극의 축제적 기원과
연관되어 있다고 볼 수 있다. 생산과 풍요로움을 기원하는 축제의식
에서 여성은 상징적인 존재로 의식을 주관했다. 영국의 마을 축제에
서도 오월의 왕(May kings)보다는 오월의 여왕(May queens)이 보편
화되어 있었다. 낭만 희극의 공식화된 상황인 사랑소동은 여성이 남
성을 통제할 수 있는 몇 되지 않는 상황 설정 중의 하나였다. 이러
한 위계질서의 뒤바뀜이 현실을 전혀 반영하지 않았다는 것은 주목
해 볼 만한 사실이다.

융통성과 상황 타협 능력에서 월등한 '시간'은 희극에서 하나의 등
장인물과 같은 역할을 한다. 너무 늦었다던가, 시간이 부족하다는 것
은 희극에 걸 맞는 대사가 아니다. 잘못된 것을 되돌릴 시간은 항상
있고, 실수와 소동을 바로잡을 시간 또한 허락된다. 아무리 긴박한
사건의 소용돌이 속에서도 재담과 입심 겨룰 시간은 할당된다. 피할
수 없는 파국과 연관되어 인식되는 비극에서의 제한되고 정확한 시
간 개념과는 달리, 희극에서 시계바늘을 자유자제로 조정할 수 있다
는 것은 희극적 결말로 극이 움직이게 할 수 있다는, 그래서 '피할
수 있는' 결말을 만들어 낸다는 희극의 자율적 에너지와 연관된다.

액자극(frame plays)과 복식 플롯(multiple plots)은 희극에서 자주

볼 수 있는 극의 구조 양식이다. 『뮤시도러스』 *Mucedorus*, 두 편의 『말괄량이 길들이기』 *The Taming of a Shrew*, *The Taming of the Shrew* 『제임스 4세』 *James the Fourth*, 그리고 『과부 이야기』 *Old Wives' Tale*과 같은 엘리자베스 시대의 희극은 도입부(induction)를 가지고 있는 액자극 형식이다. 『두 명의 화난 여인』 *Two Angry Women*, 그리고 『베로나의 두 신사』 역시 분리된 플롯은 아니지만 액자극 등이 주는 다양성(multiplicity)과 같은 효과를 나타내는데 부족함이 없는 하인들이 등장하여 만들어 내는 잘 다듬어신 상면늘을 가지고 있다. 낭만 희극이라기보다는 희비극에 가까운 『정직한 남자』 역시 극의 중심 사건에 등장하는 높은 이상과 모티브와 대조되는 시골뜨기나 하인과 같은 등장인물이 하나의 플롯을 구성한다. 중심 사건 및 행위에 '부가적인' 혹은 '덧붙여진' 플롯이 희극에서만 독점적으로 나타나는 구조적 특징이라고 못 박을 수는 없지만,■ 다양성(multiplicity), 열린 구조, 시간의 유연성, 포괄성과 같은 희극적 특성과 가장 잘 어울리는 극 구조이며, 그런 특징을 잘 나타낼 수 있는 틀이라는 점은 부인할 수 없다. 셰익스피어의 희극만 보더라도 『한 여름밤의 꿈』에서는 네 명의 젊은이들의 사랑 행각과 관련된 중심 플롯에 티시어스(Theseus)와 히폴리터(Hippolyta)의

■ 스나이더(Susan Snyder)는 『스페인 비극』 *The Spanish Tragedy*을 비롯한 몇 몇 르네상스 시기 비극이 도입부들 가시고 있지만 이늘은 앞으로 전개될 비극적 사건에 직접적으로 얽혀있는 것으로, 진정한 의미의 액자극과의 차이점을 지적했다. 스나이더에 따르면 몇몇 당시 비극작품에서도 도입부나 봊시 플롯구조를 발견할 수 있으나 이들은 전적으로 앞으로 올 비극적 시건과 결말에 초점을 맞추고 있어 주 행위를 해석하고 사건의 의미를 읽어내는 장치적 구실에 충실하다고 할 수 있고 한다. 그러나 진정한 이미이 액자극 혹은 복식 플롯은 중심 사건과 행위에 대한 논평이나 종녹뫼 관계가 아니고, 오히려 중심 사건과 움직임에 대조된 플롯이다. 연결은 되어 있지만 간접적이고 부수물이라기보다는 중심 플롯의 대안 플롯(alternative plot)이라 할 수 있음을 지적했다.

사랑과 결혼, 보텀(Bottom)이 이끄는 목수 연극단원들(artisan players)의 이야기, 그리고 오베론(Oberon)과 티테니어(Titania)의 요정 세계가 절묘하게 연결되면서 하나의 극을 이룬다. 『말괄량이 길들이기』 *The Taming of the Shrew*의 경우에도 크리스토퍼 슬라이(Christopher Sly)의 해결되지 않은 도입부와 비앙카(Bianca)를 둘러싼 전통적인 로맨스 이야기와 케이트(Kate) 길들이기라는 세 가지 플롯을 가지고 있고, 『사랑의 헛수고』도 중심 플롯에 코스터드, 아마도와 재케네터(Jacquenetta)라는 시골뜨기들이 구성하는 플롯과 『아홉 명의 영웅들』 *Nine Worthies*이라는 극이 첨부된다. 가장 초기극 『착오희극』에서는 1,800줄 정도에 쌍둥이 이야기, 가족의 이별 재결합, 시러쿠스(Syracus)의 앤티포울러스(Antipholus)의 구애소동, 시러쿠스의 드로우미오(Dromio)의 소동 등을 집어넣었으면서 희극이 복식 플롯을 적극적으로 이용하고 있음을 알 수 있다.

희극에서는 다양한 계층과 영역의 사람들이 복식 플롯을 구성한다. 흥미로운 것은 흔히 등장하는 하층 사람들(low-life characters)로 구성된 플롯은 의도적이든 의도적이 아니든 중심 플롯과 독자적으로 움직이려 하지만 어느 순간에 중심 사건과 희극적 대조를 이루어 다각적인 삶의 관점을 제시하게 된다. 그들은 사회적으로나 신분적으로 그들의 위에 있는, 그들보다 나은 사람들의 관점과 전혀 동떨어진 1차원적 욕구에 대한 관심만이 가득할 뿐, 극의 중심인물들의 보다 고차원적인 고민, 갈등에 전혀 관심이 없다. 결과적으로 그들이 만들어 내는 플롯은 지나친 이상주의 혹은 낭만적 사랑의 비이성적 감정의 흐름으로 기우는 낭만 희극에 다른 축이 되어 균형을 잡는다. 그들이 극이 진행상에 만드는 플롯은 시간의 유연성이라는 희극의 특징과 깊은 관계가 있다. 희극에서는 마지막 순간에 위험과 곤경에서 구조될 것이 보장되어 있고 재결합과 결혼과 같은 조화와 화합이라는 결말이 정해져있기에, 이러한 플롯의 끼어듦, 플롯의 일탈이 허락된다. 희극에서 말놀이(word play)는 이러한 일탈구조의 대표적인 예로 들 수 있는데, 매우 긴박하고 절박한 순간에도 언어적 유희가 오고 가고, 하층 사람들 혹은 광대에게 제한된 것이 아니라 극에 등장하는 모든 계층의 사람들에게 전염되어 나타나기도 한다.

여기에서 다시 한번 언어유희와 관련된 장르적 구분에 있어 문제점을 제시할 수 있다. 액자극이나 복합구조가 희극에서만 전용되는 구조 양식이 아니듯이 말놀이 역시 비극에서도 나타나는 예를 찾을 수 있다. 셰익스피어의 비극에서는 매우 심각한 순간에서 언어적 유희가 나타나는 경우는 그리 특별한 것은 아니다. 『줄리어스 시저』 *Julius Caesar* 3막 1장 208행과 209행을 보면, 안토니(Antony)가 피를 흘리는 시저의 시신을 바라보며,

> 오 세계여, 너는 이 사슴에게는 숲이었고;
> 그리고 이 사슴은, 아 세계여, 너의 심장이었다!

> O world, thou wast the forest to this hart;
> And this indeed, O world, the heart of thee!

라는 말을 한다. 일반화시킬 수 있는 공식은 아니지만 잠정적으로 구분해보면, 비극에서의 말놀이 혹은 언어적 유희는 '말'과 '언어'에 강세가 있는 반면, 희극에서는 '놀이'와 '유희'에 자체에 의미를 두고 있다는 점에서 그 단어 위에 강세를 찍어야 한다고 할 수 있다. 『로미오와 줄리엣』에서 머큐쇼(Mercutio)의 맵 여왕(Queen Mab)에 관한 희극적 대사가 비극이라는 맥락에서 다른 의미가 부여되는 것처럼, 비극의 대사에서 말장난(pun)의 제1기능은 유희적인 측면보다는 의미의 충돌로 인한 비극적 행위의 어떤 면을 조명하는 것이라 할

수 있다. 심장(heart)과 수사슴(hart)이라는 말장난(pun)은 사람의 몸에 있어 심장이 중요하듯 시저가 로마의 핵심적 인물이지만 육체적으로는 상처 입기 쉬운 동물에 불과하다는 『줄리어스 시저』의 중심 패러독스를 함축적으로 나타내고 있다는 해석이 가능하다. 아무튼 언어유희는 희극과 비극 두 장르에서 효과적인 극적 장치로 이용될 수 있으나, 여전히 언어유희는 희극 영역의 특징으로 귀속시키는 것이 자연스럽다고 본다. 『말괄량이 길들이기』에서처럼 도입부가 극의 행위와 사건에 간접적으로 영향을 주는 경우가 있다손 치더라도, 대부분 희극에서의 언어유희는 독립적이다. 등장인물과 관객들 모두 다양한 의미와 재담을 즐길 뿐, 보다 확장된 의미 찾기에 관심이 없다. 특히 비극적 상황으로의 감정몰입이 중요한 비극에서 언어유희의 개입은 극적 완전성(dramatic integrity)을 위협할 수 있다.

희극은 자기의식 장르이다. 다시 말하자면 관객에게 무대 위의 배우들이 연기를 하고 있다는 의식을 의도적으로 상기시킨다고 할 수 있다. 희극은 관객과 일정한 거리두기를 하는 데 망설이지 않는다. 오히려 그러한 거리의 존재가 극의 효과를 강화하기 때문이다. 관객의 인식의 층, 혹은 각도를 다양하게 만들면 만들수록 극의 효과는 더욱 높아진다는 사실을 전제로, 희극은 극중극(play within play)이라는 극적 장치를 자주 활용한다. 여기서의 극중극이란 『스페인 비극』에서의 "솔리먼과 페르시더(Soliman and Perseda)"라던가, 『햄릿』의 "곤자고의 살인(The Murder of Gonzago)"를 의미하는 것이 아니라, 『사랑의 헛수고』의 "아홉 명의 영웅들"이라든가, 『한 여름밤의 꿈』의 "피라머스와 티스비"와 같은 것을 의미한다. 언어유희에서처럼, 비극에서의 극중극은 의미와 내용에 주목해야 하는 본래의 극의 움직임과 연관지어 파악해야 하는 종속적인 관계이다. 그러나 희극에서 관객의 주목을 요하는 것은 극 행위 자체이다. 주로 대사를 잊거나, 실수하거나 엉뚱한 배역 나누기 등으로 관객이 극을 보고 있다는 의식을 만들어 내며 웃음을 자아내는 것에 만족하지 그 이상의 어떤 것을 요구하지 않는다. 무엇을 말하는가보다는 어떻게 재현되는가에 무게 중심을 놓게 된다. 배우가 절대로 맡은 역에 쉽게 동화되지 않듯이 관객 역시 극의 허구성에 쉽게 속지 않는다. 극적 장치로서 극중극 역시 어떤 특정 장르에서만 나타난다고 할 수는 없지만, 극중극이란 장치가 관객과 무대 간의 일정 거리감의 효과를 유도한다는 점에서는 희극이란 장르와의 친밀도를 확인할 수 있다.

지금까지의 내용을 요약해 보면 다음과 같다. 1590년대 초반부에 희극을 보기 위해 극장에 가는 사람들은 행복한 결말로 끝나는 사랑 이야기를 기대하고 있었다고 추측된다. 그 과정에서 진정한 사랑의 장애물은 행운 또는 시간과 같은 호의적인 힘과 인간의 지혜 혹은 책략에 의해 필히 제거될 것이라는 것과 변장이나 마법과 같은 극적 장치가 사용되리라는 예측 또한 가능했으리라. 끔찍한 재앙이 무대 위의 사람들의 운명을 위협하지만 관객은 극작가가 사건의 방향을 적절히 통제할 것이라는 믿음 아래, 해결을 전제로 한 긴박감을 즐겼을 것이다. 관객은 또한 불편한 감정이 아닌 즐거움으로 극작가가 현실과는 다른 무대를 재현하는 것을 받아들였을 것이다. 가차 없이 정확한 시간의 흐름, 자식에 대한 부모의 절대적인 권위, 여성에 대한 남성의 지배권 등과 같은 억압된 현실을 뒤집어, 융통성 있는 시간의 흐름, 고집스런 부모세대를 누른 젊은 세대의 등장, 남성보다 더 적극적으로 극을 이끄는 주체로서의 여성의 모습을 희극을 통해 흔히 섭했을 것이다. 다양한 사건과 인물들이 무대를 채울 것을 기대했을 것이고, 낭만적 사랑소동과 더불어 음식의 양념과도 같은 사회 하층 사람들의 솔직 담백하고 현실적인 재담 장면을 즐겼을 것이다. 말장난(pun)이나 말의 오용(malapropisms) 등을 이용한 언어유희를 위해 기꺼이 플롯의 속도를 늦춰주는 희극은 관객들에게 하나의 열린 구조, 틀로써 이해되었을지도 모른다.

관객들 가운데 로마희극과 그리스 로망스 등을 접한 경험이 있는 사람들에게 이러한 희극적 기대감은 더욱 강화되었을 것이다. 그리스의 산문체 로망스 역시 사랑이 모든 사건의 발단이 되고 사랑하는 사람들의 짝짓기가 결말을 이룬다. 우연의 힘(fortune)이 죽음에 가까운 재앙을 가져오기도 하고 동시에 탈출구를 열어주기도 한다. 아이들은 무방비 상태로 숲이나 황야에 노출되지만 항상 살아남고, 강간이나 살인이 시도되지만 성공한 적은 없다. 배가 난파되는 사건도 치명적인 결과로 이어지는 경우는 없고 해적도 중요한 사람을 죽이는 경우는 없다. 죽음이 희극이란 장르와 거리감이 있듯이 로망스에서도 죽음은 이방인적 존재이다. 시간은 희극에서처럼 융통성을 갖고, 일반적으로 고정된 현실은 어느 정도의 문학적 각색을 통해 변용되기도 한다. 기사나 숙녀들도 상황이 요구하는 대로 쉽게 하인이나 하녀로 신분을 위장, 다른 아이덴터티를 취하는 것을 쉽게 볼 수 있고, 마법과 같은 초자연적 요소도 극 효과를 위해 자주 사용되는 요소이다. 결국 로망스의 소재 및 주제에 대한 관객의 사전 인지도와 로망스의 대중성은 희극의 무대전통을 공고히 하는 데 큰 역할을 담당했음을 부인하기는 어렵다.

로마의 희극 작가 플라우투스(Plautus)와 테렌스(Terence)의 작품 역시 그 당시 교육(grammar-school education)을 받은 사람이라면 누구에게나 어느 정도 친숙한 희극이라 할 수 있다. 도란(Madeleine Doran)은 그들의 희극이 엘리자베스 시대의 포괄적이고 담아내는 감성과는 다른 폐쇄적이고 메마른 분위기를 만들어 낸다는 점에서 낭만 희극과의 차이점을 지적하지만, 덧붙여 그 당시 독자들이 플라우투스와 테렌스의 작품을 낭만적으로 정의할 수 있는 요소들, ―우연

히 진실이 밝혀진다던가, 새롭게 자아를 찾게 된다던가, 때맞춰 무슨
일이 벌어진다 등 - 을 통해 결혼으로 끝나는 사랑이야기로 받아들이
고 있었음을 간과하지 않았다. 극의 분위기가 아니고 표면상 드러나
는 구조적 측면을 조명한다면 로마의 희극과 엘리자베스 시대의 희
극 사이에는 분명한 연결고리가 있다. 사랑 혹은 성적 욕구가 플라
우투스와 테렌스 작품의 플롯을 이루고 있고 사랑의 완성이 극을 마
무리한다. 위장 혹은 변장을 통한 많은 조종술이 극을 이끄는 주된
힘이 되고, 우연과 같은 우호적인 힘이 극을 행복한 결말로 이끈다.
연인들에게 우호적인 힘의 통제나, 오랜 동안 놓났던 아버지를 되찾
아 하녀의 신분을 벗어나 귀족이 된다는 플롯이나, 재앙에 직면하기
바로 전에 운명의 급반전이 일어난다는 것은 로마 희극에서 번번이
반복되는 요소이다. 엘리자베스 시대 관객의 흥미를 끌었던, 극에서
의 여성의 주도적인 힘을 찾을 수는 없지만, 로마 희극에서도 구세
대의 권위가 신세대에게 이양되고, 하인이 주인을 약 올리고 조정하
는 장면은 쉽게 접할 수 있었다고 한다.

플라우투스의 희극에서 종종 무대 위의 배우가 극에서 빠져 나와
관객과 이야기를 나눈다던가, 관객에게 상황 설명을 한다던가, 관객
의 반응을 조정한다던가 하는 방법으로 무대의 인위적 상황을 의도
적으로 관객에게 인식시키면서 다층 관점을 제시했다는 점 역시 다
양하고 열린 관점을 수용하는 희극의 일반적 특성과 연관되는 부분
이다. 테렌스는 플라우투스의 방식을 따르지는 않았지만, 이중 플롯
을 선호하면서 관점과 시각의 다각화를 통한 극적 효과를 간과하지
않았다. 비록 엘리자베스 시대 희극에서처럼 어조(tone)와 사회적 계
층의 다양화가 이루어지지 않았고 플롯 또한 매끄럽게 연결되지는
않았지만, 관객에게 하나 이상의 관점과 시각을 제시한다는 측면에
서 영향력을 보였다는 추론이 가능하다. 1580년대를 거쳐 1590년대

에 이르기까지 여러 희극 작품에서 공통적 분모로 나타나는 요소는 이처럼 산문체 그리스 로망스와 로마 고전 희극에서 유추할 수 있는 비슷한 패턴과 극적 장치, 구조에 대한 관객의 익숙함에 도움을 받아 엘리자베스 시대 후반부와 제임스 1세 시대의 극에서도 하나의 무대 관행(conventions)으로 이용되었다.

지금까지 희극 무대의 일반적인 관행에 관해 말해 오고 있는데, 이쯤에서 왜 이런 특별한 공식, 법칙과도 같은 양식(樣式)들이 만들어졌는지, 도대체 어떤 것이 희극에 생명력과 의미를 부여하는지 알아볼 필요성을 느끼게 된다. 셰익스피어는 그의 작품에서 특별한 희극 이론을 개진시킨 적도 없고, 특별한 관심조차 있었는지 확인하기 어렵다. 따라서 시대에 따라 누적 되어온 희극에 관한 전통적인 정의를 살펴보는 것을 출발점으로 삼아 논지를 이어가면서 숨고르기를 하고자한다. 이론가들의 반복되는 표현과 정의를 빌자면 희극은 평범한 사람들의 개인적인 사건을 다루는 것으로 왁자지껄하게 시작해서 심각한 위험 없는 소동을 지나 행복한 결말을 이루는 이야기 틀이다. 비극이 역사적 사실과 비견되거나 역사를 되짚어 볼 수 있는 사건과 사실에서 플롯을 가져왔다고 한다면 희극의 플롯은 전적으로 허구이다. 신희극과 아리스토텔레스의 비극에 대한 설명과 대조되는 장르로서의 희극에 대한 정의를 바탕으로 한, 이와 같은 기초적인 구분에서조차 희극은 분명 비극과는 다른 하나의 분명한 영역을 확보하고 있는 장르임을 추측할 수 있다.

희극과 비극은 서로 떼어놓고 설명할 수 없다. 비극과 희극을 정의 한 많은 장르론과 관련된 책이나 논문을 보더라도 상호 장르에 대한 의식의 고리를 끊고 독자적인 설명이 불가능한 것을 쉽게 알 수 있다. 희극은 행복하게 끝나고, 비극은 슬프게 끝난다는 가장 보편화된 전제를 필두로, 두 장르 모두 잠재, 혹은 표면화, 가시화된 문제와 갈등에 관한 이야기이지만 희극은 해결을 전제로 한 재앙을 다루는 반면, 비극은 운명 혹은 필연으로서 재앙을 다룬다는 또 다른 대립적 명제를 이끈다. 또한 이미 1장에서 다루었듯이 비극은 하나를 제외한 모든 다른 선택사항을 거부하면서 '피할 수 없는' 결말을 향해 움직이는 반면, 희극은 '피할 수 있음(evitability)'이라는 원칙에 입각하여 모든 요소가 조립된다와 같은 상대적 정의가 일반화되어 있다. 희극이란 무엇인가란 질문의 답으로 비극에 대한 언급이 빠질 수 없었고, 비극이란 무엇인가라는 질문에 희극에 대한 언급을 생략할 수 없었다. 정의를 하는 것에서부터 상호 장르 의식의 개입이 불가피한 상황을 고려한다면 작품을 통한 상호 장르 의식은 충분히 짐작 가능하다.

피할 수 없는 좌절과 죽음이라는 한계에서 자신의 위엄과 영웅적 의미를 찾아야 하는 비극의 주인공처럼, 비극작가는 전설이나 역사와 같은 제한적 소재 안에서 독특한 삶과 존재의 의미를 표현해 내야 하는 반면, 희극작가는 허구로부터 플롯을 만들어 내기에 희극의 조종자(manipulator)처럼 사건을 만들어 가는 데 자유롭다. 보통사람이 아닌, 위대하고 특별한 사람의 결정적 행위를 다룬 것이 비극이고, 평범한 사람들의 사소한 변화를 다룬 것이 희극이라는 관례상 구분은 삶에 대한 상반된 견해를 제시하게 된다. 비극에서는 삶을 반복되거나 되돌릴 수 없는 일회성으로, 개개의 행위와 결정이 모두 중요하고 심각하다. 반면 희극은 삶을 계속 흐르는 강과 같은 개념으로 인식하여 인간은 그 흐름을 멈추게 하거나 흐름의 방향을 바꿀 수 있는 주체적인 입장이 아니라 흐름을 따라가는 참여자라고 규정한다. 이것은 햄릿과 묘파기꾼의 견해 차이에도 반영되어 있는 사실이고, 클레오파트라(Cleopatra)와 광대 사이의 좁힐 수 없는 거리감이기도 하다. 정확하게 눈금 재어 나타나는 인물과 보편성을 띠는 인물간의 대조는 바로 비극과 희극이란 장르의 기본 철학을 보여주는 단적인 예라 할 수 있다.

희극 무대에서 자주 만날 수 있는 전형적인 인물 역시 하나의 희극적 공식(conventions)을 이루면서 희극이란 장르에 생명력과 에너지를 공급하는 역할을 한다. 이미 언급한 적이 있는 마법이라는 초자연적인 힘을 가진 사람 혹은 변장을 통한 다른 아이덴터티를 취하는 사람, 영리한 여주인공과 같은 극 조종자(manipulator)는 한바탕의 소란 후의 행복한 결말을 허락하는 희극의 자연스러운 궤도를 이끄는 중심축이 된다. 그러나 앞서 지적했듯이 무대 위에서 극을 조종하는 인물(manipulator)들은 희극적 결말로의 움직임의 가장자리 혹은 반대 방향으로 작용할 수도 있다. 광대는 단지 희극적 환경 설정 인물로 플롯에서는 아주 작은 역할을 담당할지는 모르지만, 낭만 희극에서 광대의 의미는 중심 플롯에서의 비현실적이고 이상화된 사랑소동에 현실의 무게를 줄 수 있다는 데서 찾을 수 있다. 즉 1차원적 욕구의 충족에서 오는 기쁨을 대변하는 이 인물은 희극이란 장르가 필요로 하는 다양성의 원리를 만족시킨다.

희극이 적극적으로 옹호하는 가치와 인물이 있다는 점도 희극의 정해진 틀을 만드는 데 일조 했다. 젊은 연인들은 항상 자신들의 사랑을 성취한다는 것도 희극의 정해진 결말이고, 덧붙여 엇갈린 애정 공세는 낭만 희극의 주된 메뉴라고 언급했었다. 항상 처음에 사랑에 빠진 대상을 취하는 것은 아니지만 극이 끝나기 전까지 누군가와 짝을 맺게 된다. 결과적으로 희극의 주인공은 젊은 남녀가 되고, 그들과 그들의 사랑에 대한 입장과 태도에 따라 주변 인물들의 운명도 결정된다. 사랑에 반대했던 사람들도 결국은 자신들의 패배를 인정해야 하고 그러한 인정을 통해 그나마 축소된 권위를 유지하고 무대에서 소외되지 않게 된다. 희극은 젊은 세대의 손을 들어주고, 융통성 없는 하나의 시야에 고정된 사람보다는 포괄적이고 포용력 있는 기질의 소유자에게 미소를 보낸다. 이 모든 것은 희극의 기원이 다산(多産)과 풍요를 기리는 의식과 연관되어 있다는 점에서 설명 가능하다. 고대 의식은 다산을 기원하며 죽음을 몰아내기 위한 상징적인 예식을 행한다. 여름이 겨울을 몰아내고, 늙은 왕이 젊은 세대에게 자리를 내주고, 죽은 신이 부활한다와 같은 내용을 담아낸다. 형식이 어떠하든 모두 삶, 생명에 관한 것이다. 낭만 희극은 이러한 상징적 예식과 전통에 기원을 두고, 거기에 뿌리를 내리고 있기에 희극의 정해진 양식들(conventions)은 이러한 상징싱을 담아내기 위한 필연적 장치들의 집합체가 아닌가 한다.

이쯤에서 희극적 인물군(人物群)에 대한 설명이 불가피하다. 희극 무대에서 자주 접할 수 있는 에이론(Eiron), 알라존(Alazon), 그리고 보모로쿠스(Bomolocus)와 같은 고정화된 인물 타입 역시 희극을 공식화하는 요소이다. 에이론과 알라존, 보모로쿠스라는 용어는 아리스토텔레스의 『시학(*Politics*)』, 『윤리학(*Ethics*)』, 그리고 『수사학(*Rhetoric*)』과 밀접한 관계가 있는 희극에 관한 그리스 논문, *Tractatus Coisilianus*에서 나온 용어라고 한다. 에이론은 '빈정쟁이(ironist)'로 본래의 자기보다 자신을 낮추는 사람이고, 알라존은 '허풍쟁이(imposter)'로 본래의 모습 이상의 무엇처럼 보이려 하는 사람을 뜻한다고 한다. 보모로쿠스는 '익살꾼(buffoon)'이다. 일반적으로 전통 희극은 에이론과 알라존의 대립상태에서 극이 진행되다가 에이론의 승리로 극은 끝난다. 보모로쿠스는 사건에서는 필수적인 인물이 아니지만, 노드롭 프라이(Frye)가 말했듯이, 희극적 분위기를 고조시키는 기능을 담당한다. 엘리자베스 시대의 극 무대에서도 이와 같은 다입의 인물군을 발견할 수 있다. 우쭐대지만 자기 안에 갇혀있는, 환영받지 못하는 알라존적인 인물과, 극적 조종자(manipulator), 마법과 같은 초인적 힘을 보이는 사람, 그리고 변장을 통한 다양한 아이덴터티를 보이는 사람처럼, 남보다 다충적 인식능력의 소유자인 에이론적인 인물, 주로 광대역할을 하는 보모로쿠스 타입의 인물들로 무대는 가득 찼다. 그러나 어떤 인물이 에이론 타입인지, 알라존 타입인지 목록화하는 것에는 별다른 의미를 찾을 수 없다. 왜냐하면 『말괄량이 길들이기』에서 케이트는 말괄량이 짓을 할 때는 알라존이었으나 극의 후반부에는 에이론적 인물로 바뀐다. 사랑에 빠진 젊은 연인들은 일반적으로 에이론적 인물군으로 파악되는데 『베로나의 두 신사』의 포로테우스나 『한 여름 밤의 꿈』의 네 명의 연인들은 과연 에이론적 인물인가 확신이 가지 않는다. 프라이(N. Frye)는 극작가가 사랑에 빠진 사람을 성격 면에서 다소 중성적이고 불확정적으로 만드는 경향을 지적하면서 에이론적 인물이다라고 했는데(*Anatomy*. p.173), 이 논리는 신빙성이 없다는 생각이 든다. 그보다는 사랑에 빠진 젊은이들은 변장이나 극을 조종하고 통제하는 것이 불가능할 때조차 새로운 상황에 적응하기 위해 끊임 없이 변화하고 즉흥적으로 대치하는 경향에서 에이론적 인물로 구분된다고 할 수 있다. 따라서 이러한 인물군을 지칭하는 용어들은 희극의 기본적 갈등을 정의하고, 그것의 해결책을 설명하는 데 이용되어야 한다. 즉, 희극에서는 에이론적 원리가 알라존의 원리를 이겨야 한다는 것은 융통성을 바탕으로 하는 상황적응력과 포괄적인 자기 파악능력이 자기기만과 그로 인한 경직되고 완고한 폐쇄적 성향을 압도하거나 변형시키는 주체가 되어야 한다는 것으로 풀이 된다. 이 공식에 의하면 연인들은 사랑을 축으로 자기 외의 타자와의 결합과 조화를 통해 확장과 개방의 가치를 확인시키는 반면, 알라존의 대표적인 인물인 샤일록(Shylock)과 말볼리오(Malvolio)는 자기 자신의 세계에 갇혀 밖으로 나오지 못하는 인물이다. 말볼리오는 자신을 사랑에 빠진 사람으로 생각하지만, 그는 자기 자신의 이미지가 투영된 올리비아(Olivia)와 자기 자신을 분리시키지 못했다. 그는 자기 최면 및 도취의 상태이기에 결국 자기 안에 갇혀 다른 사람과의 동화되는 경험에서 소외된 전형적인 알라존이다. 『말괄량이 길들이기』의 페투루치오(Petruchio)가 케이트(Kate)를 길들이게 되는 것은 결과적으로 그녀에게 잠재되어 있던 이러한 에이론적인 성향을 끄집어내는 데 성공한 것이다라는 해석이 가능한 것도 바로 이런 까닭이다.

희극적 인물 타입은 생명을 불러일으키고 죽음과 메마름, 척박함과 그에 상응하는 가치들을 추방하는 다산과 풍요의 제례의식과도 관련된다. 특히 플롯의 움직임에서 자주 이뤄해시 밀과 재치의 세계로 자수 빠져드는 광대와 같은 보모로쿠스라는 인물은 가장 '순수한' 생명력의 의미를 전달한다. 구세대에 대한 신세대의 승리, 에이론과 알라존의 대립 상황에서도 희극의 기원인 제례의식의 상징성을 읽어낼 수 있다. 라이샌더(Lysander), 디미트리우스(Demetrius), 그리고 이지우스(Egeus)의 경우가 예가 된다. 그러나 항상 나이 많은 사람들이 알라존 타입이라고 못 박을 수는 없다. 이지우스는 권위와 법을 대변하지만, 마법을 사용한 사건의 조절 능력을 지닌 오베론이나, 비록 생명과 풍요의 장애 세력이었지만 결혼을 통해 생명과 자연의 흐름에 합류하는 티시우스는 에이론의 범주로 포함시킬 수 있는 여지가 있다. 따라서 알라존으로 구분되는 기준은 나이가 아니라 생명의 연속적 흐름에 순응하는지 아니면 방해하는지에 있다고 보아야 한다. 어떤 경우에서도 알라존은 완고함 속에서 생명과 에니지를 잃게 되고 변화와 확장의 능력이 부재하는 폐쇄적 인물임을 부인하기는 어렵다.

새로운 생명을 보장하는 융통성을 적극적으로 포용하는 희극은 인물 관계에 있어서나, 플롯의 움직임에 있어서나, 관점과 시각에 있어서나 선택의 여지가 없는 곧은 길이 아닌 여러 갈래로 나눈 길을 선호한다. 랭거(Susan K. Langer)의 희극리듬에 대한 명쾌하고 설득력 있는 해석에 익숙한 사람이라면, 융통성과 관련된 에이론 원칙과 적응과 "현명한 기회주의(brainy opportunism)"을 통한 생존이라는 랭거의 논지를 바로 연관지어 생각해 볼 수 있는 대목이다. 문학 이론보다는 생물학을 이용해 랭거 한 생명체 혹은 유기체가 형태나 행동을 변화시키면서, 혹은 이용할 수 있는 기회는 모두 사용해서 장애를 넘어서 생존하고 자식을 번성하려는 본능에서 희극의 리듬과의 유사점을 찾았다.

희극의 에이론 원리는 희극에서 변장이라는 극적 장치가 하나의 공식(convention)으로 자리 잡는 데 도움을 주었다. 극에서 변장은 무대 위의 다른 사람보다 더 높은 위치에서 극의 움직임을 조망할 수 있는 특권이 된다. 남장을 통해 그녀 자신의 문제뿐만 아니라 아덴(Arden) 숲에서의 애정 소동을 정리하는 『뜻대로 하세요』 *As You Like It*에서의 로절린드(Rosalind)의 경우에서처럼, 변장은 극의 움직임에 있어 중요한 통제와 조절 장치이다. 『베로나의 두 신사』의 줄리아(Julia)가 하인으로 변장한 것은 사건을 조절하고 통제하지는 못했지만, 줄리아로서는 알지 못했을 내용을 변장을 통해 알게 됐다는 점에서 보다 유리한 입장이 된다는 것은 확실하다. 적어도 변장을 통해 무언가를 알게 되고, 사건에 연루된 사람이자, 동시에 사건을 객관적으로 바라볼 수 있는 관찰자라는 이중 시각을 갖게 된다. 이러한 이중 시각은 일시적으로 등장인물들을 당혹스럽게 하거나 고통을 초래할 수도 있지만, 희극이라는 다채로운 색감의 집합체에서는 오히려 한 길로 뻗은, 알라존적 시각이 가져오는 불안함과 위험스러움과 대조되어 긍정적 의미로 흡수된다. 로절린드나 『베니스의 상인』 *The Merchant of Venice*의 포샤(Portia)와 같은 인물은 변장을 통해 자기 정체성을 유지하는 가운데 새로운 아이덴터티를 추가로

얻게 되어 행동과 사고의 한계적 상황을 극복하게 된다. 로절린드는 사랑이란 감정에 연루된 여성이자, 동시에 사랑을 조롱하는 남성이라는 이중 목소리를 갖게 되면서 극의 감정 조율을 해나가고, 포샤는 포샤라는 여성이면서 동시에 학식 있는 변호사가 된다.

변장만큼 희극에서는 성격의 급반전이 목격된다. 말괄량이 케이트가 갑자기 유순한 아내가 된다던가, 충실한 친구이자 연인이던 프로테우스(Proteus)가 갑자기 배신자이자 강간을 하려는 사람으로 변했다가 다시 원래의 자리로 돌아온다는 등, 한 인물에서 여러 모습을 발견하게 된다. 비평가들은 이러한 성격의 급변에 불쾌하면서 믿기 어려울 뿐만 아니라 우스꽝스럽다고 비난한다. 그러나 이러한 성격의 급변은 우연이나 자의적인 것은 아니다. 희극의 리듬과 희극적 궤도를 충실히 따르는 것이다. 희극은 앞서 언급했듯이 새로운 상황에 적절히 적응하는 유기체와 같이, 상황에 따라 변할 수 있는 융통성 있는 성격을 포용한다. 하나만을 고집하는 것은 희극이 용납하지 않는다. 이러한 다양한 가능성과 선택이 불가능한 비극을 보면 의미가 분명해진다. 비극의 주인공들은 분열된 자아를 인정하지 못하고 하나의 아이덴터티를 고집하다가 비극적 결말을 맞게 된다. 웹스터(Webster)의 유명한 여주인공 몰피공작부인(Duchess of Malfi)의 다음 대사는 이 단락의 의미를 단편적으로 정리한다 "내가 누군지 나에게 말할 수 있는 사람이 도대체 누구더냐?―나는 여전히 몰피 공작부인이다. *Who is it that can tell me who I am?-I am Duchess of Malfi still.*(Ⅳ. ⅱ. 150)"

희극은 지금까지 보아왔듯이 다양한 공식, 법칙, 양식의 집합체로, 많은 것이 희극이란 틀 안에서 자율성을 가지면서 한데 혼합되어 있다. 그러나 이러한 다양성 안에 공통적으로 흐르는 원칙 혹은 전제(assumptions)가 있다. 형식과 장치는 너무 다양해서 하나의 공식에 적용시킬 수 없지만 가장 압도적인 원칙은 '단일성(singleness)'에 대한 거부이다. 희극이 행복한 결말이라는 대전제를 향해 움직이고, 이 것이 결혼이라는 방법을 통해 주로 이루어진다는 것을 보더라도 둘 이 됨은 혼자인 것보다 더 바람직하다라는 생각을 희극은 가지고 있다. 셰익스피어의 희극은 특히 자의든 타의든 간에 소외, 고립된 상 황에 대한 강한 불편함을 무대에 올린다. 죽은 오빠를 애도하며 세 상과 스스로 고립됨을 유지하려는 올리비아(Olivia)의 경우나 말괄량이 짓으로 현실의 문을 닫아버린 케이트(Kate)의 경우나 학문을 위해 사랑의 감정에 둑을 쌓기로 한 나바르왕국의 젊은이들은 모두 자연스럽지 못한 상태에서 희극적 변화를 겪어 극에 융화되는 사람들이다. 짝을 이루고자 하는 보편적이고 너무나도 자연스러운 본능적인 충동을 거부한 젊은이들은 개인, 혼자로는 완전한 정체성을 이루지 못하고 궁극적으로 다른 사람과의 결합으로 완전함을 이룬다는 사고가 극을 지배한다. 마치 원의 반쪽과 같은 한 개인이 다른 원의 반쪽과의 만남으로 완전한 구체, 원을 이룬다는 개념과 같다. 대다수의 희극이 많은 쌍의 결혼으로 끝나는 전형적인 결말은 삶에 대한 완전한 참여의 상징으로 해석된다.

희극에서는 마법의 세계이든 상상의 세계이든, 우리 눈으로 볼 수 없는 세상의 존재를 인정한다. 우리 눈으로 확인 가능한 현실만으로는 충분치 않다. 베이컨 수도사(Friar Bacon)의 희극적이지만 두렵기도 한 악마들의 세계도, 티타니아의 요정 사회처럼 낭만적이고 아름다운 세계도 희극에서는 현실 세계와 같은 무게로 다루어진다. 또다른 것이 존재한다는 것만으로도 희극은 만족한다. 희극은 가능한 가장 포괄적인 시야를 얻기 위해 모든 문을 열어 놓고 받아들이는 개방적이고 흡입력 있는 장르이다. 이중, 삼중 플롯의 존재가 고정된 단일한 플롯보다 낫고, 광대 및 사회 저변을 구성하는 하층민, 서민,

시골뜨기도 사랑에 빠진 연인들만큼 자기 목소리를 낼 수 있다. 관객들조차 의도적으로 무대라는 인위적인 현실공간을 의식하도록 유도되어 다층적 리얼리티의 공존으로 인한 효과를 얻어내기도 한다.

희극이란 장르가 '단일함'을 거부하는 것은 제한, 억압, 구속을 거부하는 무의식적, 그리고 문명화를 거부하려드는 인간의 본성의 일부와 깊은 관련이 있다고 볼 수 있다. 시간의 긴박성, 원인과 결과, 불가피성은 모두 단일성의 또 다른 말들이다. 그들의 뒤에는 하나로 올곧은 실반이 존재할 뿐 선택할 수 있는 곁실이라는지, 놀아올 수 있는 길과 같이 생각과 성념을 위한 우회로는 허락되지 않는다. 만면 희극은 다양한 대체 세계를 제안한다. 시간의 구속력을 던져버리는 데서 오는 기쁨과 사회적 구속과 기존 가치체계를 넘어서는 데서 오는 즐거움을 희극은 외면하지 않는다.

'단일함'에 대한 거부는 바로 '다양성(multiplicity)'에 대한 적극적인 수용으로 이어진다. 세속적인 광대 혹은 시골뜨기들의 세계와 사랑에 번민하는 공작이나 귀족들의 세계의 병치과정은 균형과 조화를 통한 희극의 완전성의 개념으로 해석된다. 낭만적이지 못한 현실주의적 관점은 낭만적이고 이상적인 감정의 무게와 균형을 이루어 사고와 판단의 여백과 여유를 제공한다. 다시 말하자면 관객이 단일한 관심에 지나치게 몰입하는 것을 막고 보다 넓은 시야를 갖고 사건과 행위의 주변 자리까지 볼 수 있는 사고의 자유로움을 즐길 수 있다는 말이다. 예를 들어, 『한 여름밤의 꿈』에서 허미어는 숲에서 혼자 남겨지면서 극심한 공포에 사로잡히게 되고, 관객도 순간적으로 그런 공포의 감정에 연루된다. 뱀이 그녀의 심장을 도려내 파먹는 악몽을 꾼 뒤 잠에서 깨어난 그녀는 연인 라이샌더에 의해 버림받고 홀로 남겨진 자신을 발견한다. 그녀는 절망에 차서 "죽음이든 아니면 당신(라이샌더)이든 곧 찾게 되겠지 *Either Death or you I'll find immediately*"(Ⅱ. ⅱ. 156)이라고 울부짖으며 숲을 배회하게 된다. 그러나 막상 관객의 눈앞에 바로 나타난 것은 목수 연극단 퀸스(Quince) 일행이 어설프게 만든 "피라머스와 티스비"라는 연극이다. 보톰과 그 일행은 그들이 연기하는 감정에 몰입하기는커녕, 믿지도 않고 있다. 그들이 사실적인 무대를 만들려고 하면 할수록 지금까지 네 명의 젊은이들의 사랑 행각은 헛소동과 같은 느낌을 전하게 된다. 비록 이들의 시각이 사랑소동을 벌인 젊은이들이 제공하는 시각을 소멸시키지는 않지만, 후자의 시각을 해석하는 더 큰 틀의 존재를 관객으로 하여금 의식하게 한다. 결국 허미어의 절망적 상황에 대한 몰입이 아닌, 절망의 가장자리를 둘러볼 여유를 관객에게 제공된다.

물론 이러한 이중, 혹은 다중 시각이 무대 위의 배우에게 허락되는 것은 아니다. 의식이나 시각의 확장은 일차적으로는 관객의 경험 차원이다. 희극은 희극의 등장인물들도 에이론 원칙에 입각하여 이러한 확장된 의식의 차원으로 움직이도록 유도한다. 더 나아가 로절린드나 포샤처럼 다양한 시각을 갖고 있는 이상적인 인물을 무대에 올리기도 한다. 그러나 일반적으로 관객이 항상 우위에 있고 무대 위의 배우보다 관객이 더 많은 것을 보고 알고 있다. 이것 역시 다층적 인식이 가져오는 극적 효과이자 즐거움인 것이다. 바로 이것이 셰익스피어가 비극작품의 창작과정에서 발전시키고 참고한 희극 양식이기도 하다. 희극이 제시하는 세계는 현실적이지는 못하지만, 한정, 유한, 제한의 개념을 거부하는, 인간에게 절실한 현실적인 필요에 대해 직접적으로 반응한다는 점에서 의미를 찾을 수 있다. 이런 차원에서 셰익스피어가 제한과 유한이란 개념을 비극의 필요조건으로 삼았을 때는 이미 언제라도 손 뻗어 닿을 거리에 대조적으로 비극적 효과를 강화할 수 있는 희극이라는 대체 세계를 두고 있었다는 추론 역시 가능하다.

희극이라는 장르의 응집력에도 불구하고 희극은 얇은 얼음막으로 덮인 강과 같다. 그 얼음막 밑에는 언제라도 막을 뚫고 올라올 수 있는 거센 물의 흐름을 감지할 수 있다. 그러나 희극이란 장르의 원심력으로 모든 형식과 의미들의 파편들이 떨어져 나가지 않고 다양한 모든 가능성을 희극적 결말로 흡입시킨다. 모든 소동과 혼란은 희극이라는 자의적 법에 의해 진정되고 중심은 흩어지지 않는다. 장르의 힘 그 자체이다. 그러나 이러한 희극적 요소와 관행이 희극이 아닌 비극 무대에 올려졌을 때 그 결과는 사뭇 다를 것임이 쉽게 예견된다. 희극이란 장르의 보호막이 사라진 뒤에 그것들은 실험의 대상이자 다른 효과를 위한 석극석인 노구로 활용될 수 있다. 이런 면에서 희극의 세계는 비극의 완전한 대체 세계라기보다는 셰익스피어 비극의 비극적 비전의 출발점, 혹은 동반자, 또는 하나의 구성요소이자 일부가 될 수 있다는 결론을 내릴 수 있다. 희극이란 장르가 만들어 낸 희극 관행이 전혀 다른 문맥에서 전혀 다른 극적 효과를 만들어 가는 과정을 지적하면서, 더불어 희극이 내포하는 희극의 모순을 발견하고 희극이란 장르를 검증의 대상으로 부각시키는 것이 바로 책의 본문에서 주로 다루는 점이다.

3 희극 넘어서기

『로미오와 줄리엣』: 장르 충돌과 변화의 효과

　『로미오와 줄리엣』의 출발선은 분명 희극이다. 젊은 세대의 사랑을 주제로 다루고 있고, 그들의 사랑을 방해하는 장애물로 구세대가 등장하고, 분위기를 조절하기 충분한 역량을 지닌 희극적 인물들도 무대에 자주 등장한다. 누가 보아도 비극과는 상당한 거리감이 있는 출발이다. 관객들이나 독자들은 사랑에 눈 먼 젊은 세대와 구세대와의 갈등을 예견할 수 있고, 결국 희극에 있어서의 소동의 생산적 에너지를 기대하며 결혼을 통한 새로운 조화와 질서의 미래를 기대하는 것이 큰 무리가 아닐 듯싶다. 그러나 극은 관객과 독자의 기대를 서버리고 두 젊은이의 죽음이라는 비극적 결말로 막을 내린다. 세익스피어가 작품을 쓸 당시에는 지금과 같은 장르의 구분은 존재하지 않았다손 치더라도 분명 작가와 관객이 공유하는 극의 분류 방식 혹은 종류에 대한 개념은 존재하였고, 작가와 관객은 그러한 개념이 지정하는 무언의 규칙에 따라 작품을 썼고 작품을 보았을 것이다. 이런 점에서 세익스피어는 게임에서 규칙을 어겼다고 비난받을 수 있다. 장르의 순수성을 옹호하는 장르 비평가들에게는 『로미오와 줄리엣』이 실수로 희극이 비극으로 방향 지워진 것으로 셰익스피어의 초기 극이라는 변명 아래 보다 성숙하고 위대한 비극을 위한 습작정 도로 평가 절하되기 일쑤였다. 장르상의 교류나 섞임을 불순물로 생 각하는 사람들 역시 『로미오와 줄리엣』의 희극과 비극의 혼재는 희 극에 어두운 장막을 드리우고 비극의 농도를 묽게 하는 위험을 드러 냈다고 보다 강도 높게 불편함을 내비쳤다.

많은 비평가들이 『로미오와 줄리엣』의 초반부에서의 희극의 영향 력에 대해 지적해왔다. 대부분이 이러한 희극의 끼어 듦, 혹은 희극 의 그림자를 벗겨내지 못한 원인을 극작가의 실수 혹은 미숙함에 돌리는 경향이 많았다. 사랑에 눈먼 연인 모티프, 사랑의 본질에 대 한 논의, 공들인 언어 패턴, 전형적인 희극타입인물 등을 지적하면 서 『로미오와 줄리엣』을 "희극적 비극"이라고 말한 메이슨(H. A. Mason) 역시 이런 보편적인 비평부류의 한자리를 차지한다. 그러나 이런 비평가 대부분은 희극적 스타일, 장치, 구조 등이 비극적 구조 와 어떤 관계가 있는지, 비극적 맥락에서 어떤 효과를 만들어 내는 지, 왜 셰익스피어가 비극적 이야기를 이러한 방식으로 무대에 올리 려 했는지, 희극적 요소들이 어떻게 비극을 유도하고 만들어 가는지 에 대한 부분을 지적하기에는 역부족이었다. 상호 장르의 충돌로 생 기는 장르적 효과에 주목하기보다는 국지적으로 희극적 요소의 존재 만을 지적하는데 그쳤다. 그런 가운데 레빈(Harry Levin)은 극의 스 타일에 초점을 맞추어 극이 낭만 희극의 인위성을 초월하기 위해 낭 만 희극의 장르규칙, 장치 등을 이용했다는 독특한 지적을 했다는 점을 주목할 만하다.

분명 『로미오와 줄리엣』은 '비극이다'보다는 '비극적이 된다'라는 표현이 더 적합하다. 다른 비극들도 극의 전개상의 반전(reversals)을 가지고 있지만 『로미오와 줄리엣』에서는 극의 반전이 장르의 변화를 가져올 만큼 의미가 크다. 희극에서 흔히 접할 수 있는 사건들과 등장인물들은 고정되어 있는 것이 아니라 극이 진행함에 따라 비극의 형태를 완성하기 위해 변형되는 것을 목격할 수 있다. 일부 비평가들은 '비극적이 된다'는 것 때문에 이 극을 한 단계 낮은 비극으로 분류하려 했을지는 몰라도 '비극적이 된다'는 이 표현은 셰익스피어의 극의 발전과정의 연구에서 매우 흥미로운 관점을 제시할 수 있다. 『로미오와 줄리엣』은 셰익스피어가 어느 작가보다도 장르 의식을 지닌 극작가였고, 작품 활동 시기 내내 장르를 하나의 구속, 규칙, 기준으로 여기면서 그 안에 작품을 가두는 것이 아니라, 장르 자체를 소재로 장르를 이용하여 새로운 극을 만들어 내려는 노력을 잊지 않았다는 사실을 뒷받침 해 줄 수 있는 증거가 되는 작품이다. 창작 활동을 하는 사람은 끊임없이 새로운 스타일에 대한 도전을 갈망한다. 자신이 추구하는 가치와 이상에는 변함이 없을지라도 그것을 전달하는 방법이나 표현하는 방식의 변형을 통한 새로움과 차별성의 추구에 게으름을 피우지 않는다. 셰익스피어의 희극에 대한 천재적 본능을 지적한 사무엘 존슨(Samuel Johnson)의 말을 인용하지 않더라도 『로미오와 줄리엣』을 창작할 즈음, 비극 2편에 희극 8편을 창작한 셰익스피어는 이미 희극이란 장르에 어느 정도 익숙하고 편안해져 있을 단계였다는 추측이 어렵지 않다. 새로운 형태의 극을 만들어내려는 작가로서의 의지는 결국 자신에게 익숙한 희극의 세계를 출발점과 도약대로 삼아 비극의 형태 갖추기에 이용했다는 자연스러운 추론 또한 가능하다.

　『로미오와 줄리엣』이 언어의 화려함과 역동성, 서정성, 감정의 풍부함 같은 요소의 우수성이 인정되었지만 상대적으로 다른 완성도 높은 비극과 비교할 때 많이 부족한, 말 그대로 '실험비극'이란 평에 만족해야만 했다는 사실은 분명 장르의 문제에서 기인한다. 즉 희극의 세계에 어설프게 비극이 침투했다는 상호 대립적 장르 의식에서 원인을 찾을 수 있다는 말이다. 그러나 셰익스피어는 서로 대립적 장르 의식이 아니라 오히려 상보적 장르 의식을 제안했다고 볼 수 있다. 하나의 완성된 장르가 제공하는 장치, 전제, 가치를 역이용하여 다른 장르에서 변용 가능성을 실험하면서 기존의 확립된 장르가 제공하는 가치체계에 물음표를 달아봄과 동시에 새로운 장르에서 답을 구하는 방식을 추구한다. 그 결과 차별된 새로운 비극의 방향을 제시하게 되었고 새로운 비극적 효과를 일궈내었다. 이 장에서는 커다란 천을 반으로 나누어 놓은 다음 가위가 닿은 부분의 매끄럽지 못함을 지적하는 것이 아니라, 커다란 천을 반으로 가르는 순간으로 되돌아가 나뉘어짐으로 인한 효과에 주목하고자 한다. 즉 비극과 희극이 분리되는 시점을 중심으로 상호 장르가 상호 다른 문맥에서 주는 효과를 살펴보고자 한다. 이로 인해 셰익스피어의 극 세계에서 『로미오와 줄리엣』의 역할과 의미를 새롭게 이해하고, 이 극의 해법으로 다른 비극도 비슷한 장르적 관점에서 읽어낼 수 있는 가능성을 제시하고자 한다.

셰익스피어는 의도적으로 완벽한 희극 세계에서의 출발을 선택했다. 로미오의 친구 머큐시오(Mercutio)의 죽음에 이르기 전까지 극의 방향은 완전한 희극적 궤도에 따라 움직였다. 희극에서 주로 사용되는 문제 해결의 도구인 책략과 꾀, 중개인(go-betweens)의 도움으로 연인들은 장애물을 넘어 결혼에 이르게 될 것 같았다. 그들의 행위는 단순히 개인적 차원을 넘어 새로운 에너지로 충전된 사회적 통합까지 약속하는 듯했다.

이 두 사람의 만남이 두 집안의 원한을
진정한 사랑으로 돌아서게 만들지도 모르지.

For this alliance may so happy prove

To turn your households' rancour to pure love.

(Ⅱ. iii. 91-92)

위에서 지적된 몬태규(Montague)와 캐풀렛(Capulet) 가문의 반목('households' rancour')은 전형적인 희극의 출발점으로 프라이(Northrop Frye)가 지적했듯이 관습과 예식적 구속, 자의적 법규, 그리고 구세대에 의해 통제되는 사회의 전형이다. 그러나 두 집안 사이의 불화는 가슴 깊게 느껴지는 증오라기보다는 다소 희극저 갈등을 양산하기 위해 고안된 인위적이고 형식적인 깃이라는 인상을 갖게 한다. 극의 초입부(Prologue)에서의 불길한 부모들의 분노(parents' rage)의 심각성은 정작 극에서는 고집불통 두 노인네의 싸움 정도로 표현된다.

> 캐풀렛: 이게 웬 소동이냐? 이리 다오. 내 장도를.
> 캐풀렛부인: 지팡이, 지팡이를! 칼은 또 웬 칼이란 말이오?
> 캐풀넷: 내 칼을 달란 말이야! 저 영감탱이 몬태규가 칼을
> 휘두르며 나에게 들이대고 있지 않나.
> 몬태규: 너, 이 무례한 캐풀릿 놈아! 잡지 마오! 놔!
> 몬태규 부인: 싸우시려면 한 발짝두 못 유지이게 하겠어요.

> *Cap.* What noise is this? Give me my long sword, ho!
> *Lady Cap.* A crutch, a crutch! Why call you for a sword?
> *Cap.* My sword I say! Old Montague is come,
> And flourishes his blade in spite of me.
> *Mont.* Thou villain Capulet! Hold me not! Let me go.
> *Lady Mont.* Thou shalt not stir one foot to seek a foe.

(Ⅰ. i. 73-78)

두 집안의 노인들은 부인들의 저지로 서로를 할퀴지 못해 바동거리고, 결국 그들의 군주의 꾸짖음으로 억지로 분을 삭이게 된다. 일부 비평가들은 이러한 장면 때문에 이 극이 비극의 씨앗을 심는 데 실패하였다고 지적했지만, 극 초반에 이러한 희극적 분쟁의 장면은 셰익스피어가 희극적 장르를 의도적으로 이용하려고 한다는 의도에 직접적인 힌트를 제공한다는 해석 또한 가능하다. 이 극에서 집안 사이의 불화는 셰익스피어의 다른 희극에서의 다양한 법적 구속, 억압의 장치와 매우 동일한 기능을 수행한다. 『한여름 밤의 꿈』에서 허미어(Hermia)와 라이샌더(Lysander)의 사랑을 가로막고 선 아버지에게 딸의 처분권을 준 아테네의 법처럼, 집안 사이의 분쟁은 로미오와 줄리엣 사이에 놓인 방해물인 동시에, 결과적으로 해결을 전제로 한 희극적 구속 장치인 것이다.

낭만 희극에서처럼 사랑의 변덕스러움이 주인공 로미오를 통해 나타난다는 점도 이 극이 희극적 궤도를 따라 진행되고 있음을 다시 한번 상기시키는 부분이다. 로잘린(Rosaline)의 사랑을 얻지 못해 의기소침해진 로미오에게 친구 벤볼리오(Benvolio)는 한 명의 여인에게 집착하지 말고 새로운 눈으로 새로운 사랑을 찾기를 권유한다.

> 벤볼리오. 그리로 가서 공정한 눈으로
> 　　　　내가 보여주는 얼굴과 그녀(로절린)의 얼굴을 비교해봐
> 　　　　형의 백조는 까마귀에 불과했다는 것을 알게 될테니.

> *Ben.* Go thither and with unattainted eye
> 　　　Compare her face with some that I shall show
> 　　　And I will make thee think thy swan a crow.
> 　　　　　　　　　　　　　　　　　　　　(I . ii . 87-89)

이에 로미오는 로절린을 향한 자신의 사랑의 불변함과 확신을 과장되게 토로한다.

> 로미오. 거룩한 신앙과도 같은 내 눈이
> 　　　　그런 거짓을 믿게 된다면, 눈물은 불로 변하라.
> 　　　　곧잘 눈물에 빠지면서도 죽지 않는 이 눈이
> 　　　　빤한 이단자 노릇을 하기만 하면 불살라 버릴테다.
> 　　　　내 애인보다 미인이라구! 만물을 다 보는 태양도
> 　　　　천지개벽 이래 이만한 미인은 못 보았을 걸.

> Romeo. When the devout religion of mine eye
> 　　　　Maintains such falsehood, then turn tears to fire,
> 　　　　And these who, often drown'd, could never die,
> 　　　　Transparent heretics, be burnt for liars.
> 　　　　One fairer than my love! The all-seeing sun
> 　　　　Ne'er saw her match since first the world begun.
> 　　　　　　　　　　　　　　　　　　　(I . ii . 90-95)

그러나 로미오는 1막 2장에서의 말과는 정반대로 줄리엣을 보자마자 사랑을 느끼게 되는 급반전은 다분히 희극에서 볼 수 있는 사랑이 변디스러움 그 자체이다.

> 로미오. 오, 그녀는 햇불에게 밝게 타는 것을 가르치는 구나.
> 　　　　그녀는 밤의 볼에 걸려있는 것 같아 보인다.
> 　　　　이디오피아 여인의 귀에 달린 값비싼 보석처럼 말이야.
> 　　　　아름다움은 쓰자니 너무 값지고, 속세엔 너무두 아깝구나.
> 　　　　까마귀 떼에 둘러싸인 백설의 비둘기가 저절까
> 　　　　그녀를 둘러싸고 있는 사람들을 압도하는 모습이라니.
> 　　　　음악이 끝날 때까지 그녀가 머무르는 곳을 잘 보고 있어야지.

그녀에게 닿은 내 거친 손은 축복받으리라.
내 마음이 여태껏 연애를 하고 있었다고? 눈이여, 그것을 부정하라!
오늘 밤에야 비로소 진정한 아름다움을 보았구나.

Romeo. O, she doth teach the torches to burn bright.
It seems she hangs upon the cheek of night
As a rich jewel in an Ethiop's ear-
Beauty too rich for use, for earth too dear.
So shows a snowy dove trooping with crows
As yonder lady o'er her fellows shows.
The measure done, I'll watch her place of stand,
And touching hers, make blessed my rude hand.
Did my heart love till now? Forswear it, sight.
For I ne'er saw true beauty till this night.

(I . v . 43-52)

마치 『한여름 밤의 꿈』에 등장하는 장난꾸러기 요정 퍽(Puck)의 사랑의 묘약을 눈에 바른 듯이 로미오의 사랑은 순식간에 로절린에 게서 줄리엣으로 옮겨간다. 극을 보는 관객에게 이런 로미오의 모습 은 사랑으로 고민하고 실의에 빠진 젊은이로 보이기보다는 희극에서 낯익은 주인공 중의 하나로 받아들이기에 충분하다. 이러한 설정 역 시 셰익스피어가 다분히 희극적 세계를 의도적으로 만들어 내기 위 해 희극에서 익숙한 인물과 상황 만들기에 주목했음을 나타내는 부 분이라 할 수 있다.

폭력이나 재앙과 같은 비극적 분위기가 완전히 부재한 것은 아니 지만 그것들이 단지 현실화되지 않은 위협이라는 점이 또한 희극과 비슷한 부분이다. 희극은 빛의 세계만은 아니다. 오히려 비극보다 더 위협적이고 어두운 부분이 상존하는 세계이다. 단지 그러한 어두움은 표면화되기 전에 희극이란 장르적 틀 안에서 안전하게 봉쇄되고 눈가림된다. 치명적인 결과에 이르지 못하도록 여러 희극적 장치가 적극적으로 활용된다. 티볼트(Tybalt)가 행사하려 했던 폭력은 캐풀 럿이 축제임을 상기시키며 중재에 나서는 것 역시 희극적 완충장치 라 할 수 있다.

> 캐풀럿. 참고 못 본채해라:
> 이게 내 뜻이다. 내 뜻을 존중한다면,
> 좋은 낯을 하고 이맛살을 펴,
> 연회에 당치않은 상판이니.

> Cap. Therefore be patient, take no note of him:
> It is my will: the which if thou respect,
> Show a fair presence and put off these frowns,
> An ill-beseeming semblance for a feast.
>
> (Ⅰ. ⅴ. 70-73)

캐풀럿에 의한 티볼트의 제압이 의미하는 바는 크다. 왜냐하면 티 볼트는 극의 전반부에서 유일하게 희극적 세계와 동떨어져 있는 인 물이고, 상황 적응력이 부족한 비극적 잠재력의 포화상태에 있는 인 물이기도 하다. 혼자만이 유일하게 집안싸움을 심각하게 받아들이고 있는 티볼트의 부정적 상황인식력과 불같은 성격과의 결합은 폭발력 있는 비극적 동인으로 작용할 가능성으로 충만하다. 이런 인물이 희 극 세계의 무게에 눌려 기가 꺾인 상황은 극의 방향이 분명 희극적 이리는 의미를 확정짓는 것이다. 티볼드에게는 극의 시정적 분위기, 재치 있는 농담, 친밀감 있는 내화 같은 희극적 요소들이 허용되지 않는다. 극은 철저하게 그를 고립시키고 이방인 취급하면서 반사적으로 비극의 침투를 의도적으로 막고 있다는 인상을 준다.

　비슷한 취지로 로미오와 줄리엣, 그리고 로렌스 신부(Friar Laurence)가 언급하는 재앙에 대한 지나가는 두려움의 그림자 역시 극의 분위기를 압도할 만큼의 무게를 담고 있지는 않다. 어둠에 의해 잠식될 빛의 섬광과 같은 이미지로 묘사된 로미오와 줄리엣의 불안한 사랑은 곧 운과 기술로 자연적 위험을 헤쳐 나갈 수 있는 바다에서의 모험의 이미지로 힘을 얻게 된다.

> 　로미오. 나는 뱃사람은 아니지, 하지만 당신이
> 　　　　 멀디 먼 바다, 고립된 해변으로 쓸려간다면,
> 　　　　 나는 당신과 같은 보물을 위해 기어이 모험을 떠날 거요.

> *Romeo.* I am no pilot; yet, wert thou as far
> 　　　 As that vast shore wash'd with the farthest sea,
> 　　　 I should adventure for such merchandise.
> 　　　　　　　　　　　　　　　　　　　(Ⅱ. ii. 82-84)

　이 부분은 『베니스의 상인』의 바사니오(Bassanio)가 친구 안토니오(Antonio)에게 포샤(Portia)의 가치에 대한 설명을 하는 부분을 그대로 상기시킨다.

> 　바사니오. 넓디넓은 세상도 그녀의 가치를 모르지 않아,
> 　　　　　 각지의 해안으로부터 명망있는 구혼자들을
> 　　　　　 불러들이고 있다네. 그녀의 빛나는 머리다발은
> 　　　　　 황금의 양털같이 이마에 늘어져있는데,
> 　　　　　 이 때문에 그녀가 있는 벨몬트는 콜키스의 해안이 되어,
> 　　　　　 수많은 제이슨들이 그녀를 찾아들어오고 있다네.

Bas. Nor is the wide world ignorant of her worth,
　　　For the four winds blow in from every coast
　　　Renowned suitors, and her sunny locks
　　　Hang on her temples like a golden fleece,
　　　Which makes her seat of Belmont Colchis' strond,
　　　And many Jasons come in quest of her.
　　　　　　　　　　　　　　　　　　(I . i . 167-172)

　콜코스(Colchis)에 가서 금빛 양털을 손에 넣은 신화적 인물인 제
이슨(Jason)의 이야기에 빗대어 포샤의 가치를 입증하는 바사니오처
럼, 로미오는 자신이 직접 제이슨이 되어 금빛 양털과 같은 줄리엣
을 위해 어떤 어려움도 감수해 내겠다는 의지를 나타낸다. 이후 로
미오는 전통적인 희극적 전략을 통해 장애물을 뛰어 넘을 준비를 갖
춘다. 『베로나의 두 신사』에서 이미 사용한 적이 있는 줄사다리를
이용하여 행복의 계단을 오르려는 준비를 마친다.

　로미오. 한 시간 안에 내 시종이 당신에게로 갈 것이오.
　　　　사다리처럼 엮은 줄을 당신에게 가져갈 것이오.
　　　　그건 이 비밀스러운 밤중에 나를
　　　　행복의 절정으로 올려다 줄 줄이라오.

Romeo. Within this hour my man shall be with thee,
　　　　And bring thee cords made like a tackled stair,
　　　　Which to the high topgallant of my joy
　　　　Must be my convoy in the secret night.
　　　　　　　　　　　　　　　　　　(II . iv. 184 187)

그러나 로미오가 이 행복으로 이끄는 줄사다리에 발을 올려놓기 전에 머큐시오의 죽음이 끼어든다. 셰익스피어는 『로미오와 줄리엣』에 영향을 주었다고 전해지는 『로미우스와 줄리엣의 비극적 이야기』 *The Tragicall Historye of Romeus and Juliet*에서는 단지 이름뿐인 머큐시오란 인물을 의도적으로 희극에 적합한 인물로 발전시킨다. 극의 전반부에서 셰익스피어의 의도대로 머큐시오는 낭만 희극의 광대 역할을 완벽하게 수행한다. 로미오를 겨냥한 언어유희로 항상 플롯을 벗어날 준비가 되어 있고, 낭만적이고 이상적인 사랑과 대조적으로 세속적인 견해를 유지하면서 극에 균형감과 더불어 희극성을 배가한다.

> 머큐쇼. 아니, 주문을 외워서 불러내겠어.
> 로미오! 변덕쟁이! 미치광이! 열정! 사랑에 빠진 자여!
> 한숨짓는 꼴이라도 하고 나오너라.
> 한마디라도 해야 내가 마음을 좀 놓지.
> '아아!'라고 소리질러보든지, '사랑'이든지
> '비둘기'라든지 말해보란 말이야.
> 수다쟁이 비너스에게 한마디 고운 말이라도 던져보지 그래,
> 비너스의 눈 먼 아들이자 후계자인 젊은 아브라함 큐피드에게
> 별명하나 붙여주지 그래. 코페체왕이 거지 계집을
> 사랑하게 된 것도 그의 화살이 정통으로 맞췄기 때문이라지.
> 듣지도 않고, 미동도 않고, 돌아다니지도 않다니.
> 이 원숭이란 놈이 죽었나. 정말로 주문을 외워야겠군.
> 로절린의 빛나는 두 눈에, 그녀의 예쁜 발과 쭉 뻗은 다리,
> 발발떠는 가랑이와 그 주변의 음밀한 영역에 대고 주문을 거노라.
> 자아, 자네의 진실된 꼴로 이리 나타나게.

Mer. Nay, I'll conjure too:

    Romeo! Humours! Madman! Passion! Lover!

    Appear thou in the likeness of a sigh;

    Speak but one rhyme and I am satisfied;

    Cry but 'ay me!' pronounce but 'love' and 'dove';

    Speak to my gossip Venus one fair word,

    One nickname for her purblind son and heir,

    Young Abraham Cupid, he that shot so trim

    When King Cophetua lov'd the beggar maid.

    He heareth not, he stirreth not, he moveth not;

    The ape is dead and I must conjure him.

    I conjure thee by Rosaline's bright eyes,

    By her fine foot, straight leg, and quivering thigh,

    And the demesnes that there adjacent lie,

    That in thy likeness thou appear to us.

(Ⅱ. ⅰ. 6-21)

그의 이름의 근원 머큐리(*Mercury*)가 암시하듯이 그의 기질상의 변덕스러움과 입심 좋은 것은 희극이라는 게임을 잘 해나갈 자격을 갖춘 인물인 것을 말해준다. 그는 비록 로미오를 훈계하는 입장이지만 결코 그것에 매여 있지 않고 자신의 기지와 에너지를 발산할 기회로 삼고 있다는 느낌이 든다. 로미오가 운을 띄운 꿈에 대한 이야기를 요정 맵 여왕(Queen Mab)의 이야기로 확장시키는 머큐시오의 모습에서 단연 희극의 생명력과 열린 플롯의 가능성을 엿볼 수 있다 (Ⅰ. ⅳ. 53-94). 사랑에 몸이 달은 연인들의 초조함이나 집안의 명예를 위해 폭력을 행사하려는 티볼트의 긴장감을 모두 무시하는 머큐시오의 희극적 경쾌함은 티볼트의 칼에 의해 갑자기 중단된다. 희극 세계를 대표할 만한 머큐시오의 갑작스럽고 폭력적인 죽음을 통해 셰익스피어는 비극의 탄생을 희극의 상징적인 죽음과 동일 선상에 놓은 효과를 준 것이다. 결국 머큐시오의 죽음과 함께 희극적 요소는 모두 사라지고 만다. 다양한 가능성의 세계의 문은 닫히고 비극의 세계로 열린 오직 하나의 문만이 존재하게 됨을 누구보다도 로미오 자신이 인식하게 된다.

로미오. 오늘의 불행은 두고두고 화근이 되겠구나.
이것은 다른 일들의 결말을 가져올 재앙의 시작일 뿐이지.

Romeo. This day's black fate on mo days doth depend;
This but begins the woe others must end.

(Ⅲ. ⅰ. 121-122)

희극은 규칙이 존재하는 게임과 같다. 게임에서처럼 지배권은 꾀, 지혜, 책략을 고안해 낼 수 있거나, 상대방의 기대치 않은 움직임에 유연하게 대처할 수 있는 현명한 자에게 넘어간다. 지혜나 기술만큼 운과 본능이 게임의 승산을 좌우하기도 한다. 무엇보다도 희극의 장르에 어울리는, 희극이 추구하는 가치와 잘 맞아떨어지는 인물이나 상황을 희극은 적극적으로 보호하고 감싼다. 따라서 희극은 대부분 사랑에 빠진 연인들의 손을 들어준다. 로미오와 줄리엣은 이런 희극적 공식에 대입해 볼 때, 게임에서 이길 승산이 매우 높다. 젊고, 사랑에 빠졌고, 그들의 사랑 앞에 놓인 장애물에 저항하고 도전하는 상황은 결혼과 사회적 재생으로 향하는 희극의 기본 움직임에 딱 들어맞는다. 희극이란 장르가 보장하는 보호막에서는 결코 패할 수 없는 조건이다. 그러나 그들은 뜻밖에 이기지 못했다. 희극에서 비극으로의 장르의 전환으로 인해, 로미오와 줄리엣은 호의적이어야 하는 시간과 법의 희생자가 되고 만다. 이러한 계기를 마련하는, 전환점이

되는 것이 바로 희극이란 장르의 본질을 꿰뚫고 있는, 희극의 상징
적인 인물의 갑작스러운 죽음이 된다는 것은 시사하는 바가 크다.

이후 모든 상황은 비극으로 치닫는다. 그 과정은 관객의 희극적
기대를 사정없이 무너뜨리는 것과 일치한다. 머큐시오의 죽음 이후
의 비극적 과정은 일반적으로 익숙한 희극적 결말에 대한 안일한 안
주 혹은 도피가 아니라 희극적 결말에 대한 끊임없는 물음표를 다는
과정과 병행된다. 희극이란 장르가 보장하는 호의적인 시간, 운, 법,
모두가 아무런 작용을 하지 않거나 역으로 움직이면서 모두 무기력
한 운명의 노예(Fortune's fool)가 되어 버린다. 로렌스 신부의 메
시지를 전해야 할 존 신부(Friar John)가 자신의 의지와는 상관없
이 역병이 돌아 수도원에서 억류되는 것이나, 가난에 찌든 약사
(Apothecary)가 자신의 의지와는 상관없이 로미오에게 독약을 파는
것 모두 로미오를 불리한 상황으로 몰고 간다. 플롯과 상관없이 유
연성을 보이던 희극적 시간관의 상징인 머큐시오의 시계는 멈추고
'너무 늦었다'는 비극적 시간관이 극을 지배하게 된다. 극의 분위기는
딸의 죽음을 보고 슬퍼하는 캐퓰릿의 대사처럼 전반부와 확연한 대
조를 이룬다.

> 캐퓰릿. 잔치에 쓰자는 것들이 계획과는 달리
> 죄다 불행한 장례용으로 변하였구나.
> 축하음악은 서글픈 조종소리로
> 결혼의 잔칫상은 슬픈 장례식으로 변해버렸네.
> 결혼의 축가도 음침한 장송곡으로 바뀌었고,
> 신방을 장식할 꽃도 매장될 시체를 위해 쓰여버렸네.
> 모든 것이 정반대로 변해버렸구나.

77

희극 넘어서기

Cap. All things that we ordained festival
　　　Turn from their office to black Funeral:
　　　Our instruments to melancholy bells,
　　　Our wedding cheer to a sad burial feast:
　　　Our solemn hymns to sullen dirges change,
　　　Our bridal flowers serve for a buried corse,
　　　And all things change them to the contrary.

(Ⅳ. ⅴ. 84-90)

극의 마지막 장면은 희극적 움직임이 완벽하게 전도되었음을 보여준다. 희극적 움직임에서는 구세대는 신세대에게 길을 비켜주며 신세대가 사회의 중심이 되는 에너지의 근원이 된다. 이것이 희극의 리듬이자 생명의 리듬이다. 희극의 마지막에서는 예외 없이 젊은이들은 사랑의 결실을 맺고, 부모나 기타 그들을 방해했던 세력은 그들의 의지와는 상관없이 젊은 세대에게 축복을 주기 위해 자리하게 된다. 그러나 이 극의 마지막 장면에서는 구세대로 무대가 가득 찬다. 축복을 받든 저주를 받든 그 대상이 존재하지 않는다. 그들의 권위와 힘을 떠맡을 젊은 세대인 로밍, 줄리엣, 티볼트, 머큐시오 그리고 파리스는 모두 죽는다. 희극의 결말을 고려한 직접적인 도전, 위협이라고 느낄 만큼 이들 죽음의 무대 효과는 엄청나다 할 수 있다.

『로미오와 줄리엣』의 세계는 양분된 세계로 보일 수 있다. 머큐시오의 죽음이 극을 장르적으로 분리시킬 수 있는 전환점이 된 것은 부인 할 수 없다. 그러나 이것은 무리한 장르적 변화, 장르 충돌이라기보다는 희극과 비극, 두 장르가 정의하는 장르 특성의 본질적인 차이점을 보여주는 계기가 된다는 점을 주지해야 한다. 희극은 열린 결말, '피할 수 있음'이란 원칙을 기본으로 한다. 이 원칙은 새로운 사회, 조화와 화합이라는 긍정적 가치를 이루는 수단으로써 현실적인 타협과 반전의 기회를 제공한다. 이 원칙 아래 시간과 법은 강제성을 잃게 되거나, 희극이 보호하려는 인물들의 필요에 따라 움직여 준다. 『로미오와 줄리엣』은 이러한 희극의 본질적 원칙을 뒤집어 비극으로 만드는 과정을 무대에 올린 극이다. '피할 수 없는' 닫힌 결말. '필연성'이 지배하는 비극으로의 전환을 통해 시간과 규율, 법이 최상의 힘을 갖게 되는 과정을 형상화한다. 더불어 희극의 악세서리 같은 변용 가능한 법과는 달리 비극에서의 법은 본질적이고 내재적인 것으로 비극의 주인공과 피할 수 없는 갈등구조를 양산한다는 이론을 눈으로 확인시킨다. 법과 시간이란 요소가 비극이란 장르에 들어오면 자의적인 변용이 허락되지 않고 강제성을 띄게 되며 이러한 사실은 갈등 구조의 핵을 이루게 되고, 피할 수 없고 되돌릴 수 없음이란 구속적인 전제가 비극의 긴박감과 긴장 고조의 기본 요소이자 핵심요소가 되는 과정을 『로미오와 줄리엣』라는 극을 통해 읽을 수 있는 가능성을 열어 놓았다.

하나의 극 안에서 두 가지 장르를 담아내는 데서 발생할 수 있는 어색함이나 부자연스러움의 문제는 극이 분리되지 않고 연관성을 유지하면서 점진적인 장르 변화를 유도하는 데 일역을 담당한 로렌스 신부와 유모(Nurse)라는 인물을 통해 극복된다. 두 인물은 모두 희극 세계의 범주에 속한 사람들로서 극의 초반부터 마지막 장면까지 꾸준히 무대에 등장하면서 『로미오와 줄리엣』이 희극을 넘어서 비극의 문지방에 발을 내딛는 과정의 증인이 된다. 먼저 로렌스 신부는 다루기 힘든 현실적 문제를 잘 넘기도록 상황과 사건을 조작하는 희극의 조종자(manipulator)로서의 역할을 떠맡았다. 비극에서의 미래는 미리 운명 지워져있고 돌이킬 수 없다는 전제를 고려해 볼 때, 미래를 계획하고 바꾸는 무대 위의 조종자는 희극에서 자주 볼 수 있고 희극에 어울리는 인물군(群)에 속한다고 할 수 있다. 로렌스 신부는 두 젊은 연인인 로미오와 줄리엣의 결합과 그것을 매개로 한 두 집안싸움의 해결사로서 희극 세계라는 배의 조타수로서의 중심 역할을 한다. 유모 역시 비극의 세계와는 동떨어진 희극적 인물로서 그녀의 수다스러움과 플롯의 이탈은 정도의 차이는 있지만 머큐시오와 로렌스 신부와 함께 연인들의 조급함, 긴박감과는 대조되는 희극 세계의 구성요소가 된다. 그들의 존재를 비극에 어울리지 않은 희극적 군더더기로 보는 사람들도 있고, 연인들의 비극에 심적으로 부담감을 느낄 관객에게 심리적 위안, 감정을 덜어내는 효과를 유도했다고 보는 사람도 있다. 그러한 효과를 전적으로 부인하는 것은 아니지만 이 글에서는 그들의 역할을 심리적 위안보다는, 희극적 세계의 존재로 인한 비극의 두드러짐에 있다고 해석한 로지터(A. P. Rossiter)의 견해에 힘을 싣고자 한다. 즉 자연스럽게 그들이 속한 세계와 비극의 세계의 거리감이 생기면서 상대적으로 비극적 여운과 반향이 커져버린다.

일단 로렌스 신부와 유모의 존재는 비극이란 장르에서 희극적 장면이 끼어들면서 상대적으로 비극적 효과를 강화한다는 점과 맞물려 그 의미하는 바가 크다. 일차적으로 그들이 주는 의미는 다음과 같은 장면의 겹침이 주는 효과와 동일한, 혹은 그 이상의 파장을 만들어 낸다고 볼 수 있다. 4막 4장에서 캐퓰릿家의 결혼 준비하는 것과 줄리엣이 독약 먹는 장면의 병치가 주는 효과가 그 첫 번째 예이다. 옷, 음식, 장작불 등에 대한 야단법석은 그야말로 일상이며 현실 그 자체이다. 같은 순간 죽음에 대한 공포와 긴장감에 사로잡힌 줄리엣의 독백의 극적 효과는 그 일상과 오버랩되면서 강화된다. 일상적 현실이 밑 배경이 되면서 부각되는 효과 자체이다. 그랜빌 바아커(Granville-Barker) 역시 활기 넘치는 일상적 현실의 무대 한 편에서 커튼이 드리워진 줄리엣의 침대가 관객에게 미치는 시각적 의미를 지적하면서 일상과 비극적 상황의 교차가 만들어 내는 극적 효과를 주목했다.

줄리엣의 죽음이 알려진 후에 유모의 시종인 피터(Peter)가 결혼식 축하 음악을 들려주려 했던 악사들과의 대화 장면 역시 로미오와 줄리엣의 비극적 상황을 부각시킨다는 측면에서 로렌스 신부와 유모가 만드는 극적 효과와 비교될 수 있다. 줄리엣의 시신 앞에서 셰익스피어는 단순히 비극과 희극의 병치가 아닌 두 장르의 융합이라는 급진적인 시도를 감행한다. 고음의, 반복적이고 과장된 유모와 파리스와 캐퓰릿부부의 슬픔에 잔 애노의 삼성 표현은 비극석이기보다는 『한여름 밤의 꿈』에서의 티스비의 시신 앞에서 어설프게 슬퍼하는 피라무스를 상기시킨다. 피터에게서 위안을 줄 수 있는 음악을 연주해 줄 것을 요구받은 악사들이 피터와 짧은 실랑이를 벌인 뒤에 술이나 한잔 받아먹으려 퇴장하는 장면은 그 자체의 의미보다는 그들에게 허락된 일상의 진행이 비극이 두 주인공에게는 허락되지 않았다는 데서 오는 대조 효과를 느끼게 한다. 로미오와 줄리엣은 극의 일반적인 사람들의 세계에 더 이상 속할 수 없게 되면서 자연스럽게 비극의 세계로 밀려난다.

그러나 로렌스 신부와 유모는 이러한 일차적 효과, 다시 말해 희극의 개입으로 인하여 상대적으로 비극효과가 강화된다는 측면 외에 보다 적극적으로 장르 간의 상호 미묘한 알력 및 관계를 행동과 대사를 통해 구체적으로 보여주면서 『로미오와 줄리엣』이 비극이 될 수밖에 없는 타당성을 제공한다. 이 두 인물은 장르의 자연스러운 전환을 유도하는데, 그것은 머큐시오의 죽음 후에 나타나는 새로운 세계에서 자신들의 자리를 찾지 못한다는 것과 맞물려 있다. 연인들의 결합에 중매인으로서의 역할을 성공적으로 해야 할 사람들이 자신의 역할을 수행하는 데 실패했다는 것은 극이 비극이 되게 하는 결정적 요인이 되는 동시에 관객의 안타까움과 애절함을 유발하는 가장 적극적인 구실을 한다. 추방당한 로미오에게 "참아야 하네, 세상은 넓고도 넓다네. *Be patient, for the world is broad and wide.* (Ⅲ. iii. 16)"이라고 로렌스 신부는 충고하지만 그의 해법은 로미오에게는 아무런 효험이 없다. 신부가 인식하는 시간과 공간에 있어서의 여유는 로미오에게는 존재하지 않는다. 오직 '검은 운명'의 사슬에 묶인 제한된 시간일 뿐, 베로나(Verona)를 벗어난 공간은 그에게 아무런 의미가 없다. 더 이상 희극의 세계가 비극 안으로 들어갈 수 없는 상황이 된 것이다. 줄리엣이 패리스와의 결혼을 강요당하는 상황에서 줄리엣이 유모에게 조언을 구하는 장면은 희극의 순응력(comic adaptability)이 다시 한번 비극의 문을 두드리는 기회가 된다. 유모의 대답은 희극의 적응 혹은 순응이라는 전통적인 해법을 제시한다. 로미오는 추방당했고, 패리스는 훌륭한 사람이니 새로운 상황을 받아들이라는 것이다.

"산 사람이 죽은 사람보다 낫지 않나"라는 유모의 반응은 이 변화된 세계에서는 엉뚱하다(irrelevant) 못해 충격적이기까지 하다. 1막에서 희극적 순응력의 대변인으로서의 벤볼리오가 불가능한 사랑 대신 현실적인 사랑을 찾으라고 했을 때와 비교해 보았을 때, 변화된 세계에서의 유모의 제안은 줄리엣 뿐만 아니라 관객의 동의를 얻기 힘든 터무니없다. 연인들의 열정적인 이별의 장면에 대한 기억이 생생한 상황에서 더욱이 그러하다. 이후 줄리엣과 유모는 대화를 나눌 수 없게 되면서 필연적인 거리감이 생기게 된다. "이제부터 유모와 내 마음은 남남이야. *Thou and my bosom henceforth shall be twain.*(Ⅲ. v. 240)"이라고 선언한 줄리엣의 대사는 머큐시오의 죽음이 극에 주는 효과와 유사하다. 다시 말해 희극 세계와의 단절에 대한 상징성을 띤 선언으로 희극의 가능성이 오직 버려지기 위해, 혹은 부인되기 위해 제시된 것이라 할 수 있다. 또한 희극이 제안하는 해결 방법이 더 이상 유효하지 않는다는 좌절감에서 오는 반사적 비극 효과도 기대할 수 있다. 4막 3장 약을 마시는 장면에서 줄리엣의 결심은 잠시 흔들린다. 그러나 줄리엣은 바로 유모에 의지하려 했던 마음을 접는다. 이러한 일시적인 갈등으로 줄리엣의 고립감은 강화되고 더 이상의 탈출구가 없다는 비극적 상황을 공고히 한다.

> 줄리엣. 다시 그들을 불러 위로를 받을까
> 　　　유모! - 아니 지금 유모가 무슨 소용이람?
> 　　　이 무서운 장면은 나 혼자의 몫인 걸.

> *Juliet.* I'll call them back again to comfort me.
> 　　　Nurse!-What should she do here?
> 　　　My dismal scene I needs must act alone.

> (Ⅳ. iii. 17-19)

『로미오와 줄리엣』에서는 특별히 악인이 존재하지 않는다. 장르의 변화 이후 새로운 세계를 지배하는 것은 오직 기회와 타이밍이다. 희극에서는 매우 호의적인 두 요소가 비극의 궤도에서는 한없이 악의적이고 부정적인 힘으로 작용한다. 로렌스 신부는 재앙을 피하기 위해 나름대로 최선의 계획을 세운다. 그의 계획에 따르자면 해결을 위한 준비의 시간을 갖기 위해 로미오는 만투아(Mantua)에 가서 '기회를 엿봐야' 하는 것이었다. 그러나 계획은 운명의 후원을 받지 못했다. 신부의 계획과는 달리 너무 급하게 줄리엣과 패리스의 결혼 준비가 이루어져서 죄를 누그리뜨리고 화해로 이끌 시간적 여유기 허락되지 않았다. 다음 계획으로는 줄리엣의 위장된 죽음으로 시간을 벌어보자는 것이었다. 이것은 대표적인 희극적 장치로 거의 모든 희극에서 사용했음을 볼 수 있다. 『헛소동』에서의 히어로의 위장된 죽음, 『끝이 좋으면 다 좋아』All's *Well that Ends Well*에서 헬레나(Helena), 『자에는 자로』*Measure for Measure*에서 클라우디오(Claudio), 『겨울이야기』*The Winter's Tale*에서 헤르미오네(Hermione)의 경우가 그러하다. 극의 진행상 문제를 해결하기 위한 적극적인 계획과는 차이가 있는 쉬루스베리(Shrewsbury) 전쟁터에서의 폴스태프(Falstaff)의 거짓 죽음 역시 익숙한 희극적 장치로의 효과가 있었다. 그러나 다른 희극에서는 위장된 죽음이 호의적인 시간과 운명의 틀 안에서 재생과 부활의 힘과 어우러지게 됨을 볼 수 있는 것과는 달리, 이 극에서는 항상 비극적 행위가 희극적 해결의 발걸음보다 한 발 앞서는 것을 목격하게 된다. 줄리엣의 죽음을 알리는 소식은 그것이 허위임을 알리는 존 신부의 소식보다 앞서 로미오에게 전달되면서 되돌릴 수 없는 비극적 결과를 낳는다. 유모와 로렌스 신부는 둘 다 그들이 가진 희극이란 열쇠로, 이해하지 못할 정도로 급격하게 진행되는 비극적 상황의 문을 여는 데 실패하는 과정을 보여주면서 관객에게 상대적으로 비극이란 장르의 움직임을 인식하게 하는 역할을 한다.

비극은 평범함을 거부하는 장르이다. 상황, 인물, 사건, 감정의 설정에 있어 특이하고, 독특하고, 예사롭지 않음을 무대에 재현하고자 하고 한다. 『로미오와 줄리엣』 역시 평범함을 뛰어 넘는, 독특하고 예사롭지 않은 사랑이란 감정 자체에 비극적 에너지를 응집시키려 했다. 사랑이란 감정의 신비스러움과 그 감정 비극적 파장은 사랑에 빠진 연인의 애틋하고 절절한 대사와 상황과 철저하게 맞물려 피할 수 없이 죄어오는 상황의 절박함을 통해 관객에게 전달되기도 하지만, 로렌스 신부와 유모라는 희극적 인물이 만들어 가는 비극적 상황과의 거리감을 통해 보다 극적으로 다가오기도 한다. 다시 말해서,

갈림길에서 자신이 선택하지 않은 길의 존재로 자신이 가는 길을 보다 의식적으로 인식할 수 있는 것처럼, 로렌스 신부와 유모라는 희극적 세계를 대변하는 인물의 존재는 로미오와 줄리엣의 비극적 사랑의 강도와 진실됨을 보다 깊이 있게 느끼게 해주고 부각시키는 역할을 한다.

셰익스피어는 이 극 이후로 희극에서 비극으로 변하는 극을 만들지는 않았다. 비록 『오셀로』에서 오셀로가 데스디모나의 사랑을 얻고 사이프러스(Cyprus)까지 노착하는 짧은 희극적 움직임이 1막을 통해 나타나기는 하지만 이 과정 역시 희극이 완전한 주도권을 가지고 있는 것이 아니라 오직 파괴와 분열을 전제로 하는 서막에 불과할 뿐이다. 1막은 이아고(Iago)라는 악의 상징적 인물이 만들어 가는 플롯의 성립을 위한 준비 단계라는 생각이 지배적이다. 그렇다고 해서 희극에서 비극으로의 장르 전환을 이유로 다른 셰익스피어 비극과 『로미오와 줄리엣』을 구분하고 애써 차이를 두려는 것은 의미가 없다. 셰익스피어는 자신의 다른 비극 작품에서처럼 비극이 다루는 인물, 사건, 소재 자체보다는 비극이란 전제가 관객에게 만들어내는 기대의식, 장르 자체가 만들어 내는 힘, 에너지, 효과의 극대화를 추구했을 것이다. 그러한 효과를 창출할 방법의 일환으로 『로미오와 줄리엣』에서 셰익스피어는 의도적으로 주인공들이 비극적 상황으로 밀려나기 전에 희극적 요소, 흔적을 가능한 많이 심어놓고자 애썼고, 그러한 것들이 비극적 문맥으로 전환, 흡입되면서 파생되는 극적 효과를 놓치지 않은 것이다. 이는 결국 극적 효과를 최대화하기 위한 극작가의 변함없는 노력의 발현으로 해석될 수 있다.

『오셀로』: 사랑에 관한 비극적 진술을 통한 희극 파헤치기

　『로미오와 줄리엣』이후 약 10년이란 시간이 지난 후, 셰익스피어는 다시 한번 『오셀로』라는 작품을 통해 희극 넘어서기를 시도한다. 두 작품 모두 낭만 희극 세계를 출발점이자 교두보로 해서 장르 넘어서기를 한다는 공통점을 갖고 있지만 과정에 있어서의 효과는 창작 시간의 간격만큼 상당한 차이가 있다. 앞장에서 보았듯이 『로미오와 줄리엣』에서는 작품 전체를 통해 주로 희극의 전형적 구조나 희극적 인물, 장치 등 희극의 외적 요인이 비극적 변화를 겪는 과정에 주목했고, 희극에서 우호적인 시간과 운의 비극적 변용 혹은 희극의 인위적인 결말의 비현실성 등을 상기시키면서 비교적 표층적인 수준의 장르 비평을 했다고 할 수 있다. 반면 『오셀로』는 비극적 맥락에서 희극의 중심 주제인 사랑에 대해 보다 깊은 고찰을 하기 위해 희극을 이용한다. 사랑이란 인간의 감정과 깊은 관련이 있는 이성(reason), 본성(nature)에 대한 기존 희극 장르에서의 희극적 터치와 일정한 거리감을 두고, 비극적 맥락에서 이러한 감정과 인식의 급진적인 재평가를 통해 비극의 뿌리를 드러내면서 비극 모양 갖추기를 완성한다. 희극의 중심 주제인 사랑은 장르가 허용하는 범위와 정도의 한계 안에서 긴장과 갈등 요소를 지니고 있다. 그러나 이러한 긴장과 갈등은 또한 희극이란 장르의 허락 아래 봉쇄되고 무시된다. 『오셀로』는 사랑이란 감정의 양가적 성격, 즉 결합과 조화 능력과 파괴와 폐쇄적 성격 가운데 희극에서 의도적으로 제외시킨 후자에 대한 극작가로서의 의문이자 답을 다는 과정이다. 희극에서는 장르와 어울리는 전자의 성격에만 치중하여 후자를 의도적으로 배척시키면서 불균형적인 결말을 만들어 내었다. 『오셀로』는 희극에서의 핵심 감정을 다루고 분석하는 과정에서 사랑의 파괴적이고 고립시키는 감정에 주목하면서 보다 완성도 높은 감정 분석과 함께 한 발작 진일보된 장르 비평을 보여 준다.

『로미오와 줄리엣』에서는 잘 짜여진 희극적 움직임이 마치 실수나 우연에 의해 비극으로 방향 전환한 듯한 인상을 주었다. 결과적으로 그러한 방향 전환은 젊은 연인들의 사랑을 비극적으로 이끌었고, 그들은 외부적 힘에 무기력한 희생자가 되었다는 생각이 압도적이었다. 『오셀로』에서 두 운명의 주인공 오셀로와 데스디모나 역시 희생자란 생각은 들지만 그들의 파멸은 외적 요인이 아니라 바로 내부적 요인에 있다는 큰 차이가 있다. 셰익스피어는 일찌감치 1막에서 하나의 희극을 보는 듯한 인상을 심어주듯 완벽한 희극적 구조를 제시한 뒤, 그 후에 희극이 본질적으로 가지고 있는 긴장과 역설, 모순, 대립 감정을 은폐하는 것이 아니라 드러내면서 비극적 사랑극을 발전시킨다. 『오셀로』의 상황과 인물들, 그리고 대사는 희극이란 장르의 얼음막의 두께가 얼마나 얇고 깨지기 쉬운가를 증명하기에 충분한 압력을 가진다. 희극이란 장르가 만든 얼음막 아래에는 잠재적으로 부정적이고 비극적 요소들이 봉쇄된 채 존재한다. 일단 그 얼음막이 깨어지면서 그 아래 흐르던 거센 물결이 위로 분출되는 효과를 이용해 『오셀로』는 비극으로서 『로미오와 줄리엣』과는 또 다른 희극 넘어서기에 성공한다.

『오셀로』를 무대에 올리기 전, 셰익스피어의 낭만 희극에서 공통적으로 드러나는 사랑에 대한 희극적 입장은 『오셀로』라는 작품을 읽어내는 데 새로운 시각과 방향을 제시하면서 『오셀로』라는 극의 반응 공간을 확대하는 데 큰 역할을 한다. 사랑과 사랑의 적절한 결실인 결혼의 가치는 셰익스피어의 모든 희극이 적극적으로 보호하는 기본 전제이다. 불만족스럽고 불안하고 부자연스러운 혼자의 상태에서 한바탕의 홍역과 같은 복잡한 플롯의 꼬임, 고통, 위험을 지나 결국에는 가장 이상적인 짝짓기로 극을 마무리한다. 결혼에 대한 만장일치의 동의는 하나의 불문율과 같은 힘을 지닌다. 대부분의 셰익스피어의 희극은 결혼까지의 이야기에 극의 대부분을 할애한다. 경우에 따라 결혼식 장면을 무대에 올리지 못하는 상황에서는 결혼에 대한 약속이라도 확인시키면서 극이 끝난다. 결혼 이후의 이야기는 희극이 상관할 바가 아니다. 희극은 사랑과 결혼의 사회적 가치를 인정하며 그것을 보호하기 위해 적극적으로 대처할 뿐이다. 시간이나 운, 마술과 같은 인간의 통제를 벗어난 힘을 빌어서라도 생산과 조화의 에너지로 충만한 사랑과 결혼의 가치를 이상적으로 무대에 올린다. 그러나 이것이 극작가 셰익스피어나 그의 극을 보는 관객이 이러한 희극적 접근 혹은 결말을 아무런 의심 없이 보편적 진리로 받아들였다는 것을 의미하는 것은 아니다. 그것보다는 극작가가 이러한 희극적 공식을 지속적으로 이용하고, 관객이 이러한 틀에 익숙해진다는 것은, 하나의 소망이자 믿음의 차원에서 사회적으로 추구되어야 하는 것과 억제되어야 하는 것에 대한 작가와 관객간의 무언의 동의에서 비롯된 용인의 결과이다. 이런 점에서 『오셀로』가 결혼 후 시간에 극의 에너지를 집중시킨 것은 분명 포스트희극(postcomic)이며, 희극에서 해결하지 못한 시원치 않은 부분을 언급하고자 하는 의도가 있다고 할 수 있다.

사이프러스(Cyprus)에서 오셀로와 데스디모나가 다시 만나게 되는 시점까지(Ⅱ. ⅰ) 『오셀로』는 완벽한 희극의 축소판임을 부인할 수 없다. 그들은 베니스의 법정에서 자신들의 사랑을 성공적으로 증명해 보이면서 나이, 인종, 문화를 뛰어넘어 결혼하게 되었고, 이아고

(Iago)와 로드리고(Roderigo)의 음모도 그들의 결합에 아무런 장애가 되지 않았다. 반대하는 아버지(blocking father) 역시 베니스 공작에 의해 제지되었고, 무언가에 의해 보호받고 있는 듯해 보이는 오셀로와 데스디모나는 폭풍이라는 자연적 요소의 우호적 도움으로 터키군의 위협에서 벗어나게 되면서 희극적 움직임을 완성한다. 데스디모나를 다시 만나게 되었을 때 오셀로의 대사는 희극의 마지막 장면에서나 기대할 수 있는 행복의 절정을 나타낸다.

> 오셀로. 죽는다면
> 지금 죽는 것이 제일 행복할지도 몰라
> 뭐라 말할 수 없을 정도로 기뻐서
> 미지의 장래에도 이와 같은 평온함은
> 다시오지 않을 듯싶어 두려우니 말일세

> *Oth*. If it were now to die,
> 'Twere now to be most happy; for I fear
> My soul hath her content so absolute
> That not another comfort like to this
> Succeeds in unknown fate.
>
> (Ⅱ. i. 190-193)

그러나 자신의 행복의 극치를 자축하는 오셀로의 입에서 나온 '죽음', '두려움', '미지의 운명'이란 단어는 희극적 움직임의 끝에 알 수 없는 불편한 감정을 자극하고, 미래에 대한 불안감이라는 씨를 뿌린다. 이에 대한 데스디모나의 대답 역시 이 불편한 감정을 간접적으로 증폭시킨다.

데스디모나. 어쩌면 그런 말씀을……

　　　　아무튼 우리의 사랑과 평온이

　　　　날이 갈수록 깊어지게 하소서.

　　　Des.　　　　　　　　The heavens forbid

　　　But that our loves and comforts should increase

　　　Even as our days do grow!

　　　　　　　　　　　　　　　(Ⅱ. ⅰ. 194-196)

　'죽는다면 지금 죽는 것이 가장 행복할 것이다'라든가, '앞으로 이런 행복에 버금가는 또 다른 어떤 기쁨이 있을 것 같지 않다'와 같은 오셀로의 지나친 행복에 도취되어 내뱉는 말에 불안한 데스디모나는 오셀로의 대사를 바로 낚아채 서둘러 그들의 해후를 마무리 지으려 한다. 자신들의 사랑이 날이 갈수록 깊어지기를 바란다는, 하나의 축원과도 같이 들리는 데스디모나의 소망이 담긴 대사는 오히려 앞으로 있을 비극적 사건을 예견하고 견제하고 있는 듯한 느낌으로 다가온다. 결국 이아고(Iago)의 뒤이은 방백은 직접적으로 희극의 끝을 선언하는 포고문이 되어 버리고 만다.

　　　이아고. (방백) 하, 지금은 장단도 잘 맞는군!

　　　　하지만　내 곧 이 노래의 화음을 망쳐놓으리라,

　　　　내 명예를 걸고 그렇게 하구말구.

　　　Iago. [*Aside*] O, you are well tun'd now!

　　　But I'll set down the pegs that make this music,

　　　As honest as I am.

　　　　　　　　　　　　　　　(Ⅱ. ⅰ. 199-201)

이 부분의 대사는 관객으로 하여금 앞으로의 비극적 움직임에 대비하도록 준비시키는 효과를 지닌다 할 수 있다. 데스디모나와 오셀로가 희극의 문을 닫고 비극의 문지방을 넘어서 비극의 세계에 놓이는 순간이기도 하다.

『오셀로』가 희극이란 장르가 옹호하는 가치, 양상에 대한 의문에 대한 답을 구하는 과정이라는 주장을 뒷받침하기 위해서는 초반부의 희극적 움직임, 성공적 사랑 안에서도 해결되지 않은 채 존재하는 긴장감을 관객이 충분히 인식하도록 만드는 극적 기술이 요구된다. 1막에서 셰익스피어는 다양한 방법으로 비극의 씨앗을 심는 데 부지런하다. 첫 번째로 오셀로가 데스디모나와의 사랑과 구애의 과정에 대해 설명하는 부분은 감동적이고 아름답고 서정적이지만, 조금만 생각해 보아도 매우 위험하고 불편한 감정을 일으키기 충분하다.

> 오셀로. 그녀는 내가 겪은 고생을 안타까워해서 나를 사랑하게 되었고
> 나는 그런 그녀를 사랑하게된 것입니다.
> 내가 이용한 마법이 있다면 바로 이것이지요.

> *Oth.* She lov'd me for the dangers I had pass'd,
> And I lov'd her that she did pity them.
> This only is the witchcraft I us'd.

(Ⅰ. ⅲ. 167-169)

바텔(E. C. Bartels)을 비롯한 몇몇 비평가들은 이 부분을 인용하며 오셀로는 현실에 바탕을 둔 사랑을 할 능력이 없는, 완전히 자기 안에 갇힌 사람이라고 극단적인 평을 하기도 했다. 다소 과장된 평이라는 생각을 접을 수는 없지만 분명 오셀로의 대사 속에 표현된 사랑은 대리 행위적 요소가 강하다. 자신들의 구애과정을 요약하는

대사의 마지막 부분에서 자신이 겪은 위험과 모험담이 그들의 사랑을 완성하는 결정적 요인이 되었다는 오셀로의 단정은 이미 셰익스피어가 『헛소동』에서 지적했던 낭만적 구애가 가지고 있는 부적절하고 비현실적인 면과 연결되면서 의미가 확대된다. 『헛소동』에서 클라우디오(Claudio)와 히어로(Hero)는 서로에 대한 직접적인 탐구 없이 소문과 중개인(go-betweens)에 의존하면서 자신들의 사랑을 만들어 간다. 결국 히어로는 비방 당하고 클라우디오는 소문을 거부할 만한 직접적인 믿음을 만들 여건이 마련되지 않았기에 흔들리게 된다. 그러나 『헛소동』은 희극이기에 장르의 적극적 보호를 받게 된다. 도그베리(Dogberry)의 엉터리 수사를 위한 시간이 허락된다든지, 음모를 꾸민 돈 존(Don John)을 상대로 상황을 조작하는 우호적인 인물인 프란시스 신부(Friar Francis)가 존재한다는 장르적 뒷받침은 클라우디오와 히어로의 사랑의 근본적인 문제점을 노출시키기보다는 덮어버린다. 오셀로와 데스디모나의 사랑 역시 같은 약점을 지니고 있지만 그들에게는 그것을 덮을 어떤 것도 제공되지 않는다. 오셀로의 대사에서 나타나듯이 그들의 사랑은 하나의 마술(Witchcraft)과 같은 것이어서 현실에 뿌리를 내리지 못하고 상황에 좌지우지 될 수 있는 가능성이 농후하다. 더구나 우호적인 프란시스 신부의 자리를 이아고가 떠맡게 되는 상황은 비극과 희극의 갈림길인 동시에 희극에서 간과한 사랑의 파괴적 성격을 살펴 볼 수 있는 계기가 된다.

극의 초반부부터 이아고는 비극의 세계에 가장 근접해 있는 인물이자 극이 비극으로 향하도록 하는 조타수 역할을 맡는다. 1막에서 극의 희극적 움직임에 어느 정도 저지당하고 있기는 하지만 이아고라는 존재는 희극에서 포용하기에는 버거운, 희극을 넘어서는 위협적인 인물이다. 1막을 마무리 짓는 그의 대사는 밀튼(Milton)의 『잃어버린 낙원』 *Paradise Lost*의 사탄(Satan)을 연상시키기 충분한 어두움을 드러낸다.

이아고. 됐다 – 다 됐어. 지옥과 밤은 분명
            이 끔찍한 괴물을 세상에 내 놓을 테니.

Iago. I ha't – it is engender'd. Hell and night
            Must bring this monstrous birth to the world's light.

(I. iii. 397-398)

브래들리(A. C. Bradley)는 일찍이 해즐릿(Hazlitt)과 스윈번
(Swinburne)의 견해에 동의하면서 첫 번째 두 독백에 나타난 이아
고의 모습과 새 작품을 창작하는 극작가를 같은 신상에 놓고 비교한
적이 있다. 해즐릿은 이아고를 현실에서 바라볼 때 비극의 아마추어
로서, 상상적 인물들 혹은 오래 잊혀진 사건들을 들추어내는데 몰두
하는 대신에, 끈질긴 인내와 결단력을 가지고 자신의 계략을 실행해
나가는 한 단계 높은 대담성과 위험성을 내포한 인물로 설명했다.
스윈번 역시 이아고의 상황 조작 행위를 예술적 창조의 긴장과 즐거
움의 체험과 연결되어 있다는 것을 지적하면서 이아고가 극적 행위
의 주체로서 극작가와 대등한 위치를 점령하고 있음을 언급했음을
브래들리는 주목했다. 이러한 비유가 직접적인 영향은 아니지만 이
후 이아고가 상황을 조작하면서 오셀로를 비롯한 그 주변 인물들을
자신이 의도한 대로 움직이도록 하면서 상황을 비극적으로 몰고 가
는 과정은 뜻밖에 희극의 조종술(manipulation)을 연상시키면서 희극
에서 표면화되지 않았던 조종술의 부정적 의미를 생각해 볼 기회를
제공한다. 희극에서는 다른 등장인물들은 의식하지 못한 상황에서
그들에게 적당한 역할을 할당하면서 극의 문제점을 적극적으로 해결
해 나가는 인물(manipulator)이 존재한다. 그들은 극작가의 다를 비
없이, 극작가와 동일 선상에서 바람직한 결말을 위해 사건의 방향을
움직이는 중심 역할을 담당한다. 한 인물이 무대 위의 사람들을 통

제할 수 있고 현실의 상황을 변화시킬 수 있다는 사실은 희극이라는 장르가 쿠션의 역할을 하는 곳에서는 웃음으로 용인되고 그 자체가 지닌 파괴력과 부정적인 면은 쉽게 드러나지 않는다. 그러나 한 사람에게 독점적으로 부여된 상황 조작 능력은 그 자체로 매우 불길한 에너지의 근원이 될 수 있다는 사실이 이아고에 의해 증명된다.

이아고는 또한 희극에서의 낭만적 사랑과 대립적 위치에 있는 이성(reason)에 대한 새로운 시각으로의 접근을 유도하는 인물이다. 이아고는 극에서 가장 이성적이고 지능적인 인물로서 이성 혹은 논리를 수단으로 다른 사람들을 통제하고 조정한다. 희극에서 이성 혹은 논리는 그다지 문제되지 않거나, 쉽게 웃음과 조롱의 대상이 되기도 하고 감정에 압도되어 무대에서 퇴장 당하기에 어떤 사고의 기회도 주어지지 않는다. 사랑과 이성이 상반되고 양립할 수 없는 인지 영역이라는 것은 희극도 수용하고 있지만, 사랑의 감정이 주가 된 희극에서 이성에 대한 고찰 자체를 희극이란 장르가 허락하지 않는다. 실제로 사랑과 이성의 마찰이 희극의 무대 위에 존재하는 인물들에게 어떤 갈등이나 고통을 주는 경우는 거의 없다. 『한여름 밤의 꿈』에서 보톰(Bottom)은 "이성이란 놈과 사랑은 친구가 되는 적이 없고 말구reason and love keep little company together now-a-days"(Ⅲ. i. 131) 라고 인정하지만, 실제로 요정의 여왕 티타니아(Titania)의 비이성적 사랑의 분출에 어떤 갈등도 보이지 않는다. 연인들은 쉽게 별다른 저항감 없이 그들이 지닌 이성이란 통제력을 포기해 버리기 일쑤이며 이러한 과정이 마치 사랑을 위한 공인된 하나의 과정인 것처럼 보이기까지 한다. 『한여름 밤의 꿈』의 라이샌더(Lysander)는 자신의 사랑이 허미어(Hermia)에서 헬레너(Helena)로 변한 것을 이성적 판단이라고 하면서 사랑과 이성의 경계를 자체를 혼동함으로써 관객에게 이성 자체를 희화의 대상으로 삼는 예를 보이기도 한다.

라이샌더: 내가 사랑하는 사람은 허미어가 아니라 헬레너요:

누가 까마귀를 비둘기와 바꾸지 않겠소?

남자의 욕망은 무릇 분별심에 좌우되는데,

내 분별심이 말하기를 당신이 더 훌륭하다는 거요.

성장하는 것들은 때가 될 때까지는 익지 않는 법:

나 역시 젊기에, 사리를 분별할 만큼 성숙치 못했소:

그러나 이제는 지혜와 도리의 높이에 어느 정도 닿게 되어

분별력이 욕망을 지배하고 조절하게 되니.

이제야 당신의 눈으로 인도 되었소. 나는 당신의 눈에서

가장 아름다운 사랑의 책에 쓰인 사랑이야기를 읽게 되었소.

Lys. Not Hermia but Helena I love:

Who will not change a raven for a dove?

The will of man is by his reason sway'd,

And reason says you are the worthier maid.

Things growing are not ripe until their season:

So, I, being young, till now ripe not to reason:

And touching now the point of human skill,

Reason becomes the marshal to my will,

And leads me to your eyes, where I o'erlook

Love's stories written in Love's richest book.

(*MND.* Ⅱ. ⅱ. 113-124)

　반면 『오셀로』에서는 이아고라는 인물을 통해 이성의 힘에 대한 보다 정확하고 논리적인 분석이 가능해 진다. 이아고는 극이 진행됨에 따라 이성이라는 추상적 개념을 구체적으로 보여주는 인물이다. 그는 매우 날카로운 통찰력과 지성을 바탕으로 다른 인물들의 성적 파악에 매우 정확하다.

이아고. 그 무어놈은 속이 넓고 솔직해서
　　　겉으로 정직해 보이면 진짜로 그런 줄로 안다네.
　　　그러니 나귀처럼 코를 꿰어 힘들지 않게
　　　끌고 다닐 수 있지.

　　Iago. The Moor is of a free and open nature
　　　　That thinks men honest that but seem to be so;
　　　　And will as tenderly be led by th' nose
　　　　As asses are.

(Ⅰ. iii. 399-402)

　　또한 그가 오셀로의 마음에 데스디모나에 대한 의심의 씨앗을 뿌
릴 때에도 경험을 바탕으로 일반론을 만들어 낼 정도로 논리적임을
나타낸다.

이아고. 저는 제 고향 사람들의 기질을 잘 알고 있습죠.
　　　베니스 아낙들은 자기들의 음탕한 짓을 하나님에게는 알릴지라도
　　　자기 남편에게는 절대로 드러내지 않지요. 그들의 양심은
　　　하지 않았다는 것이 아니라 들키지 않는다는 데 있지요.
　　　마님께서는 장군과 결혼하기위해 아버지를 속이지 않았습니까?

　　Iago. I know our country disposition well:
　　　　In Venice they do let God see the pranks
　　　　They dare not show their husbands; their best conscience
　　　　Is not to leave't undone, but keep't unknown.
　　　　She did deceive her father, marrying you.

(Ⅲ. iii. 201-205)

오셀로와 데스디모나에 대한 모략을 꾀하는 자신의 입장을 정당화하기 위해 그럴듯한 가설을 세우는 과정에서도 그의 논리적이고 이성적인 면은 드러난다. 오셀로를 향한 자신의 증오심이 이유 없는 감정상의 불균형이 아니라 정당한 근거에서 발생한 적절한 감정상의 대응이라는 점을 만들어가기에 적극적이다. 캐시오가 데스디모나와 가까이서 대화하고 서로의 손을 잡고, 귓속말을 나누는 정황적 증거를 조합하여 캐시오와 데스디모나가 서로 사랑한다는 심증을 확인하는 점(II. i. 286-287)이나, 자기 부인과 잠자리를 함께 함으로써 자기를 모욕시켰다고 확실하지도 않은 사실을 마치 있었던 일인 듯 말하면서 자신의 행위가 마치 정당한 복수의 과정인양 말을 하는 이아고는 앞으로 해야 할 일을 조목조목 정리한다(II. i. 295-312). 자기 주변 인물들을 매우 이성적이고 논리적인 거리에서 재고 계산한 이아고의 계획에는 허점이 없다. 이아고가 결국 오셀로에게 '시각적 증거 ocular proof'(III. iii. 360)를 제시하면서 완전히 오셀로를 불신의 늪에 빠트리는 것은 그의 이성과 논리의 정확한 계산의 결과이다. 이아고의 이성적인 힘 앞에서, 경험적 지식을 바탕으로 둔 이성적 판단이 아닌 본능적 연민의 감정에 근거한 오셀로와 데스디모나의 사랑은 너무나 깨지기 쉬운 허상일 뿐이었다. 1막 3장에서 확인할 수 있는 두 사람 사이의 감정의 폭과 농도는 사랑의 특별하고 신비하고 강렬한 힘을 나타내는 동시에, 사랑이란 감정의 치유하기 어려운 약점을 보여준다.

> 데스디모나. 저는 오셀로님의 마음에서 그의 얼굴을 찾게 되었고,
> 오셀로님의 명예와 용맹스러움에
> 저의 영혼과 운명을 헌납하였습니다.

Des. I saw Othello's visage in his mind.

And to his honours and his valiant parts

Did I may soul and fortunes consecrate.(252-254)

오셸로. 아내의 절개에 내 생명을 걸지요!

Oth. My life upon her faith!(294)

극 전체적으로 보았을 때, 이아고의 이성이란 독을 견디어 내고, 어떤 면에서는 그의 이성의 힘을 패배시킨 것은 바로 오셸로와 데스디모나의 이러한 본능적인 상호 인식과 이해라 할 수 있지만, 이러한 승리가 죽음을 통해 온다는 것으로 비극의 농도는 짙어진다. 셰익스피어는 오셸로와 데스디모나라는 두 인물의 대칭적 위치에 이아고를 놓으면서 전통적인 이분법적 관계인 이성과 사랑의 개념을 심도 있게 탐구해 볼 기회를 마련하고, 동시에 이 두 개념이 지닌 비극적 갈등관계를 통해 극의 의미를 확대하였다. 이아고는 시기심 많고, 이성과 감정의 균형을 잃은 불안정한 인간으로 심하게 꼬인 극 조종자(manipulator)이다. 사랑을 매우 육체적이고 동물적인 시각으로 해석한다는 점에서 이아고는 사고의 영역이 육체적이고 물질적이고 세속적인 것에 국한된 희극에서 자주 등장하는 시골뜨기나, 낭만 혹은 환상과는 거리가 먼 하인(servant) 혹은 광대(clown) 부류를 상기시킨다. 그는 특히 로더리고(Roderigo)에게 데스디모나가 곧 오셸로를 싫증내리라는 예측을 전하면서 오셸로와 데스디모나의 관계를 오직 동물적 정욕을 매개로 해서 이루어진 것으로 비하한다.

그 여자도 눈요기를 좀 해야 할 텐데: 그 악마녀석을

보고 있는 것이 뭐 즐거울라고. 재미를 좀 본 뒤에

열이 식으면 그것을 한 번 더 땡겨주고 싱싱한 식욕을

만족시켜 줘야 하는데 말이지. 얼굴도 반반하고 나이도 비슷하고
풍채나 외모로 말이야. 하지만 그 무어놈은
이 모든 점에서 낙제범이란 말이지. 이 모든 조건에 맞지 않으니
자신의 섬세한 마음씨도 속았다 싶어, 여태 먹었던 것도 토하고 싶어지고
무어녀석이 싫어지고 끔직해지게 되지. 바로 이런 성질이
그 여자를 조종할 테고, 또 다른 녀석을 찾게 만든다니까.

Her eye must be fed; and what delight shall she have to
look on the devil? When the blood is made dull with the
act of sport, there should be-again to inflame it, and to
give satiety a fresh appetite-loveliness in favour, sym-
pathy in years, manners, and beauties-all which the
Moor is defective in. Now for want of these requir'd
conveniences, her delicate tenderness will find itself
abus'd, begin to heave the gorge, disrelish and abhor the
Moor; very nature will instruct her in it, and compel her
to some second choice.

(Ⅱ. i. 221-223)

무대 위의 방관자로서 희극의 플롯에 끼어들지 않고 거리를 유지
하는 희극의 광대들이 이상화된 낭만적 사랑을 물질적, 생리적인 관
계로 희화하는 과정에서 현실감의 무게를 웃음이라는 바구니에 담아
균형을 잡는 역할을 수행하는 것과 대조적으로 이아고의 물질적 사
랑관은 결과적으로 오셀로의 사고와 이성을 마비시킬 정도의 전염성
을 지니고 있기에 그만큼 파괴적이고 치명적인 결과를 내포하고 있
다. 다시 한번 희극이란 징르의 보호막이 있고 없는 사이를 느낄 수
있는 부분이다. 극이 신행됨에 따라 이아고는 사랑이란 감성을 시기
하고 공격하고 파괴하는 사람이기보다는 사랑 자체의 상징적인 적으

로 해석된다. 결과적으로 이아고는 웃음이 없는 광대로서 비극에서 희극적 가치가 다시 한번 도전 받고 재평가 받는 계기를 마련하는 인물이다.

희극에서 법이나 도덕은 항상 조건이나 예외 없이 자연스러운 힘 혹은 에너지에 길을 내준다. 희극에서는 재생의 능력과 생명의 에너지로 충만한 사람들을 보호하고 희극은 직, 간접적으로 짝짓기의 자연스러움을 옹호한다. 일반적으로 희극의 플롯진행은 등장인물들을 공간적으로 '녹원 세계(green world)' 혹은 시간적으로 '휴일(holiday)'이라 할 수 있는 자연 세계로의 이동시켜, 갈등의 완화 혹은 해결 구도 역시 사랑의 순리와 연관된 자연의 긍정적인 힘을 구조적으로 강화한다. 희극에서 사랑의 감정은 자연스러울 뿐만 아니라 도덕적으로도 비난의 대상이 되지 않는다. 희극이 사랑이란 감정의 비이성적이고 자의적인 성향을 완전히 의식하지 않고 있지는 않지만 희극이란 장르는 적극적으로 사랑의 비이성적인 면이 가능한 한 덜 드러나게, 덜 자의적으로 보이도록 노력한다. 따라서 보는 관객도 그리 심각하게 받아들이지 않는다. 하녀를 사랑했을지라도 알고 나면 그녀의 출생이 그리 나쁘지 않다는 둥, 알고 보니 훌륭한 가문의 오래 전에 잃어버린 아들이었다는 둥 그들의 결합을 문제시할 만한 요소를 줄인다.

희극에서 사랑은 눈에 보이지 않은 우호적인 힘에 보호받는 생명의 에너지이자 자연, 자연스러움, 본능(nature)과 동일시되는 개념인 것과는 달리, 『오셀로』에서는 이성(reason)의 공격에 대책 없이 노출되어 있고, 자연(nature)의 의미 분화 사이에서의 갈등에도 상처받기 쉬운, 무기력한 개념으로 나타난다. 테일러(Estelle Taylor)는 자신의 논문 「오셀로 비평 파헤치기」 "Unmasking *Othello* Criticism,"에서 이 부분에 주목하면서 이 대목을 『오셀로』가 '일반적인 nature의 개념'에 의해 '개별적인 nature'의 개념이 잠식되는 과정으로 읽어 낼 수 있음을 지적한다. 그에 따르면 브라반시오가 극 초반에 자신의 딸과 무어인의 결혼을 반대하면서 호소하는 대사나 이아고가 자신의 논리를 만들어 가는 근거는 무어인에 대한 일반적인 사회적 문화적 편견(general nature)에 준한다. 그러나 데스디모나의 사랑은 오셀로라는 개인의 본성(personal nature)에서 시작된 것으로, 무어인에 대한 부정적인 편견을 잠재울 수 있는 근거이다. 그러나 이런 오셀로의 개별적 특징(personal nature)은 일반적인 편견에 사로잡힌 이아고에 의해 적극적으로 이용당함으로써 오셀로와 데스디모나의 비극 공식이 성립된다.

선봉석으로 논리적인 설명이 쉽지 않은 사랑이란 감정은 인간의 자연스러운 본능과 같다. 그러나 극의 진행은 이러한 사랑이란 본능적으로 자연스러운 감정을 쉽게 왜곡되고 상처받을 수 있는 부자연스러운 추상적인 개념으로 만들어 간다. 브라반시오(Brabantio), 이아고, 그리고 오셀로까지 데스디모나와 오셀로의 사랑을 순리를 어긴 것으로 여기게 된다는 사실이 이를 증명한다.("어찌 순리를 어기고 나 같은 사람에게……*how nature erring from itself*"[Ⅲ. iii. 231.]).

처음부터 무대 위의 다른 사람들 눈에는 오셀로의 사랑은 시작부터 "부자연스러움" 그 자체였다. 데스디모나와 사랑에 빠지기 전의 오셀로는 전쟁터에서 군대를 성공적으로 통솔하는 유능한 장군으로서 뿐만 아니라 자기 자신을 통제하는데도 별 무리가 없던 완전한 사람이었다. 그러나 데스디모나의 순정을 의심하는 순간부터 오셀로의 모든 통제력은 사라진다. 사랑이 다른 타자와의 결합을 위해 자신을 포기하게 하고 의존성을 갖게 한다는 점을 이 극은 놓치지 않는다. 희극에서 자유와 안성의 이미로 다루어지는 사랑이란 감정이 바로 비극의 핵심으로 대체되는 순간이다. 이러한 잠재적으로 위험한 새로운 개념의 사랑은 극 초반에서도 나타난다. 오셀로에게 있어 사랑과 결혼의 의미는 확장 혹은 열린 공간이 아니라 축소와 닫힌 공간이다.

> 오셀로. 하지만 내가 데스디모나를 사랑하지 않는다면
> 이 자유스러운 처지를 가정이라는 우리 속에
> 넣을 리 없지 않나. 대해의 보물을
> 얻는다 해도 말이지.

> *Oth*. But that I love the gentle Desdemona,
> I would not my unhoused free condition
> Put into circumscription and confine
> For the seas' worth.
>
> (Ⅰ. ⅱ. 25-28)

오셀로는 분명 결혼을 '구속' 또는 적어도 자신의 자유스러운 상황을 기꺼이 내던진 대가로 얻는 '감옥'으로 생각하고 있다. 그러나 데스디모나를 사랑하기에 개인의 자유를 포기하고, 상대방을 중심으로 한 새로운 세계를 위해 자신이 만들었던 세계에서의 자신의 위치를 기꺼이 변화시킬 마음의 준비를 마친다. 극의 마지막 단계에 이르러서 오셀로는 자신에게 있어 데스디모나의 의미를 다음과 같은 비유를 통해 나타내 보인다.

> 오셀로. 이 여자가 정숙했다면
> 하늘이 보석으로 완전무결한 세상을
> 만들어 준다 해도
> 나는 절대로 바꾸지 않았을 거요.

> *Oth*. Nay, had she been true,

If heaven would make me such another world
Of one entire and perfect chrysolite,
I'd not have sold her for it.

(V . ii . 146-149)

　오셀로에게 데스디모나는 개인을 넘어선 세계이다. 오셀로에게 있
어 데스디모나는 자신의 기존 세계를 완전히 대체한 또 하나의 세계
이다. 이미 그 세계에 모든 것을 맡겨버린 상태에서 그 세계에 대한
믿음이 소멸하거나 그 세계의 부재는 오셀로에게 있어 파멸과 죽음
만 있을 뿐이다. 따라서 데스디모나를 하나의 세계로 받아들이는 오
셀로의 말은 극의 다른 부분의 말들의 의미를 확장시키는 역할을 한
다고 볼 수 있다. 예를 들자면 다음과 같은 대사들 말이다. "내가 아
끼는 것을 다른 사람이 가지고 놀게 하고, 자신은 한 모퉁이나 차지
할 바에는 차라리 두꺼비가 되어 땅속 구멍에서 습기나 마시면서 사
는 편이 낫지. *I had rather be a toad,/And live upon the vapour
of a dungeon,/Than keep a corner in the thing I love/For others'
use)*"(Ⅲ. iii. 274-277) 혹은 "네 생각으론 거대한 일식이 일을 것 같
구나. *Methinks it should be now a huge eclipse*"(V. ii. 102). 데
스디모나는 결혼을 통해 오셀로 자신이 선택한 새로운 세계이고 모
든 가치가 판단의 기준이자 중심이 된 것이기에 무대 위에서 들리는
"내 목숨은 그녀의 진실함에 달려있다. *My life upon her faith*"는 문
자 그대로의 의미를 갖게 된다. 이아고가 데스디모나의 부정함에 대
해 운을 띄울 때, 흔들리던 오셀로가 노골적 혹은 직선적으로 데스
디모나를 부정하거나 공격하지 않고, 자신의 군인으로서의 모든 것
과의 고별을 선언하는 것도 이런 각도에서 의미 파악이 가능하다.
오셀로에게 군인으로서의 세계는 되돌아 갈 수 있는 세계이자, 『코
리올레이너스』에 나오는 구절인 "또 다른 세계 *a world elsewhere*"

이다. 질서와 통제, 조절의 세계이자 데스디모나와 기꺼이 맞바꾼 세계이기도 하다. 이런 세계로의 회귀의 가능성이 조금이라도 있었던들 비극적 파국으로의 숨도 못 돌릴 정도로 치달음은 없었으리라는 예측이 가능하다. 그러나 셰익스피어는 그것을 허락하지 않았다.

> 오셀로: 아, 평온한 마음과도 영원이 작별이구나!
> 만족할 줄 알았던 마음이여, 안녕히!
> 깃털장식을 한 군대며, 공명수훈을 다투던
> 전쟁도 마지막, 아, 마지막이다.
> 울어대던 군마, 드높은 나팔 소리,
> 마음을 설레게 하는 북소리, 장엄한 군기,
> 영광스럽던 전쟁의 순간들도.
> 찬란함도, 자부심도 이제 그만.
> 아아, 위력 있는 대포여, 무서운 절규로
> 불멸의 제우스신의 성난 외침을 압도해 버린
> 너와도 영영 이별이구나. 오셀로의 세계는
> 이제 사라지고 아무 것도 남지 않았으니.

> Oth.   O, now for ever
> Farewell the tranquil mind! farewell content!
> Farewell the plumed troops, and the big wars
> That makes ambition virtue! O, farewell!
> Farewell the neighing steed and the shrill trump,
> The royal banner, and all quality,
> Pride, pomp, and circumstance, of glorious war!
> And O ye mortal engines whose rude throats
> Th' immortal Jove's dread clamours counterfeit,
> Farewell! Othello's occupation's gone.
>
> (Ⅲ. ⅲ. 347-357)

이는 단순히 군인 세계에 대한 단념의 선언이 아니다. 반복과 일정한 리듬은 그 자체로 하나의 질서 의식을 떠올리고 오셀로의 심리적 상황과 극한 대조를 느낄 수 있게 한다. 이것은 질서와 통제 자체에 대한 포기를 의미하며 앞으로의 걷잡을 수없는 혼동과 분열의 세계에 대한 대조의 효과를 극대화한다.

희극이란 장르는 '하나' 혹은 '혼자'의 상태를 거부한다. 타자와의 결합을 통한 완성을 이상적인 상태로 간주하면서 '둘' 혹은 '여럿'된 것에 긍정적이고 열린 의미를 둔다. 그러나 셰익스피어는 이 작품에서 둘의 결합이 불가능한 상황을 통해, 희극이 만들어 놓은 일반적인 전제(assumptions)에 좁힐 수 없는 거리감을 두고 보다 깊은 의미 탐구를 시작한다.

희극에서의 짝짓기는 매우 의도적인 계획 아래 이루어지는데 앞장에서도 언급했듯이 두 연인이 결혼이나 어떤 의미로의 조화를 이루는 데에는 그럴 만한 유사성이 뒷받침된다. 나이, 지위, 사회적 배경에 있어서 두드러진 차이가 없기에 둘의 결합에 감정적인 불편함을 야기하는 경우는 거의 없다. 경우에 따라 차이가 있는 경우에는 다른 요소를 가지고 와서 그 차이점을 무마시키는 적극성도 보인다. 그만큼 자연스러운 결합을 극이 요구한다. 『오셀로』의 이야기의 토대를 제공했다고 전해지는 이탈리아의 극작가 친티오(Cinthio)의 극작품 『베니스의 무어인』 The Moor in Venice에서의 주인공 무어인(Moor) 역시 잘 생겼으며 젊고 오랫동안 베니스에 있었던 사람으로 설정되었다. 오직 피부색에서만 차이가 있을 뿐이었고 작가 친티오는 이 차이점조차 별다른 의미를 두지 않았다. 하지만 셰익스피어는 오셀로와 데스디모나의 다른 점에 유달리 집착하는 모습을 보인다. 무대에서의 검은색과 흰색의 시각적 대비는 지속적으로 『오셀로』의 극중인물들, 특히 이아고의 말을 통한 청각적 대비와 맞물려 그 효과를 배가한다.

> 이아고. 댁의 심장이 터지고, 댁의 정신의 반이 나갈 지경이죠.
> 지금, 바로 지금, 지금 바로, 한 마리의 늙은 숫양이
> 댁의 흰 양을 올라타고 있는 중이라니까요.

> *Iago.* Your heart is burst, you have lost half your soul;
> Even now, now, very now, an old black ram
> Is tupping your white ewe.

> (I . i . 87-89)

친티오의 이야기 속의 주인공의 피부색은 셰익스피어에게 있어 매우 매력적인 소재 가운데 하나였음이 틀림없다. 셰익스피어는 이 흑백의 대조효과를 강화하고 오셀로의 고립감을 증가시키고, 오셀로의 경험 세계와 데스디모나의 경험 세계의 차이를 가능한 더 넓히기 위해 기존 희극의 이야기와는 다르게 좀더 세밀한 차이점까지 지적하는 꼼꼼함을 보인다. 셰익스피어의 무어인은 베니스라는 사회에 완전한 이방인이다. 그의 생활은 데스디모나에게 구애하는 짧은 시간을 제외하고는 전부 전쟁터에서 이루어졌다.

> 오셀로: 제 말이 거칠고 무례하게 들릴 수 있지요.
> 부드럽다든지 온화함과는 거리가 있습니다.
> 왜냐하면 제 두 팔에 힘이 생긴 일곱 살 이래
> 지금까지 아홉 달을 제외하고는
> 늘상 싸움터에서 전력을 다해 싸움만을 했으니까요.
> 전쟁과 전투와 무관한 세상의 일에 대해
> 말씀 올릴 것이 없는 듯 합니다.

Oth.   Rude am I in my speech,
          And little bless'd with the soft phrase of peace;
          For since these arms of mine had seven years' pith,
          Till now some nine moons wasted, they have us'd
          Their dearest action in the tented field;
          And little of this great world can I speak
          More than pertains to fears of broils and battle.

                                      (Ⅰ. iii. 81-87)

오셀로 여시 자신이 이질적 존재임을 인식하고 있고 그런 사실을
자신의 목소리로 관객에게 끊임없이 상기시킨다. 그가 베니스의 의
원들 앞에서 자신의 입장과 사랑의 정당성을 주장하는 행위는 '무례
한' 행동이 아니고 그들과 확실히 '다르다'는 점을 재확인시키는 것이
었다. 그가 주로 인용하는 이미지나 표현은 베니스 인들에게 익숙한
일상생활에서 나온 것이 아니라 이국적이고 전쟁과 관련된 것으로,
그 자체가 베니스 인들에게는 거부감 내지는 불편한 감정을 불러일
으키기 충분했다. 오셀로는 데스디모나가 "거대한 동굴과 불모의 사
막 *antres vast and deserts idle*(Ⅰ. iii. 140)"을 모르듯이 베니스의
삶의 방식에 서툴렀을 뿐만 아니라, 그것을 배울 시간 역시 허락되
지 않았다. 친티오의 희극의 주인공이 그의 신부와 결혼 후 일정 시
간 동안 베니스에 머무르는 상황과는 달리, 오셀로와 데스디모나는
결혼 후 바로 사이프러스(Cyprus)에 가야 했고, 그것도 같은 배를
타고 가도록 설정되지도 못했다. 오셀로는 철저히 데스디모나와의
공통분모를 공유할 기회에서 제외 당했다. 이는 결국 이아고의 속임
수가 뿌리를 깊이 내릴 수 있는 저절한 토양이 되었고 동시에 인간
의 사랑의 비극적 패러독스를 강조하는 결과를 이끌었다. 즉 분리된
상태에서는 각자 독립적 개체로서의 존재 양식을 유지하다가 둘이

만남으로써 서로에 대한 의존력이 증가되면서 원래의 상태로의 환원이 불가능해지고 보다 축소된 자아로 남게 될 수 있다는 사랑의 어두운 이면을 관찰할 수 있는 기회를 마련한다. 이것은 사랑과 그 결과적 산물로 보다 완성된 자아라는, 전통적 희극에서 보호하는 두 가지 가치체계가 반드시 함께 할 수 없다는 비극적 코멘트라 할 수 있다.

헤일만(R. B. Heilman)은 검은 남자와 하얀 피부의 여성의 결합(conjunction)은 사랑의 분열(disjunction)이란 극의 주된 개념을 보다 효과적으로 보여 주기 위한 극적 장치라고 지적했다. 흑과 백의 시각적 대조는 관객의 의식의 흐름에 있어 전쟁과 평화, 나이 듦과 젊음, 그리고 남자와 여자와 같은 극의 모든 대응관계를 의식하도록 만드는 효과가 있다. 또한 이러한 분열은 이아고의 속임수를 도와주기도 하고, 속이고 속는 과정과 살인이라는 행위 사이의 극의 긴장감을 유지하는 역할을 한다. 그러나 무엇보다도 이러한 분열의 효과는 사랑 자체에 대한 비극적 비전의 구성에서 찾을 수 있다.

『오셀로』는 이아고와 오셀로, 데스디모나와 같은 인물들을 중심으로 일어나는 특별한 사건을 무대에 올린 극이기도 하지만, 사랑이라는 미묘한 감정을 분석하는 극으로 조명이 가능하다. 이아고가 극의 조종자(manipulator)로서 극의 사건을 주도적으로 이끌어 가면서 파괴적인 힘을 드러내지만, 어떻게 보면 그는 하나의 촉매제로서 사랑이란 감정 자체가 지닌 파괴적인 힘을 가장 잘 이용하면서 그 힘이 표출되도록 도와준 보조적인 역할의 수행자로 평가 할 수도 있다. 우회적으로 극을 제외한 셰익스피어의 다른 문학양식에서 표현된 사랑의 역설적 의미를 살펴보면 『오셀로』에서의 사랑의 이중적 의미의 조명을 이해하는 데 도움이 된다. 셰익스피어의 소넷은 사랑에 대한 광범위한 접근 방식을 나타내 보인다. 그의 소넷은 사랑이 야기할 수 있는 생명과 파괴 사이의 감정들의 집합으로 환희에 찬 확신으로부터 절망과 혐오에 이르기까지 모든 감정을 분석하고 그런 감정들 간의 충돌이 만들어 내는 긴장감을 놓치지 않는다. 이런 맥락에서 "소넷 57"은 좋은 예가 된다.

나는 당신의 노예이기에, 그대가 원하는 모든 시간을
그대에게 바치지 않고 무엇을 하겠소?
그대가 필요로 하는 시간 외에는
내게는 할 일도, 쓸 귀한 시간도 없소이다.
나의 주인이여, 나는 그대를 위해 시간을 감시하고 있으니
영원히 끝나지 않은 시간을 감히 꾸짖지 못하리다.
그대가 당신의 시종에게 그만 물러가라할 때에도
그대를 못 만나는 쓰라림의 비참함도 고려하지 않으리니.
그대가 어디에 있고, 또 무엇을 하든지
기구한 노예처럼 당신이 어디에 있을지
당신을 어떻게 즐겁게 만들지 만을 생각하리다.
사랑은 당신만을 아는 충실한 바보이기에
당신이 무엇을 하든 그 바보는 나쁜 생긱을 품지 않으리다.

Being your slave, what should I do but tend
Upon the hours and times of your desire?
I have no precious time at all to spend,
Nor services to do, till you require.
Nor dare I chide the world-without-end hour,
Whilst I, my sovereign, watch the clock for you,
Nor think the bitterness of absence sour.
When you have bid your servant once adieu:
Nor dare I question with my jealous thought
Where you may be, or your affairs suppose,

But, like a sad slave, stay and think of nought
Save where you are how happy you make those.
So true a fool is love that in your will,
Though you do anything, he thinks no ill.

마치 사랑하는 사람의 노예로서 만족한다는 듯한 표면상의 긍정은 "no precious time"이나 "Nor dare I chide"와 같은 두 가지 해석이 가능한 구절에 의해 의미 분화를 일으킨다. 표면적으로는 사랑하는 사람을 위해서 보내는 시간이 가장 값지다고 말하지만, 일면에서는 사랑 때문에 자신의 값진 시간이 허비되고 있다는 것에 대한 푸념 섞인 표현이고, 감히 영원한 시간을 꾸짖을 수 없다는 말은 사랑하는 사람에게 매인 자신의 시간을 돌려받고 싶다는 억눌린 자아의식의 표출로 해석이 가능하다. 마지막 두 행(couplet)의 "So true a fool is love"는 '사랑이 진정한 바보이기에'라고 해석할 수도 있지만 '사랑이란 감정에 빠진 자신이 진심으로 바보스럽다'는 해석 또한 가능하다. 전체적인 느낌은 연인에 대한 필요성과 사랑의 감정으로 인해 자아를 상실한 것에 대한 불만 사이에서 방황하는 시인을 만날 수 있다는 것이다. 같은 맥락에서 "소넷 35"는 사랑의 감정에 연루된 대가를 여러 이미지를 통해 전달한다.

> 그대는 이미 저질러 놓은 일을 후회하지 마오:
> 장미에도 가시가 있고, 은빛 샘에도 진흙이 있으니:
> 구름과 일식은 달과 태양을 가리 우고
> 징그러운 꽃벌레가 아름다운 봉오리에 살고 있소.
> 사람은 누구나 실수하고, 나 역시 그러하오,
> 이러한 터무니없는 비교로 당신이 범한 과오를 은폐하고
> 당신이 저지른 잘못보다 훨씬 더 당신을 변호하면서,
> 나 역시 죄를 범하고 있소.

왜냐하면 그대의 감각적인 죄에 내 이성을 개입시켜
그대의 고발인을 그대의 변호인이 되게 하고
나에게 불리한 증언을 하게 되니 말이오.
나의 사랑과 증오 사이에 내란이 벌어졌기에.
나는 어쩔 수없이 도적의 공범이 되고 말았소
나에게서 모든 것을 훔쳐간 그 사랑스런 도적의.

No more be griev'd at that which thou hast done:
Roses have thorns, and silver fountains mud;
Clouds and eclipses stain both moon and sun,
And loathsome canker lives in sweetest bud.
All men make faults, and even I in this,
Authorizing thy trespass with compare,
Myself corrupting, salving thy amiss,
Excusing thy sins more than thy sins are;
For to thy sensual fault I bring in sense-
Thy adverse party is thy advocate-
And 'gainst myself a lawful plea commence;
Such civil war is in my love and hate
That I an accessary needs must be
To that sweet thief which sourly robs from me.

　이 소넷에서 우리는 무언가 잘못을 한 연인을 애써 용서하면서 상
처받은 관계를 원점으로 돌리려는 시인의 목소리를 들을 수 있다.
2-3행에서 아름다운 장미에도 가시가 있고, 은빛 호수 밑에도 진흙
이 있듯이 사람에게도 결점이 있을 수 있다고 애써 변명거리를 만들
어 주던 시의 주인공은 자신 역시 죄 있는 사람을 변호하고 죄를 정
당화했다는 면에서 죄를 지었다고 자신을 비하하면서까지 자신의 연
인을 옹호하려 든다. 사랑의 감정이 얼마나 자아의 존재적 가치를

축소화할 수 있는지 보여주는 시라고 할 수 있다. 사랑이 상대방의 결점도 다 이해하고 포용할 만큼 위대한 정신 작용이라는 해석과 장미의 가시, 호수의 진흙, 아름다운 꽃봉오리 속의 진딧물과 같이 부정적인 면이 상존한다는 것을 은유적으로 드러낸 시라고 볼 수 있다. 사랑의 감정이 요구하는 자아 부정 혹은 자기희생을 주제로 하고 있는 "소넷 138"은 『오셀로』와 미묘한 대조 효과를 보이고 있다는 점에서 주목할 만하다.

> 내 연인이 진실임을 맹세할 때
> 나는 그녀를 믿는다네, 그것이 거짓임을 알지라도.
>
> When my love swears that she is made of truth,
> I do believe her, though I know she lies.

자신의 애인이 거짓말을 하는 것을 알지만 기꺼이 속아 주겠다는 것은 사랑이란 감정에서 연루된 상대방에 대한 의존성 때문에 타협된 결과로서 희극적 반응이라고 한다면, 『오셀로』는 그러한 타협을 거부한 비극적 대응이다. 거짓과 허위로 이루어진 조화의 상태를 통해 "소넷 138"은 사랑하는 사람들의 필연적인 분리감, 하나 될 수 없음을 역으로 강조하는 효과를 갖는다. 셰익스피어의 소넷은 비교적 다양한 각도에서 사랑이라는 복잡 미묘한 감정을 효과적으로 제시해 보였다. 셰익스피어가 희극에서는 사랑을 조화와 해결의 에너지로 보고 긍정적인 관점에서 접근했다고 본다면, 위에서 인용된 소넷에서는 사랑이란 감정이 만들어 내는 자기 축소, 자아 부인, 자기 비하를 인정하고 있지만 타협적으로 받아 들여 자기 고립이라든지 자기 소멸의 극단적인 단계로 치닫는 것에 제동을 걸었다. 반면 『오셀로』에서는 사랑이란 감정에서 비롯되는 부정적이고 파괴적인 딜레마를 보다 적극적으로 직시했다고 볼 수 있다.

『오셀로』의 초반부의 희극적 구조는 『로미오와 줄리엣』에서처럼 희극적 기대를 일으키지 않았다. 비극의 씨앗은 극의 초반부의 희극적 움직임 자체 안에서도 이미 있었고, 아무런 영향력을 보이지 못한 티볼트 대신에 매우 위협적인 이아고라는 인물이 존재했다. 이 극은 희극적 기대의식을 이용한 비극적 효과의 강화라는 측면보다는 오셀로와 데스디모나를 통해 사랑의 깨어지기 쉬운 속성과 모호함, 비극적 신비스러움을 분석함으로써 희극이 덮어버린 사랑이란 감정의 파괴적 성향을 무대 위에 올림으로서 희극 넘어서기보다 한 발작 더 나아간 희극 파헤치기를 한 것이다.

그러나 『오셀로』를 사랑에 대한 비극적 진술로 일반화시킨 것이 오셀로와 데스디모나의 아름답고 생명력 가득한 관계 자체를 부인하는 것은 결코 아니다. 가드너(Helen Gardner)의 말대로 극 자체는 그들의 관계를 충분히 감싸 안고 있고, 그들의 가슴 아픈 사연에 눈물어린 동정과 연민의 눈길을 아끼지 않는다. 결국 사랑이라는 위대한 가치가 사랑 자체가 지닌 결점을 더 가슴 아프게 만드는 것을 부정할 수는 없다. 그러나 희극이 덮어버린 사랑의 비이성적이고 파괴적인 잠재력을 조명하면서 『오셀로』를 분석하는 것은, 이 극에 전통적으로 몇 가지 반복되는 질문을 던지면서 극의 바운 공간을 제한하고 축소시켰던 전례를 벗어나 보다 본질적이고 깊이 있는 연구의 가능성을 열어 놓는다는 점에서 의의를 찾을 수 있다. '이아고의 속임수에 넘어간 것에 대해 오셀로의 죄를 물을 수 있는가?' 혹은 '어떤 이유로 이아고가 오셀로의 파멸을 이끌었는가?'라는 의문은 작품을 파악하는 데 있어 중요한 질문이지만 질내직인 질문이 되지는 않는다. 관객과 독자, 비평가들은 『오셀로』라는 극의 개별적 사건들을 넘어선 시야를 갖는 것이 더 중요하다. 다시 말해서 "모호한 동기를 지닌" 악인에 의해 숭고하지만 단순했던 한 남자가 파멸되는 사건을 넘어서(Bradley), 사랑 자체의 모순적이고 비이성적이고 파괴적인 비극적 특성에 주목하는 것이 극의 깊이와 반응 공간을 확대하는 극적 효과를 가져온다는 점에서 의미가 있다. 이에 뮤리(John Middleton Murry)는 『오셀로』가 표현하는 '진정한 연인이라면 필연적으로 상호 간에 가하는 고통, 고뇌, 절망'의 원인은 '그들이 하나이기 때문이기도 한 동시에 그들이 하나가 아니라는 데 있다'고 말한다. 그는 또한 이아고가 음모자로서가 아니라 사랑의 피할 수 없는 결점 자체를 형상화하는 비극의 핵심인물임을 피력했다.

"희극 넘어서기"에서 다룬 『로미오와 줄리엣』과 『오셀로』는 모두 사랑의 깨어지기 쉬운 속성을 무대 위에 올렸다는 점에서 짝을 이루는 셰익스피어의 비극 작품이다.■ 전자의 것은 외부적 요인에 의해 후자는 내부적 요인의 위협의 결과로 비극적 결말에 이르는 차이로 서로 다른 그림을 무대에 제공하지만, 두 작품 모두 비극적 효과를 강화하기 위해 희극이란 장르와의 교감과 거리두기라는 장르적 기법을 이용하여 보다 진한 여운을 제공했다는 평을 할 수 있다.

■ 『트로일러스와 크리시다』 *Troilus and Cressida* 역시 사랑의 파괴적인 속성을 집중적으로 조명한 비극이라 할 수 있다. 희극, 비극, 역사극, 풍자극 어느 장르에도 귀속시키기 어려운, 장르의 관행을 무시한 극으로 평가받고 있는 이 작품은 장르의 혼선을 언급할 때 가장 불편한 작품임에 틀림없다. 상연 당시(1609)의 부제목은 희극이었음에도 불구하고 First Folio이후 비극으로 분류된다. 사랑으로 인한 연인들의 고통과 절망, 파멸의 이야기를 어둡고 무거운 어조(tone)로 무대에 올렸다는 점과 염세주의다 못해 허무주의에 가까운 결말은 극을 비극의 범주에 넣는 기준이 되었지만, 비극에서 찾을 수 있는 비극적 영웅주의나 명예(honor), 고귀함(nobility), 정신적 승화를 찾기에는 무리가 따르는 작품이기도 하다. 판다로스(Pandarus)를 구심점으로 발산되는 극의 에너지와 재치(wit)라는 희극적 움직임이 충분한 극적 효과를 생산하기에는 역부족이라는 보편적인 비평에 힘을 실어 이 책에서는 언급을 자제했음을 밝혀둔다.

4 비극 넘어서기

part. 1

『햄릿』: 희극적 다중성의 비극적 변용

Man's mind fails and breaks down
in the very wealth of its potentialities.
- Karl Jaspers

희극은 다중성(multiplicity)의 원리가 지배하는 세계이다. 희극은 인물 관계에 있어서나 플롯의 움직임, 관점 등에 있어서 하나를 고집하는 필연성 대신에 다중 가능성(multiple possibilities)을 선택한다. 2장에서 보았듯이, 희극이 선택한 다중성은 규칙과 틀이 강요하는 상황에서 객관적 시야를 통한 사고의 확장 기회를 통해 해방, 탈출을 가능하게 하고 비극적 결말이라는 막다른 길로 접어드는 것을 막고, 결과적으로 새로운 질서, 삶, 미래에 대한 확신과 약속을 보장하는 역할을 담당하는 희극의 가장 핵심적인 특징 중의 하나이다. 이런 맥락에서 수잔 랭거(Susanne Langer)는 자신의 저서『감정과 형식』 *Feeling and Form*에서 희극의 리듬(comic rhythm)에 대해 정의하면서 유동성(flexibility)과 다중 가능성(multiple possibility)의 의미를 희극이란 장르가 얼마나 적극적으로 보호하고 있는지를 언급한다.

랭거가 처음으로 희극의 이러한 열린 구조와 관점을 지적한 사람은 아니지만 그는 문학 이론이 아닌 식물학에 근거한 희극의 리듬에 대한 설명을 통해 희극이라는 장르에 접근을 시도했다. 생존과 번식을 위해 다양한 형태와 행동으로 외부 장애물에 대응하고, 사용할 수 있는 기회를 모두 활용하는 생명체의 자연스러운 본능과 희극의 리듬을 연관시키는 가운데 생명체의 '적응'과 '총명한 기회주의(brainy opportunism)'의 능력을 희극이란 장르의 고유리듬과 결부시켰다. 『햄릿』은 이러한 희극에서 익숙한 다중성의 가치를 비극적으로 읽어 내면서 극의 반응 공간을 확장시킨다. 희극의 다중성의 원리를 『햄릿』의 비극의 세계의 문을 여는 열쇠로 삼는 것은 『햄릿』이라는 복잡하고 신비로운 극을 해석하는 데 있어 하나의 일관성 있는 시도가 될 수 있다는 기대에서 비롯되었다.

많은 비평가들은 극의 주인공 햄릿의 행동 부재, 망설임, 혹은 복수 지연에 당혹함을 나타내면서 그 원인 규명에 많은 노력을 기울여 왔다. 햄릿의 우유부단함, 변덕스러움, 불확실성에 대한 논쟁은 『햄릿』이라는 극을 해석하는 중심주제로 생각하게 하기 충분했고, 『햄릿』이 주인공의 성격에서 기인한 성격비극 혹은 '상념의 비극'이라는 단정도 별다른 무리 없이 받아들여지기도 했다. 분명 햄릿의 행동을 미루는 망설임, 변덕은 관객을 포함한 비평가들을 당혹스럽게 만들기 충분했고, 희화될 위험성에 노출되거나 비난의 대상이 될 만했다. 그러나 셰익스피어는 의도적으로 햄릿이 복수라는 행위를 미루고 복수자라는 위치와 사색가로서의 극단의 위치를 끊임없이 진자 운동하도록 방치한다. 이는 셰익스피어가 햄릿을 통해 다중적 시각이 희극의 안전한 결말을 보장하는 장치가 아닌, 고통과 갈등을 생산해 낼 수 있다는 점을 지적함으로써 희극적 가치에 대한 완벽한 가치 전도를 통한 새로운 효과를 추구하려는 시도로 볼 수 있다.

한 가지 사물에 대해, 혹은 하나의 현실에 대해 다른 각도로 생각할 수 있는 융통성 있는 다중시각은 셰익스피어 희극에서 긍정적인 요인이자 극의 문제 해결에 결정적인 역할을 담당한다. 주로 변장(disguise)이라는 극적 장치를 통해 다른 아이덴터티를 취한 사람은 다른 인물들보다 통합적이고 총체적인 시야를 확보하면서 극을 적극적으로 이끄는 위치에 선다. 『뜻대로 하세요』 *As You Like It*에서의 로절린드/개니미드(Rosalind/Genymede)라는 인물이 일례가 될 수 있다. 희극에서는 이성과 감성, 주관적인 견해와 객관적인 견해와 같은 이항 내립적 사고체계 사이의 역동적인 교류는 고립, 집착, 편견과 같은 희극이란 장르가 의도적으로 무대 밖으로 밀어내려는 부정적 가치와 대조되는 긍정적인 행위로 규정될 수 있다. 선택이나 행동이 강요되지 않고 자연스럽게 희극의 열린 구조에 용해되면서 정신적 유희공간이라는 여백을 만들어 낸다. 반면 햄릿의 상황은 행동을 요구한다. 이원화된 인식체계로는 어떤 일관성 있는 행위가 불가능함에도 불구하고 행동을 요구한다는 것이 햄릿의 비극의 핵심이다. 바로 『오셀로』처럼 『햄릿』 역시 희극적 전제(comic assumptions)안에서 비극의 핵을 발견한다. 그러나 두 극은 주인공이 다른 만큼 극의 진행과정도 크게 다르다. 오셀로는 세계를 주관적으로 보았고, 자신이 주관적으로 본다는 점을 인식하지 못했다. 데스디모나의 살해라는 비극적 결정이 이루어진 후에나, 그 행위의 비극적 결과가 눈앞에 제시된 후에야 비로소 한 방향으로만 치달은 자신의 편향적 시야를 뒤늦게 깨닫는다. 대부분의 비극적 주인공들처럼, 그는 알라존적인 인물이었다.[*] 브래들리가 지적했듯이 오셀로라면 햄릿의 문제는 비로 해결되었을 지도 모른다. 햄릿의 비극은 융통성(flexibility)이 장애가 되는 세계에서 융통적이었다는 것이, 일방적인 알라존적인

---

[*] 알라존과 에이론에 관한 설명은 이 책 53-55쪽 참조.

반응을 요구하는 상황에서 알라존뿐만 아니라 이에론(eiron)적인 인물이 될 수 있다는 것에서 비롯된다는 점에서 다른 비극과 구별된다.

햄릿의 이원적 인식체계의 분리가 비극의 적극적인 동인이 되는 극적 상황을 고려해 볼 때, 2막 끝 부분의 독백은 특별한 의미로 다가온다. 무대 위의 인물과 완전 동화되어 극중 인물의 괴로움, 슬픔, 처절함을 표정으로, 음성으로, 몸짓으로 토해내는 능력을 지닌 배우에 대한 찬사를 보내는 이 부분(Ⅱ. ii. 544-560)은 햄릿 자신이 스스로 알라존적인 인물이 되지 못함에 대한 고뇌를 담고 있다. 단지 허구의 상황에서도 자신의 영혼을 상상에 내맡기고, 모든 정신 작용에 자기 맘대로 형상을 부여하는 배우와 자신을 비교하면서, 햄릿은 "격정의 동기와 계기(*the motive and the cue for passion*)"를 지녔음에도 불구하고 아무런 행동을 취하지 못하는 자신의 무능함을 한탄한다.

그런데 나라는 사람은,

아둔하고 미련한 이 못난 놈은, 증거가 부족하다는 핑계로
아무 말도 할 수 없지 않나 – 아버지를 위해서도,
비열한 음모에 소유했던 모든 것, 소중한 목숨까지
잃어버린 그를 위해 아무 말도 못하는
나는 진정 겁쟁인가?
나를 악당이라 부를 자 누구이며
내 머리통을 휘갈길 자 누구냐
내 수염을 잡아 뽑아 내 면상에 불어낼 자 누구이며
내 코를 잡아당기며 내가 거짓을 행했다고
진정 비난할 자 누구란 말이더냐?

Yet I,

A dull and muddy-mettled rascal, peak

Like John-a dreams, unpregnant of my cause,
And can say nothing - no, not for a king,
Upon whose property and most dear life
A damn'd defeat was made. Am I a coward?
Who calls me villain, breaks my pate across,
Plucks off my beard and blows it in my face,
Tweaks me by the nose, gives me the lie i'th' throat
As deep as to the lungs - who does me this?

(Ⅱ. ⅱ. 561 570)

결국 자기혐오 및 가학적 분노에서 시작된 독백은 극도의 감정폭발상태에 이르면서 그러한 감정의 독 묻은 화살은 클로디우스(Claudius)라는 인물에게 꽂히면서 분노의 화살의 시위를 당기는 장면이 이어질 것을 추측하게 한다.

제기랄, 있어도 할 수 없지: 나란 놈은 간이
비둘기 간만도 못하고 굴욕에 대꾸할 오기도 없으니,
그렇지 않았다면, 벌써 그 익한의 씩은 시체로
솔개 떼들을 살찌게 했을 터이니.
잔인하고 음탕한 악당!
뻔뻔하고, 비열하고, 음탕하고, 인가이길 포기한 악당!

Swound, I should take it: for it cannot be
But I am pigeon-liver'd and lack gall
To make oppression bitter, or ere this
I should ha' fatted all the region kites
With this slave's offal. Bloody, bawdy villain!
Remorseless, treacherous, lecherous, kindless villain!

(Ⅱ. ⅱ. 572-577)

격앙된 감정의 직접적인 노출에 있어서 햄릿은 클라우디오스의 유죄에 대한 확신과 복수의 정당성에 조금의 의심도 내비치지 않는다. 클라우디오스가 악인 중의 악인이라는 사실은 번복할 수 없는 기정 사실로 받아들인 채, 단지 복수의 손을 뻗지 못하는 자신의 소심함, 겁 많음, 무능력함에 햄릿은 자학한다. 그러나 조금 후 햄릿은 매우 다른 말을 한다.

> 헌데 내가 본 혼령은
> 마귀인지도 모를 일이다; 마귀는 그럴싸한 모습을
> 취할 수도 있다더군; 그래 아마도 내가 허약해지고
> 우울증이 생긴 틈을 탔을지도,
> 마귀가 이런 정신 상태에 매우 강해져서
> 나를 파멸로 이끌려하는 지도 모르지.
> 좀 더 확실한 증거를 찾아야겠다.

> The spirit that I have seen
> May be a devil; and the devil hath power
> T'assume a pleasing shape; yea, and perhaps
> out of my weakness and my melancholy,
> As he is very potent with such spirits,
> Abuses me to damn me. I'll have grounds
> More relative than this.

> (Ⅱ. ii. 594-600)

유령의 존재가 전혀 확실하지 않다는 새로운 상황판단은 결국 클라우디오스의 유죄여부 역시 불확실한 미궁으로 빠지게 한다. 햄릿에게 있어 선행될 행위 역시 왕을 규탄하고 죽이는 것이 아니라 객관적이고 확증하는 고백을 강요하는 상황을 만드는 것이다. 결국 하나의 상황에 각도가 서로 다른 접근방법에 의해, 행동이 강요되는 상황에서 결정적 행동은 미뤄진다. 자신의 주관적 견해를 다시 한번 객관적인 입장에서 바라보는 추의 진자의 움직임과 같은 햄릿의 이원적 사고의 분리는 어떤 해결로의 길이 아닌 갈등과 고뇌, 제한과 구속이라는 막다른 골목으로 햄릿을 몰고 간다.

2막 2장 마지막 부분 햄릿의 독백 전반부에 보여준 확신에 찬 태도가 갑자기 불확실성(doubt)으로 급변하는, 일관되지 않은 햄릿의 모순된 정신 상태는 하나의 고립된 일시적인 상황이 아니라 극 전반에 걸쳐 관객의 눈에 일관성 있게 재현되는 햄릿의 모습이다. 이러한 햄릿의 일관성 없는 정신 상태를 두고, "허구를 만드는 무의식"(unconscious fiction)라는 표현을 쓴 브래들리를 비롯하여, 많은 학자 및 비평가들은 가능한 한 논리적이고 설득력 있는 설명을 붙이고자 노력해 왔다. 그러나 이러한 모순적 상황을 매끄럽게 설명하고 분석하도록 셰익스피어는 허락하지 않았다. 오히려 이러한 모순적 상황 자체에 주목하도록 유도하는 무대 뒤의 셰익스피어의 그림자를 느낄 수 있다. 감정적 격앙 상태에서 이성적 사고로, 주관적 몰입의 상태에서 객관적 거리유지라는 극적 움직임은 이원적 인식체계 혹은 관점과 맞물려 극의 흐름을 주도한다. 관객은 햄릿의 이러한 행동에 적절한 설명 혹은 해명을 요구하게 된다. 누가 보아도 그의 행동은 기이하고, 무대 위에서 자신의 행동에 대한 햄릿의 설명은 믿기 어려울 뿐만 아니라 오히려 기이함을 증폭시킨다. 결국 2막 2장의 마지막 독백에서 관객이 얻은 결론은 주관적 확실성과 그것이 주관적이라는 것을 인식하는 객관적 견해 사이에 사로잡힌, 이원적 인식체계의 덫에 걸린 주인공 햄릿의 현실이다.

대부분의 비극의 주인공들은 자신이 걷고 있는 길 혹은 자신이 처한 상황을 바로 보지 못한다. 오셀로도 그렇고 리어왕도 예외가 아니다. 자신에게 보이는 면만이 현실인 줄 알았다가 그 이면이 드러나면서 그 진실의 무게에 눌려, 혹은 충격으로 자멸하는 경우가 일반적이다. 반면 자신의 생각이 객관적이지 않다는 주관적 견해에 대한 햄릿의 견제는 일반적인 비극의 패턴과 커다란 차이를 보이는 부분이다. 셰익스피어는 이러한 햄릿의 독특한 인식체계를 극에 보다 깊게 새기기 위해 세밀한 부분까지 신경을 쓴다. 염탐을 나온 로젠크란츠(Rosencrantz)와 길든스턴(Guildenstern)을 상대로 햄릿은 그의 독특한 사고방식을 나타내 보인다.

> 햄릿: 덴마크는 감옥이라네.
> 로젠크란츠: 그렇다면 세상이 다 그러게요.
> 햄릿: 훌륭한 감옥이지. 독방도 있고, 감방도 있고, 토굴 감옥
> 도 있지. 그중에 덴마크가 가장 지독하지.
> 로젠크란츠: 저는 그렇게 생각하지 않습니다, 왕자님.
> 햄릿: 음, 자네에게는 문제가 안 될 수 있지; 세상에는 실재
> 로 좋고 나쁜 것이 있는 것이 아니라, 생각하기 나름이
> 니까. 나에게는 감옥임이 확실해.

> *Ham*: Denmark's prison.
> *Ros*: Then is the world one.
> *Ham*: A goodly one, in which there are many confines,
> wards, and dungeons, Denmark being one o'th' worst.
> *Ros*: We think not so, my lord.
> *Ham*: Why, then 'tis none to you; for there is nothing
> either good or bad but thinking makes it so. To me it
> is a prison.
>
> (Ⅰ. ⅱ. 243-251)

햄릿에게 덴마크라는 공간은 지옥이다. 햄릿 자신은 그러한 생각이 자신에게만 해당하는 것으로, 그렇게 생각하지 않는 사람들에게 별개의 문제임을 알고 있다. "아름다운 구조물인 지구"가 자신에게는 "불모의 땅덩어리"로 보일 뿐이라고 시작되는 대사에서도 이중 시각에 의한 주관적 입장과 객관적 시야 사이의 불일치로 인한 햄릿의 혼동과 갈등은 계속된다. 햄릿은 이러한 이원화된 인식방법에 의해 다른 사람들과 분리되고 스스로 자신을 고립시키는 비극적 인물이 되길 자청한다.

내 심기가 이리도 우울해
이리도 훌륭한 산천 대지도 한낱 척박한 곳(串)처럼만
느껴지고, 저 굉장한 천개(天蓋), 그리도 위엄 있게
머리 위에 걸린 창공, 불같은 황금의 별들이 아로새겨진
장엄한 천정이 단지 더러운 독기 품은 덩어리로만 보이다니.
그리고 자연의 걸작이자, 숭고한 이성, 무한한 능력,
그 단정한 자태에다 감탄이 절로 나올 듯이 움직임을 지녔다는,
행동하는 데는 천사에 버금가고, 이해력은 신과 겨룰 만하다는.
세상의 꽃이요, 만물의 영장이라는 인간이
어찌 나에게는 먼지의 먼지로밖에 보이지 않는단 말인가.

Indeed it goes so heavily with my
disposition that this goodly frame the earth seems to
me a sterile promontory, this most excellent canopy
the air, look you, this brave o'erhanging firmament,
this majestical roof fretted with golden fire, why it
appeareth nothing to me but a foul and pestilent con-
gregation of vapours. What piece of work is a man,
how noble in reason, how infinite in facuties, in form

and moving how express and admirable, in action

how like an angel, in apprehension how like a god:

the beauty of the world, the paragon of animals-

and yet, to me, what is this quintessence of dust?

(Ⅱ. ⅱ. 297-308)

다른 사람들에게는 보편적으로 받아들여지는 자연현상, 현실을 햄 릿은 수용하기 어렵다. 햄릿은 다른 사람들이 인식하는 방법도 알고 있고 그것이 자신의 방식과 좁힐 수 없는 차이가 있다는 것도 알고 있다. 결국 타협점을 찾지 못하는 햄릿의 분리, 이원화된 인식체계는 계속해서 무대 위의 사람들과 무대 밖의 관객 모두를 당혹케 하는 행동을 계속해 나간다. 햄릿의 변덕스럽고 기이하다고 할 수 있는 행동에 대한 원인 분석 역시 끊이지 않았다. 로잘리 콜리(Rosalie Colie)는 그의 저서 『셰익스피어의 생동하는 극기술』 *Shakespeare' Living Art*에서 심리적 불균형, 판단 보류, 상대주의와 같은 증후를 보이는 우울증(melancholy)과 연관시켜 설명을 시도했고, 줄리아 럽 톤(Julia R. Lupton)은 그의 저서 『오이디푸스 그 이후: 셰익스피어 의 심리분석학』 *After Oedipus: Shakespeare in Psychoanalysis*에서 하나의 받아들여진 믿음이 무너지면서 도미노 현상처럼 다른 모든 믿음 체계가 넘어지는 심리적 반응을 빗대어 분석해 보이기도 했다. 모두 의미 있는 분석이지만 지나치게 심리 분석적인 접근이라는 한 계를 갖고 있다. 결국 하나의 상황, 사건, 사물에 대한 각도를 달리한 인식방법에 의한 자기의식의 덫에 걸린 결과라는 쪽으로 무게중심을 놓게 된다.

햄릿의 다중 인식(multiple awareness)이면에는 실체와 허상에 대 한 강한 강박관념이 존재한다. 햄릿이 삶에 대한 강한 거부감과 혐 오감을 내비치는 "오, 이 끔찍하고 끔찍한 더러운 육신이여 녹아버리소서 _O, that this too too sullied flesh would melt_(Ⅰ. ⅱ. 129)"로
시작하는 대사를 쫓다보면 그 원인이 아버지의 죽음에 대한 슬픔보
다는 오히려 어머니에 대한 환상이 깨진 것에 있다는 것을 알 수 있
다. 사랑스럽고 도덕적으로 보였던 어머니가 그녀의 본성을 저버리
고 서둘러 '근친상간의 이부자리'로 들어갔다는 사실은 햄릿으로 하
여금 그가 어머니를 바라보는 방법과 원래 어머니의 실제 사이의 깊
은 골을 만들어 내게 했다. 햄릿 자신이 가장 믿었던 대상에 대한
흔들림은 결국 모든 대상에 대한 가치 판단 기준과 결정력의 상실을
가져왔다. 그녀가 죽은 남편을 향해 흘린 눈물과 슬픔의 진위기 의
심스러운 햄릿에게는 실식할 만큼 상한 감성의 소용놀이만이 남아있
을 뿐 믿고 기댈 어떤 확실함도 허락되지 않게 된 것이다.

극 전체는 이와 같은 외관과 리앨리티의 갈등이 주는 불확실성의
연속이다. 햄릿은 클로디우스가 말을 건넬 때는 그가 듣든지 말든지
짧은 의미 없는 농담을 내뱉거나 침묵으로 일관한다. 그러나 "왜 그
것(아버지의 죽음)이 너에게만 유별나게 보이는 것이냐(Why _seems_
it so particular with thee?)"(Ⅰ. ⅱ. 75)"라는 어머니 거투르드
(Gertrude)의 말은 햄릿의 감정의 도화선에 바로 불을 댕긴다. 햄릿
은 'seems'라는 단어에 극도의 히스테리를 보이며 대응한다. 그 순간
에는 햄릿의 분노에 가득 찬 말들은 예외 없이 무대 위의 사람들뿐
만 아니라 관객을 당혹시키기에 충분하다.

> "보이다"라구요? 사실이 그렇습니다.
> 저는 "보이다"는 상황을 이해 못합니다.
> 이 깊은 망토니, 격식에 맞춘 깊은 상복,
> 억지로 짜내는 한숨이나
> 눈물 따위로는,
> 낙담한 표정이나

슬픔을 표현하기 위한 어떤 형식과 감정, 형태로도
저의 슬픔을 진실로 들어낼 수는 없습니다.
그것들은 참으로 그럴듯해 보입니다.
그것들은 인간이 할 수 있는 연극이니까요.
하지만 나의 슬픔은 보여줄 수 없는 그 무엇입니다.
그것들은 단지 비애를 가장한 옷치장일 뿐이지요.

Seems, madam? Nay it is. I know not 'seems'.
T'is not alone my inky cloak, good mother,
Not customary suits of solemn black,
Nor windy suspiration of forc'd breath,
No, nor the fruitful river in the eye,
Nor the dejected haviour of the visage,
Together with all forms, moods, shapes of grief,
That can denote me truly. These indeed seem,
For they are actions that a man might play;
But I have that within which passes show,
These but the trappings and the suits of woe.

(I. ii. 76-86)

햄릿의 이런 반응은 조금 지난 뒤의 독백을 통해 거투르드가 그녀
의 남편을 향해 흘린 눈물이 진실이 아니라는 것에 대한 아들의 반
박이었다는 것을 관객은 알게 된다. 결국 이 부분은 보이는 것, 환
상, 허상에 대한 강박관념이 받치고 있는 햄릿의 다중 인식의 첫
번째 신호와 같은 것으로 해석할 수 있다. 버나드 맥로이(Bernard
McElroy) 역시 그의 저서 『셰익스피어의 위대한 비극』
Shakespeare's Mature Tragedies에서 이부분과 제1독백을 연관시키
고 있다. 비록 맥로이의 연구 방향은 이 책과 다르지만 그 역시 햄

릿의 다중 관점과 '서로 서로를 논리적으로 무효화시킬 수 있는 두 가지 이상의 것을 동시에 믿을 수 있는' 능력이 있음을 지적했다는 점에서 시사하는 바가 크다.

실제와 환상의 괴리에 대한 집착은 1막에서 다시 한번 되풀이된다. '티끌만한 악의 성분 *dram of evil*(Ⅰ. iv. 36)'에 대한 햄릿의 대사는 본질보다 그것이 어떻게 보이는가, 전체의 이미지가 부분에 의해 어떻게 변하고 왜곡되는가에 초점을 두는 햄릿의 인식방법을 그대로 보여준다. 밤늦도록 축연을 벌이면서 술을 마셔대는 왕을 두고, 과음이 덴마크 국민의 생명과 도덕심을 부패시킬 것이라는 말 대신에 음수 습관이 덴마크인들에게 오명을 씌울 것이라 경고한다.

저런 술타령 덕분에 사방에서
우릴 비방하고 다른 나라의 욕을 먹게 되지
우리를 주정뱅이라고 부르고 저질스런 말로
우리의 명망에 흙칠을 하지 뭔가.

This heavy-headed revel east and west
Makes us traduc'd and tax'd of other nations;
They clepe us drunkards, and with swinish phrase
Soil our additions;

(Ⅰ. iv. 16-19)

이것은 실제가 왜곡된 그림, 진짜보다 그렇게 보이는 것에 몰두하는 햄릿의 잠재의식의 표출이나. 바로 그 시점에 술을 마시고 축연을 즐기는 클라우디우스에 대한 비방의 직격탄을 날릴 기회를 버리고 나른 나라 사람들의 눈에 자신들이 어떻게 보일지, 어떻게 불릴지에 대한 상념은 그 후에 유령이 클로디우스의 살인행위를 알려주었을 때 햄릿이 그 행위의 잔악성, 그 자체보다도 질서, 애정, 선함이라는 가면 뒤에 숨어있는 악에 의해 몸서리친다는 것과 연결된다. (Ⅰ. v. 106-119)

클로디우스의 죄를 알려 준 유령의 존재에 대해 햄릿은 "오 나의 예언의 영(靈)이여! *O my prophetic soul!*(Ⅰ. v. 41)"라고 하면서, 유령이 자신의 불확정적인 마음에 종지부를 찍어 주었다는 반사본능과 같은 확신에 찬 운을 띄운다. 하지만 마음의 눈의 왜곡 가능성을 과도하게 의식하고 있는 햄릿은 바로 모든 확실성에 대해 의심하게 된다. 감정적으로는 기꺼이 유령의 존재를 믿고 싶지만 햄릿은 그러한 그의 믿음이 잘못된 것일 수 있다는 점을 알고 있다. 유령은 햄릿에게만 말을 건넸고, 햄릿은 자신이 심한 우울증에 있다는 것과 감정적으로 불안정하다는 사실을 인정하고 있었다. 야스퍼스(Karl Jaspers)가 말했듯이, 햄릿을 마비시키는 것은 그의 성격이 아니라 '안다'는 것과 '모른다는 것을 안다'는 두 인식체계의 덫에 갇혀있는 상황이라 할 수 있다. 이러한 상태에서 햄릿을 일관성을 지닌 인물로 설정하는 것은 불가능하다. 그는 끊임 없이 열정적 확신을 갖고 믿음을 토해내기도 하고, 그러한 믿음을 의심하면서 객관적 거리의 필요를 주장하기도 하는 분열된 인식체계의 상징이기 때문이다.

"모든 일이 사사건건 얼마나 나를 꾸짖고 *How all occasions do inform against me*,(Ⅳ. iv. 32)"로 시작되는 햄릿의 또 다른 독백은 다시 한번 주관적인 확신과 객관적인 신중함 사이의 마찰을 보여준다. 햄릿은 너무 정확하게 사고하려는 자신을 호되게 꾸짖으며, 피의 복수를 다짐해보고자, 2막에서 연기자들의 입장을 자신과 비교했듯이, 이번에는 '계딱지만한 땅을 위해 죽기 쉽고 불확실한 목숨을 온갖 운명과 사망과 위험에 내맡긴' 포틴브라스(Fortinbras)를 내세워 자신과 비교하면서 행동을 자극하고자 하는 듯싶었다. 말로는 행동의 유보하는 자신을 책망하지만, 연기자들이 만들어진 상황에서 연기를 하듯이, 포틴브라스 역시 명성이란 속임수와 환상을 위해 목숨을 거는 것이라고 하면서 바로 그의 행동의 의미를 평가 절하한다.

부끄럽게도 나는
명성이란 환상과 속임수 때문에
마치 무덤을 침대삼아 가고, 전사자를 묻을 만한
묏자리도 되지 않는 땅을 위해
아무도 이유를 물으려 하지 않고 싸우는
이만명의 병사들의 임박한 죽음을 보고 있지 않나.

to my shame, I see
The imminent death of twenty thousand men
That, for a fantasy and trick of fame,
Go to their graves like beds, fight for a plot
Whereon the numbers cannot try the cause,
Which is not tomb enough and continent
To hide the slain?
(Ⅳ. iv. 61-66)

복수를 촉구하는 3막 4장의 유령의 재촉현(103-138)조차 어머니 거투르드의 눈에 보이지 않고 들리지 않는 존재로 만들어 버림으로써 햄릿이 주관적 사고의 미로를 탈출하는 것을 어렵게 한 것과 더불어, 이 부분 역시 지금까지의 분열된 인식체계의 진동 추의 궤도를 벗어나지 않은 것으로 해석될 수 있다. 특히 이 독백은 이 극의 편집문제를 다룰 때 많이 시석되는 부분이다. 다른 독백과 대사늘이 상황과 문맥에서 도려내 질 수 없는 것과는 달리, 이것은 극에서 꾸준히 노출시키는 햄릿의 갈등을 반복적으로 담아내고 있어 두 번째

사절판 *Second Quarto*를 제외한 판에서는 완전히 제외시킨 부분이라고 한다. 결국 극이 4막의 마지막까지 왔을 때까지도 확신과 불신 사이의 갈등의 추는 그 진자 운동을 멈추지 않고 있다는 증거이다.

셰익스피어가 이 극에서 비극적 긴장감을 강화하기 위해 희극이란 장르와 밀접한 관련이 있는 다중 가능성(multiple possibilities)을 이용하고 있다는 사실은 포틴브라스와 유령이라는 존재에 대한 극에서의 의미를 추적해보면 보다 구체적으로 드러난다. 다중 인식방법으로 인한 행동력 부재만큼 편향된 인식방법에 의한 선택 역시 한계를 지니고 있음을 보여주면서 상호 대조 효과를 통한 극적 의미 강화를 유도한다. 포틴브라스는 호레이쇼(Horatio), 레아티즈(Laertes)와 함께 햄릿과 대조되는 반사적인 인물(reflector character)로써 감정적 확신과 이성적 의심 사이의 갈등을 겪지 않는다. 다시 말해 각각의 인물들은 햄릿의 다중 인식과 대조적으로 편향된 시각(single view)을 지니고 있다. 많은 비평가들이 죽은 아버지의 원수를 갚도록 강요당하는 아들로서의 햄릿의 입장이 레아티즈와 포틴브라스에 투영되어 있음을 지적해왔다. 아버지의 죽음 소식에 주저함 없이 칼을 뽑아대는 레아티즈의 입에서 나오는 "양심과 은총이여, 저 끝없는 구덩이로 가버려라 *Conscience and grace, to the profoundest pit!*(Ⅳ. ⅴ. 132)" 대사는 그가 도덕적 판단력뿐만 아니라 생각과 사고의 과정까지 철저히 거부하고 있음을 통해 그 선택의 비이성적 요소를 보여줌과 동시에 햄릿과 대조 효과를 만들어 낸다. 또한 "오직 이름 뿐, 아무런 이득이 없는 조그만 땅 조각을 얻으려 *to gain a little patch of ground/That hath in it no profit but the name.*(Ⅳ. ⅳ. 18-19)" 폴란드 변방을 공격하는 포틴브라스의 거침없는 추진력을 햄릿은 한순간 부러워하지만, 이 역시 "앞뒤를 내다보는 사고력을 넣어준 *large discourse looking before and after*(Ⅳ. ⅳ. 36-37)" 신의 뜻을 저버린 것이라고 하면서 포틴브라스의 이성적 사고력의 부재를 지적한다.

레아티즈와 포틴브라스가 햄릿의 이중 인식체계에서 주관적인 면을 부각시킨 인물이라면, 호레이쇼는 열정과 감정의 노예가 아닌 객관적인 면을 대변하는 인물이라 할 수 있다. 호레이쇼는 햄릿으로부터 정열(blood)과 판단력(judgement)이 잘 혼합된 사람으로 높이 평가된다. 그러나 관객의 입장에서 호레이쇼는 정열이 판단력에 완전히 압도되어 그에게서 정열 혹은 격정의 흔적을 찾기 어려운 인물로 파악된다. 햄릿이 호레이쇼를 통해 본 감정과 이성의 조합의 결과를 결정적 행위의 동인으로 삼기보다는 일종의 금욕주의적 맥락에서 이해한다는 점은 시사하는 바가 크다. 햄릿이 지적하는 호레이쇼의 존경할 만한 '객관적 거리두기' 능력은 추상적인 면에서는 높이 평가될 수 있겠지만, 포틴브라스와 레아티즈의 성급함만큼 햄릿의 문제에 대한 답이 될 수 없다. 그는 조언자이자 해설자가 될지언정 행위자는 아니라는 사실은 호레이쇼가 햄릿의 다중인식 체계에서 객관적 인식방법을 부각시키는, 레아티즈와는 또 다른 차원의 상대물(foil)이라다는 점을 말해준다.

극에서 호레이쇼는 보초들에게 목격된 유령의 존재를 확인하도록 부탁 받은 인물이자, 햄릿에게 연극을 통한 클로디우스의 유죄를 객관적인 입장에서 확인하도록 제안 받은 인물이기도 하다. 그의 객관적인 거리두기 능력은 갈등을 멈추고 왜곡된 현실을 바로 잡기 위해 햄릿에게 절대적으로 필요했다. 호레이쇼의 이러한 객관성에 대한 장황한 칭찬 후에(Ⅲ. ii. 57-72), 햄릿은 연극에 대해 설명한 뒤(Ⅲ. ii. 73-85) 호레이쇼에게 객관적 확신을 얻고자 한다. 그러나 호레이쇼의 대시는 햄릿에게 확신을 주기에는 무언가 확실히 부족하다.

햄릿: 이보게 호레이쇼, 나는 유령의 말을 만금 주고라도 사들일 거라네. 자네도 봤지.

호레이쇼: 그러믄요, 왕자님.

햄릿: 독살에 대해 말할 때 말이네.

호레이쇼: 제가 아주 유심히 보았죠.

Ham: O good Horatio, I'll take the ghost's word for a thousand pound. Didst perceive?

Hor: Very well, my lord.

Ham: Upon the talk of the pois'ning?

Hor: I did very well note him.

(Ⅲ. ii. 286-290)

고의적이라고 해석할 수 있을 정도로 호레이쇼의 대사는 햄릿의 질문에 대한 정확한 답을 피하고 있다. 독에 대한 이야기도 들었냐는 햄릿의 질문에 대한 답은 "제가 아주 유심히 보았죠."라는 모호한 답을 달뿐, 햄릿의 불확실한 심정을 해소할 만큼 확신을 주지는 못한다. 이후에도 무대 위의 어느 사람도 클로디우스의 행동에 의심을 드러내지 않는다. 전보다 더 미친 듯 광분하는 햄릿을 제외하고 변한 현실은 아무 것도 없다. 호레이쇼는 자신의 중재로 햄릿을 진정시키려 하지만 햄릿의 질문에 확신에 찬 대답인 '예'라고 말하지 않는다. 호레이쇼의 애매한 대답과 태도는 5막에서 누구에게나 다 알려진, 부인할 수 없는 분명한 조카 살해의도를 발견하기 전까지 계속된다. 5막에 이르러서 비로소 왕을 직접적으로 비난하는, 극의 초반부터 요구된 어떤 행위의 비준자로서 역할을 완수하지만, 아무런 의미가 없어져버리고 만다. 그의 말대로 무대에는 아무도 없기 때문이다.

호레이쇼. 아직 아무것도 모르는 세상 사람들에게
　　　　어떻게 이런 일이 일어났는지를 말할 기회를 주오.
　　　　그러면, 음탕하고 피비리며 천륜을 어긴 행위,
　　　　우발적인 천벌, 뜻하지 않은 살인,
　　　　간계와 술책으로 빚어진 죽음, 그리고 마지막으로
　　　　모사꾼의 머리 위에 떨어진 빗나간 목표에 대해
　　　　듣게 될 것이오. 제가 이 모든 것을 진실되게
　　　　전달할 수 있소.

Hor And let me speak to th'yet unknowing world
　　　How these things came about. So shall you hear
　　　Of carnal, bloody, and unnatural acts,
　　　Of accidental judgements, casual slaughters,
　　　Of deaths put on by cunning and forc'd cause,
　　　And, in this upshot, purposes mistook
　　　Fall'n on th'inventors' heads. All this can I
　　　Truly deliver.

　　　　　　　　　　　　　　　　　(Ⅴ. ⅱ. 384-391)

　호레이쇼가 일관성을 갖고 애매모호한 태도를 보인 것은 분명 아
니다. 호레이쇼는 극 초반에 햄릿에게 유령을 믿지 말라고 경고를
했고, 미쳤다는 소문이 놀고 있는 오필리어(Ophelia)의 상황 파악을
위해 거투르드에게 오필리어와 직접 대화를 나눌 것을 충언하기도
했고(Ⅳ. ⅴ), 햄릿에게 레아티즈와의 결투를 하지 말라고 명료하고
분명한 의사를 밝혀왔다. 그러나 호레이쇼는 행위의 정당성을 찾고
자 하는 햄릿이 직면한 가장 핵심 되는 부분에서는 오히려 직극적으
로 확증하서나 부인하기를 서부함으로써 햄릿의 비극석 인식제계에
주목하도록 이끄는 또 하나의 극적 장치의 일부가 되어 버린다. 덧

붙여 셰익스피어가 극에 가능한 많이 열린 질문을 제시해 놓고 가능한 한 적게 답을 달고자 한 극작가의 의도를 간접적으로 반영하고 있는 인물이라는 해석이 가능하다.

하나의 현상에 대한 다양한 각도로의 접근이 가능하다는 다중성의 원리는 유령의 존재와 의미 파악에 있어 다시 한번 적용된다. 극에 가능한 한 많은 열린 질문을 던져놓고 가능한 한 적게 답을 제시함으로써, 서로 불확실하고 모호한 상태의 충돌을 통해 극의 반응 공간을 확대하고자 한 셰익스피어의 의도를 반영하고 있는 존재는 바로 유령이다. 누군가에게는 죽은 사람의 영혼으로, 그의 명령은 반드시 따라야만 하는 절대적 가치를 지닌 것으로 받아들여지는 반면, 또 다른 사람에게는 인간에게 사악한 짓을 하기 위해 사람의 눈을 속여 사람의 형상으로 나타난 악마 같은 존재로 파악될 수도 있다. 혹은 실제로 존재하는 것이 아니고 단지 정신상의 환상 혹은 환영과 같은 존재라고도 생각되어 질 수 있다. 이 작품에서는 이 세 가지 가능성이 혼재한다. 호레이쇼는 평온과 안식을 찾아야 하는 죽은 햄릿의 아버지로서의 유령의 존재를 인정하다가도 (*If there be any good thing to be done,/That may to thee do ease, and grace to me* 〔I. i. 130-131〕), 단순히 환영(hallucination)인 것으로 (*Stay, illusion* 〔I. i. 127〕), 혹은 죽은 선왕의 모습을 취한 사기꾼으로 간주하기도 한다.

> 호레이쇼. 너는 어떤 존재이기에, 이 야심한 시각을
> 돌아가신 덴마크 왕이 한때 행군하던
> 위용 있고 늠름한 모습으로
> 점령한단 말인가?

> *Hor.* What art thou that usurp'st this time of night
> Together with that fair and warlike form

In which the majesty of buried Denmark
Did sometimes march?

(I . i . 46-49)

햄릿 역시 유령의 출현에 어떤 반응을 해야 할지 난감할 따름이다. 도대체 건강한 영혼인가, 아니면 저주받은 악마인가? 유령의 이야기를 다 들은 후에도 햄릿의 반응은 명확하지 않다.

> 햄릿. 오, 천사들이여! 오, 땅이시여! 또 뭐가 더 있을까?
> 내가 지옥을 더 붐비게 해야 하나? 제길! 진정해라, 진정, 내 심장아,
> 나의 근육들아, 순식간에 늙지 말고,
> 꼿꼿이 나를 지탱해 다오. 잊지 말라고?
> 그래, 불쌍한 유령이여, 이 혼란한 세상에
> 기억력이 자리 틀고 있는 한 그리해주지.

> *Ham.* O all you host of heaven! O earth! What else?
> And shall I couple hell? O fie! Hold, hold, my heart,
> And you, my sinews, grow not instant old,
> But bear me stiffly up. remember thee?
> Ay, thou poor ghost, whiles memory holds a seat
> In this distracted globe.

(I . v . 92-97)

이것은 유령의 출처에 대한 의혹을 해결 안한 채 방치함으로써 관객이 하나의 결론에 정착하지 못하도록 하는 작가의 숨은 의도로 해석된다. 셰익스피어는 햄릿이 주저하고 망설이고 방황하는 동안 관객이 어떤 확신을 얻는 것을 허락하지 않는다. 관객과 햄릿은 함께 불확실이라는 추에 매달려 있어야만 한다. 결국 관객이 다중 인식 관점을

통해 다양한 가능성을 받아들일 준비를 갖추도록 만드는 기술이 햄릿의 불확실함, 우유부단, 애매모호함을 비난 없이 정당화하는 중심역할을 한다. 관객 자체가 편향된 시야가 아닌 열린 시야를 지속적으로 유지해서 햄릿의 불확실하고 불안한 정신 상태를 경험하도록 셰익스피어는 유령이라는 쉽게 해결되지 않는 존재를 이용하고 있다.

극에서 다각도의 해석의 여지를 남기는 것은 유령만은 아니다. 극은 근친상간의 비난을 받을 클로디우스와 거투르드 결혼의 도덕성 문제라든가 클로디우스에게 빼앗긴 왕좌의 정당한 주인이 햄릿이다라는 사실을 적극적으로 긍정하지도 부정하지도 않는다. 많은 역사비평가들은 엘리자베스 시대의 일반 사람들이 이런 문제들에 어떤 답을 구했는지를 연구해왔고, 답은 분명했다. 클로디우스와 거투르드의 결혼은 근친상간이며 부도덕한 행위이고 클로디우스는 햄릿의 정당한 권리를 찬탈했다. 그러나 주목할 점은 동시대 사람들의 의견이 아니라 극작가로서 셰익스피어가 이 문제에 정확한 선을 긋지 않고 애매모호한 반응을 보였다는 점이다. 덴마크 왕국의 중신들은 그들의 결혼을 인정했고(Ⅰ. ⅱ. 10-16), 햄릿을 제외한 무대 위의 그 누구도 그 결혼에 불편함을 내비치지 않았다. 단지 햄릿과 확인되지 않은 유령만이 그들의 결혼의 부도덕성을 토로할 뿐이다. 셰익스피어는 자연스럽게 그 사회가 용인하는 이중 잣대를 극에 이용한다. 당시, 형제의 미망인과 결혼하는 것은 금지되었지만 미망인이 된 여왕이 새로운 왕과 결혼하는 것은 하나의 정치적 입장에서 인정될 수 있었다. 실제로 스코트랜드(Scots)의 메리여왕은 그의 남편 프랑소와 2세가 죽은 후에 프랑스의 찰스 4세와의 결혼이 제안되었고, 헨리 8세의 경우 그의 형 아더(Arthur)가 죽은 후 그의 부인 아라곤(Aragon)의 캐서린(Catherine)과의 결혼이 성사되었다. 새로운 정치 세력 판을 짜는 데 결혼은 매우 상징성 있는, 효과적인 정책이었기에 일반적인 근친상간의 도덕성 문제를 덮어버릴 수 있었다. 이로서 다시 한번 관객이 주관적인 심증과 객관적 확증의 부재로 인한 햄릿의 딜레마를 공유할 것을 요구한다.

극에서 햄릿의 왕위 상속 문제 역시 하나의 정해진 답이 아니라 다중 가능성을 지닌다. 5막에 이르러서야 덴마크의 왕위제도는 세습보다는 선출된다는 것이 명백해지지만(V. ii. 360-361), 관객은 1막에서 이미 노르웨이(Norway)에서는 죽은 왕의 아들이 아닌 동생에게 왕위가 계승되었다는 말을 들었기에(I. ii. 27-28) 햄릿의 왕위 상속의 정낭성 문세에 하나의 납을 다는 것에 혼농의 여지가 생긴다. 왜냐하면 셰익스피어 극의 관객은 덴마크의 왕위계승제도를 무의식 중에 영국의 왕위세습제도와 같은 것으로 받아들이기 쉽다는 일부 학자들의 주장처럼, 왕위세습제에 익숙해져 있는 관객은 극이 영국이 아닌 덴마크를 무대로 하고 있다는 사실을 쉽게 망각할 수 있다는 가능성이 문제를 복잡하게 할 수 있기 때문이다. 중요한 점은 어떤 경우에도 극은 햄릿의 왕권 계승의 정당성을 적극적으로 명확하게 드러내지 않는다는 부분이다. 왕국의 중신들도, 왕비 거투르드도, 호레이쇼도 이에 대해 아무런 지적이 없다. 햄릿이 왕권을 향한 야망에 차있다고 말하는 로젠크란츠와 길든스턴조차 햄릿이 왕위를 계승할 권리가 있다는 직접적인 언급은 없다. 햄릿 역시 자신의 귀리를 도둑맞았다는 말은 하지 않는다. 햄릿은 거투르드에게 클로디우스는 '선반에 올려놓은 귀중한 왕관을 훔쳐 자기 주머니에 처넣은 소매치기(III. iv. 99-101)'라고 비난하는 장면 역시 단순히 클로디우스가 살인을 통한 반역으로 왕국을 집어 삼켰다는 의미해석이, 합법적인 싱속인에게서 욍국을 도둑질했다는 해식보다 힘을 깇는나. 마지막에 자신도 왕위를 이을 수 있는 사람의 한사람이었다는 햄릿의 지나가는 듯 내뱉은 대사 역시 클로디우스가 왕위 선출과 햄릿의 개인적 소망 사이를 끼어든 인물이지 자기의 정당한 권리를 빼앗은 인물은 아니다라는 것을 보여 준다. 관객은 장자상속이라는 무대 밖 영국 현실 세계의 왕위계승제도에 익숙해져 있으나 극은 의도적으로 이러한 익숙함과 거리를 두기에 결과적으로 관객은 불확실한 상태에 놓이면서 끊임없이 혼동한다. 1막 2장에서 클로디우스는 햄릿을 자신의 왕위를 계승할 사람으로 공포하는데 이것을 견제와 정치적 계산으로 보아야 할지 왕의 너그러움과 포용으로 받아들여야 할지 관객은 망설이게 된다. 이처럼 셰익스피어는 의도적으로 관객이 하나의 결론에 쉽게 이르지 못하도록 조정하는 것이다.

'클로디우스가 형을 살해했는가?'라는 질문의 답은 처음부터 정해져 있었다. 이 작품의 명성 덕분에 현대의 독자나 관객은 말할 것도 없고 당대의 관객들은 이 극의 결말과 간단한 줄거리를 이미 알고 있었다. 작품 『햄릿』이 무대에 올랐다고 추정되는 시기는 1599년에서 1601년이다. 젠킨스(Harold Jenkins)를 비롯한 많은 비평가들은 이 극이 공연되는 시점의 관객들 사이에는 이미 중세 덴마크의 역사가 중의 하나인 그래머티쿠스(Saxo Grammaticus)의 『덴마크 이야기』 The Danish History나 그것을 번역한 것으로 알려진 벨라포리스트(Francois de Belleforest)의 『햄릿이야기』 The Historie of Hamblet을 통해 햄릿의 이야기를 알고 있었다는 점에 의견을 같이 했다. 뿐만 아니라 이 극에 가장 깊은 영향을 주었다는 『울-햄릿』 Ur-Hamlet(1589) 역시 비록 원고는 현존하지는 않지만 공연기록과 몇 가지 특징을 기록한 자투리 자료에 의하면 유령이 등장하고 살인과 복수를 주제로 관객들의 많은 호응을 받았다는 점에서 이 작품 『햄릿』의 실제 관객들은 어느 정도 햄릿의 이야기에 익숙해져있었다는 사실적 정황을 보여준다. 위에 언급한 비슷한 이야기를 무대에 올린 작품들과 비교해 볼 때, 이 극은 지속적으로 분명한 사실을 불분명하게 만드는 과정으로 보인다. 다른 작품들은 처음부터 관객 혹은 독자가 왕을 죽인 자들을 알고 있기에 정체불명의 유령이 밤의 고요를 혼동에 빠뜨리지도 않고, 새로운 왕의 근친상간도 문제시하지 않는다. 오직 주인공 햄릿만이 자명한 사실을 불확실한 상황으로 끌어드리기에 이미 이야기의 흐름을 알고 있는 관객조차 다시 한번 기꺼이, 자발적으로 미궁 속에 빠져들고자 한다. 어쩌면 셰익스피어의 의도 - 쉬운 결론 또는 정해진 답을 견제하면서 불확실함을 증폭시키면서 얻는 극적 효과 - 는 처음부터 불가능한 것인지도 모른다. 관객은 이미 유령의 신빙성이나 클로디우스의 유죄를 의심하기에는 플롯 및 결말에 너무 많이 노출되어 있다. 작품 『햄릿』의 극적 효과는 반감되어야 마땅하다. 한마디로 뻔한 이야기임에도 불구하고 『햄릿』이 시대를 넘어, 문화를 넘어, 장소를 넘어 문학적 영원성을 가지고 있는 이유는 명백한 것을 불확실하게 만드는 셰익스피어의 극적 기술에 있다. 『햄릿』은 '어디엔가 마음을 고정시킬 수 없는 관객의 비극'이라고 한 스테픈 부스(Stephen Booth)의 말이 다시 한번 빛을 발하는 부분이다.

클로디우스와 거투르드의 결혼의 도덕적인 문제, 햄릿의 왕위계승에 있어서의 문제와 더불어 거투르드가 죄가 있는지 없는지, 햄릿의 슬픔이 정도에 지나친 것인지 아닌지, 극은 이러한 문제들에 쉬운 결론 또는 해답을 견제하면서 불확실함을 증폭시킨다. 셰익스피어는 여러 가능성 있는 해석이 뒤따를 수 있는 의심스러운 상황들을 하나의 간단한 결론에 이르지 못하도록, 모호함을 없애는 것이 아니라 모호함이 증폭되도록 유도한다. 하나의 상황과 현실에 가능한 여러 접근의 길을 열어 놓아 상호 충돌과 갈등, 혼동을 통한 극적 해답을 추구한 것이다. 햄릿에게도 관객에게도 하나의 결론을 갖지 못하고 여러 가능성이 내재된 상황인식과정은 매우 불편하고 혼동되는 것이다. 하나 이상의 진실을 인식한다는 것은 바꿔 생각하면 진실이 존재하지 않는다는 것이기 때문이다. 결론적으로 이러한 불분명한 사고의 충돌은 『햄릿』이 행위의 부재극이다라는 비난을 피하기 어렵게 한다. 그러나 『햄릿』에서는 이러한 하나의 사건, 행위를 바라보는 다양한 사고방식 자체가 하나의 극적 행위가 된다는 사실을 간과해서는 안 된다.

걸투르드, 폴로니우스(Polonius), 그리고 클로디우스의 햄릿의 광기에 대한 다양한 해석 역시 하나의 상황에 각기 다른 주관적 견해와 각도에서 접근하는 예가 된다. 극의 초반부에서는 원인보다는 징후만이 무대를 채운다. 무언가 썩었고, 극의 방향은 그것이 무언인가를 밝혀내는 것으로 정해졌다. '도대체 덴마크가 어찌된 것인가'라는 질문은 '도대체 햄릿이 어찌된 일인가?'로 대치된다. 극의 인물들은 모두 자신의 입장에서 답을 단다. 그들이 제시한 답은 하나의 주관적 진리를 쉽게 받아들일 수 없는 햄릿의 인식체계에 정당성을 줄 수 있는 근거가 된다. 햄릿의 광기라는 하나의 정황에 대해 사람들은 각자의 주관적 관심사에 따라 해석하고자 하는 충동은 극의 내부에서부터 비롯된다 할 수 있다. 그들은 햄릿을 두고 "나의 처지에 비춰 보면 그의 심정을 알 수 있지 By the image of my cause I see/The portraiture of his(V. ii. 77-78)"라는 말을 할 수 있을지도 모른다. 거투르드는 재혼이라는 행동에 불편한 감정을 갖고 있기에 햄릿의 문제를 남편의 죽음과 '지나치게 서두른' 결혼에서 찾고, 폴로니우스는 자신의 딸 오필리아와의 혼사에 관심이 있기에 애정문제에서 원인을 찾고자 한다. 클로디우스는 감추어진 죄를 의식하고 있기에 햄릿이 위험한 생각을 품고 있을 것이라 의심한다.

그의 영혼 속에는 뭔가 있어
우울증이 그것을 품고 앉아 있지:
그것이 부화되어 드러나면
상당한 위험이 될지도 몰라

There's something in his soul
O'er which his melancholy sits on brood;
And I do doubt the hatch and the disclose
Will be some danger.

(Ⅲ. ⅰ. 164-167)

모두 다양한 답을 달지만 모두 자기를 들어내는 주관적인 해석이라는 공통점을 가지고 있다. 이러한 여러 관점상의 문제는 비극적 효과를 위해 작품 『햄릿』에서 희극이 보다 직접적으로 사용되고 있다는 점을 설명할 수 있게 한다. 즉 하나로 집약되어야 하는 비극적 초점은 다양한 관점들의 끼어듦으로 자칫하면 비극적 강도를 약화할 수 있는 위험에 처하게 된다. 희극이 비극을 위협하는 순간이라 할 수 있다. 그러나 셰익스피어는 이러한 장르 개입을 극적 에너지 강화로 전환시키는 데 성공한다. 『로미오와 줄리엣』에서 프라이어 신부와 유모(Nurse)의 상황 판단력의 부재(irrelevance)로 인한 희극적 기능의 계보를 잇는 폴로니우스는 햄릿의 정신분열을 사랑에 빠졌기 때문이라 규정한다. 그의 정신적인 고향은 희극이기 때문에 말장난에도 능하다. 『로미오와 줄리엣』에 등장하는 유모처럼 방향감각 없이 수나스럽기도 하고, 때로는 머큐시오(Mercutio)처럼 화려한 언어직 구술 능력을 보이기도 한다. 암울한 덴마크 왕국보다는 『사랑의 헛수고』 Love's Labour's Lost의 세계가 더 어울릴 듯한 인물이다. 항상 바쁘지만 많은 은유적 표현을 만들고 그것을 친절하게 관객에게 설명할 시간은 항상 가지고 있는 인물이다. 간혹 무의식적으로 도덕적 설교를 하면서 클로디우스의 양심을 찌르는 말을 해서 아이러니를 만들기도 하는 인물이다. 3막 1장에서 햄릿과 오필리어가 만나기 전에 오필리어에게 책을 읽으며 혼자 있는 척 하도록 상황을 조작하는 부분이 바로 그러하다. 이 장면에서 폴로니우스는 다음과 같이 말한다.

폴로니우스. 우리 탓이지만
　　　　　경건한 외모와 신성한 행동으로
　　　　　악마조차도 달콤하게
　　　　　설탕발림 할 수 있다는 사실은 이미 잘 알려져 있지.
클로디우스. (방백) 아! 너무나도 맞는 말이다.
　　　　　그 말은 내 양심에 얼마나 매서운 채찍이더냐.

　　Pol. We are oft to blame in this
　　　　T'is too much prov'd, that with devotion's visage
　　　　And pious action we do sugar o'er
　　　　The devil himself
　　King.[aside]　O' t'is too true
　　　　How smart a lash that speech doth give my
　　　　conscience.
　　　　　　　　　　　　　　　　　　　（Ⅲ. i. 46-52）

　극의 시작부터 죽음에 이르기 전까지 폴로니우스는 자신이 희극의 등장인물로 착각을 하고 있다는 생각이 든다. 레아티스를 염탐하고, 오필리어의 사랑에 끼어드는 희극의 전형적인 아버지 역할을 맡는다. 『한 여름밤의 꿈』에서의 극중극인 "피라무스와 티스비(Pyramus and Thisbe)"에서의 보톰(Bottom)처럼 폴로니우스는 모든 역할을 맡고자 적극적이다. 햄릿의 정신분열의 원인이 사랑에 있다고 단정하면서, 폴로니우스는 기꺼이 행복한 결말을 위해 희극의 조종자 역할을 떠맡고자 한다. 그러나 폴로니우스가 속한 세계는 희극이 아니다. 결국 그가 깨닫게 되는 것은 긴장되고 그늘 지워진 이 세계에서 너무 바쁘다는 것은 위험하다는 점이다. 그는 그가 있어서는 안 되는 자리에 있었기에 무대에서 퇴장해야 한다.

폴로니우스를 일관성 있게 희극적 인물로 설정한 것은 극적 아이러니를 만들어낸다. 비극이란 장르와 가장 거리가 먼 인물의 죽음이 극이 파국적 결말로 방향을 고정시키게 되는 아이러니 말이다. 폴로니우스가 햄릿의 손에 살해당하는 사건은 오필리어의 정신이상과 자살을 이끌고, 레아티스는 복수에 불타 클로디우스의 음모에 가담하게 되고 결국 레아티스, 거투르드, 클로디우스, 그리고 햄릿 모두의 죽음을 가져오는 도화선이 된다. 어떤 면에서 폴로니우스의 죽음은 『로미오와 줄리엣』에서 머큐시오의 죽음과 동등한 영향력을 가진다고 할 수 있지만 차이점이 더 주목할 만하다. 머큐시오는 극의 중간까지 희극적 가능성을 구체화한다. 그의 죽음은 그런 가능성의 소멸로 인하여 희극이 비극으로 전환되는 계기를 제공한다고 볼 수 있다. 반면 폴로니우스는 햄릿에게 운명 지워진 복수의 과정에서 어떤 도피처나 탈출구를 제시한 적이 없다. 폴로니우스는 비극적 움직임을 더 굳게 고정시키는 역할을 담당한다.

폴로니우스, 레아티스, 오필리어와 관련된 사건들은 비극의 궤도 밖에서 안으로 이끌린 경우라 할 수 있다. 『윌리엄 셰익스피어의 비극 읽기』 Reading on the Tragedies of William Shakespeare의 저자 퍼거슨(Francis Fergusson)이 지적했듯이, 그들의 플롯은 중심 플롯과 깊이와 무게 면에서 대조되는, 일종의 가정희극(domestic comedy)으로 출발한다. 햄릿은 자신이 경멸하는 의붓아버지를 피하고자, 또 무덤 너머에서 자신의 아버지의 혼에 의해 그에게 부여된 복수의 짐을 피하기 위해 행동부재의 세계로 숨어버린다. 이와 비교해서 레아티스 역시 아버지의 간섭과 독재를 피해 파리로 되돌아가려 하고, 폴로니우스는 비록 햄릿에게 유령의 존재처럼 강력한 지배력을 행사하는 수준은 아니지만 꾸준히 아들에게 영향력을 행사하려 든다. 그러나 일단 희극적 인물인 폴로니우스가 죽음으로써 비극의 궤도 안으로 들어오자 그의 아들과 딸은 햄릿에게도 이미 나타났던 비극적 역할의 옷을 입게 된다.

폴로니우스가 죽음으로써 비극의 일부가 되어버리자, 그의 희극적 역할은 오즈릭(Osric)에게 넘어간다. 폴로니우스보다 극의 중심부에서 밀려난 인물이지만 오즈릭은 폴로니우스처럼 그다지 중요하지 않은 일에 수다스럽고 번지르르한 입담을 즐긴다. 그는 타고난 감초이고, 자기가 끼어드는 인물과 상황들에 대해 전혀 알지 못한다는 점에서 폴로니우스와 비슷한 부류의 인물이라 할 수 있다. 죽음과 신의 섭리에 대해 햄릿이 경건하고 진지하게 논하는 사이에, 오즈릭이 클로디우스가 청한 결투를 햄릿에게 알리려 왔을 때 오즈릭에 붙는 무대지시어 "어린(young)"은 폴로니우스와의 연계성을 찾을 수 있는 큐가 된다. 셰익스피어는 혼동을 피하기 위해 아버지와 아들이 무대에 등장할 때 아들의 이름 앞에 '어린'을 붙이곤 했다. 『맥베스』에서 '어린 시워드(Young Siward)'의 경우가 그러했고, '어린 햄릿(young Hamlet)' 혹은 '어린 포틴브라스(young Fortinbras)'가 이에 해당한다. 그러나 『햄릿』에서 오즈릭의 아버지는 등장하지 않는다. 혼동의 여지가 없는 극에서 '어린'이란 말은 그 주변의 상황을 정확히 인식하지 못하고 어른들 가운데 끼인 어린아이와 같은 존재라는 뜻이다. 햄릿이 폴로니우스를 "저 등치 큰 아기 *that great baby*(II. ii. 377)"라고 언급한 것과 연관시켜 본다면 그들은 머리 위에서 세상이 무너지는 것에 아랑곳하지 않고 장난감을 갖고 노는 어린아이와 같은 존재들이다.

　다음 대화에서 폴로니우스와 오즈릭이 동일 인물이나 다름없다는 점이 명백해 진다. 아마도 무대에서 폴로니우스역을 맡았던 배우는 폴로니우스가 죽은 후 옷을 갈아입고 오즈릭역을 맡았을 지도 모른다는 생각이 들 정도로 두 인물은 평행선상에 놓인다.

> 햄릿: 저기 낙타 모양과 거의 흡사한 구름이 보입니까?
> 폴로· 아이고, 저럴 수가, 정말로 낙타 같습니다.
> 햄릿: 내 생각엔 족제비 같은데.
> 폴로: 등이 족제비 같군요.
> 햄릿: 아니면, 고래?
> 폴로: 정말 고래 같습니다.
> … …
> 오즈: ……매우 덥습니다.
> 햄릿: 아니, 정말, 너무 춥소; 북풍이 불지 않소.
> 오즈: 정말 끔직스럽게 춥습니다.
> 햄릿: 헌데 내 체질에는 아주 텁텁하고 덥다고 생각되는데.
> 오즈: 극심하게, 아주 텁텁합니다. 이를테면, 어떻게 표현해야 할지 대략 난감할 뿐입니다.

> *Ham* Do you see yonder cloud that's almost in the shape of a camel?
> 　*Pol.* By th' mass, and 'tis like a camel indeed.
> *Ham.* Methinks it is like a weasel.
> 　*Pol.* It is back'd like a weasel.
> *Ham.* Or like a whale?
> 　*Pol.* Very like a whale.

(Ⅲ. ⅱ. 366-372)

......

Osr. ......it is very hot.

Ham. No, believe me, 'tis very cold; the wind is northerly.

Osr. It is indifferent cold, my lord, indeed.

Ham. But yet methinks it is very sultry and hot for my complexion.

Ors. Exceedingly, my lord; it is very sultry, as 'twere – I cannot tell how.

(Ⅴ. ⅱ. 94-100)

이것은 단지 폴로니우스와 오즈릭이 지조나 확신이 부족하자는 것을 나타내는 것만은 아니다. 그것보다는 물개에서 고래로, 차가운 것에서 뜨거운 것으로 주저함 없이 변하는 폴로니우스와 오즈릭이라는 인물에게 비극적 일관성 혹은 진실성과 반대되는 희극적 적응력 내지는 융통성이 다소 과장되어 투영되었다는 점을 상기시킨다 할 수 있다.

햄릿의 세 번째 대조되는 집단은 로젠크란츠와 길든스턴이다. 폴로니우스가 학자로서, 오즈릭이 궁정인으로 햄릿과 대조되었다면 이들은 군인으로써 햄릿의 반사적 인물이 된다. 그들은 마치 한사람인 듯 짝을 지어 행동한다는 점에서 무대에서 시각적인 희극적 기능을 수행한다. 그들은 시각적으로 붙어 다닐 뿐만 아니라, 청각적으로도 완벽한 조화를 이룬다.

왕: 고맙군, 로젠크란츠, 그리고 길든스턴.
왕비: 고맙네, 길든스턴, 그리고 로잔크란츠.

King: Thanks, Rosentrantz and gentle Guildenstern.
Queen: Thanks, Guildenstern and gentle Rosencrantz.

(Ⅱ. ⅱ. 33-34)

옷과 생김새는 다를지 모르지만 그들은 본질적으로 분리할 수 없는 존재로 희극이 선호하는 쌍둥이의 왜곡된 투영이라 할 수 있다. 그들의 둘이 됨(twoness)은 햄릿의 혼자 있음을 부각시키는 희극적 대조군 역할을 한다. 그들에게는 철저히 햄릿의 딜레마를 공유할 기회가 허락되지 않는다. 그들은 나라에 충성해야 하고, 충성의 방법은 왕을 섬기는 것이다. 다중 인식체계에 의한 고통이나 주관적인 왜곡에 대한 두려움도 그들과는 상관없는 일이다. 왕의 안위가 궁극적인 선(善)이기에 그들에게 옳은 일은 오로지 왕의 명령에 복종하는 것이다. 로젠그란츠와 길든스턴은 그들 자신의 관점으로 햄릿의 고민을 좌절된 야망에서 비롯된 것으로 해석한다. 그들이 햄릿에게 무엇이 잘못되었는지 단도직입적으로 질문을 던졌을 때, 햄릿은 "여보게, 나는 출세를 못하고 있네. *Sir, I lack advancement*"라고 말하자 그들은 햄릿의 말을 정치적인 맥락에서 다음과 같이 받아들인다. "어찌 그럴 수 있습니까, 덴마크의 왕위를 저하가 계승할 거라는 국왕 본인의 언지가 있으셨는데요? *How can that be, when you have the voice of the King himself for your succession in Denmark?*"(Ⅲ. ⅱ. 331-333) 왕으로부터 후계자로 지명된 상황에서 부족한 것이 뭐가 있느냐는 반문은 그들의 제한된 인식 상태를 반영하는 부분이다.

그들이 지닌 한계와 하찮음에도 불구하고 햄릿과 대조되는 인물군이 극에 소개하는 관점들은 관객과 독자로 하여금 복수라는 하나의 집착 외에 다른 전제들에 의해 지배받는 다른 세계가 존재한다는 것을 상기시킨다는 점을 주목해야 한다. 비극의 일반적인 움직임은 수축이고, 어떤 다른 선택이 불가능한 상황으로 죄어드는 것이라 할 때, 그런 것을 저항하고 거부해야 하는 것이 바로 햄릿의 비극적 상황이다. 폴로니우스를 비롯해 햄릿과 대조되는 다른 희극적 인물에게 어느 정도의 무대 공간을 할당함으로써, 그들과 햄릿이 어느 정도 함께 공유할 시간과 여백을 제공함으로써, 셰익스피어는 다양한 가능성의 공간을 마련한다. 그러나 동시에 그들의 관점에 진정한 리얼리티로서의 유효성을 주지 않음으로써 그 한계를 명확히 했다. 셰익스피어는 폐쇄적이고 동시에 확장 가능한, 모순되는 연극 세계를 제시하면서 강렬한 행위를 열망하는 주관적인 추진력으로 대변되는 알라존(alazon)의 세계와 하나 이상의 리얼리티를 인식하는 객관적인 에이론(eiron)의 세계로 양분된 햄릿의 정신세계와 관객의 정신세계의 조율을 유도한다.

두드러짐의 효과는 어떤 것의 존재로 인해 더 명확하게 드러나는 것도 있지만, 어떤 것이 있다가 없어지면서 혹은 존재하지 않음, 부재를 통한 부각의 효과도 있다. 낭만 희극과 같은 맥락에서 사용된 극적 장치가 비극에서 아무런 효과를 가지고 오지 않거나 상반된 결과를 가져올 때의 극적 효과가 바로 그것이다. 이 극에서는 세 명의 조종자(manipulator)가 등장하지만 그들은 희극이란 장르가 보호하는 조종술(manipulation)의 결과를 하나같이 비껴나간다. 햄릿은 광기를 가장해서 주변 사람들의 인식을 조정하고 통제한다. 그는 다른 사람들의 주관적 리얼리티를 시험해 보기도 하고 "쥐덫(Mousetrap)"이라는 연극을 계획하여 클로디우스의 유죄여부를 가려보고자 시도하기도 한다. 전통적으로 무대 위에서 극을 조종하는 인물(manipulator)의 전통에 따라 연기하지만 결과는 확연히 다르다. 폴로니우스를 포함한 다른 사람들의 주관적 해석은 각기 문제점을 갖고 있고, 햄릿의 갈등의 근원인 객관적 거리두기와 성급한 감정몰입에 의한 행위 자체에도 문제점이 있다. "쥐덫"이란 연극 역시 의도했던 확증이나 명료한 결과를 얻는 것에 실패하고 햄릿을 더 깊은 미궁의 늪으로 모는 구실을 했다. 자기 자신은 부정하지만 클로디우스는 형의 살인과 조카의 살인을 계획하고, 끝까지 자신의 죄를 숨기기 위해 상황과 다른 인물들을 조정한 사람이자 햄릿의 조종술의 대상이 된다. 폴로니우스는 자칭 조종자(manipulator)로서 무대 위를 바쁘게 움직인다. 모두 다른 각도에서 극을 조종하는 역할을 담당하지만 희극에서처럼 어떤 결과나 해답을 이끄는 것이 아니라 비극적 파국을 이끌어 내는 부정적 에너지로만 작용했다.

『햄릿』에서는 낭만 희극에서 자주 이용되는 공간 이동과 변장(disguise)이 이용된다. 『햄릿』에서 무대 행위는 거의 엘시노르(Elsinore)라는 물리적인 공간을 벗어나지 않기 때문에 관객은 햄릿이 느끼는 폐쇄감을 쉽게 공유할 수 있다. 위텐베르그(Wittenberg)로 도망치려던 햄릿의 시도는 클로디우스에 의해 저지당하고, 클로디우스에 의해 죽음이 계획된 영국 여행은 다행히 운에 의해 잠정적으로 죽음을 면하게 된다. 이러한 짧은 공간 이동은 일시적으로 햄릿에게 주관적인 사고를 객관화하면서 행동 및 행위를 지연시키고 망설이는 딜레마에서 벗어날 기회를 제공한다. 분명 변화를 유도한 공간이동이었다. 해적과의 모험, 죽음에서의 반전이라는 새로운 경험은 새로운 인식을 가져오는 기회가 되었다. 그러나 그러한 변화의 기회는 희극이란 장르에서의 조화와 재생, 화합의 에너지가 아닌 햄릿의 죽음이라는 비극적 결과로 이어진다.

햄릿의 광기 역시 희극에서의 변장처럼 그가 의식적으로 취하거나 벗어버릴 수 있는 옷과 같은 기능을 한다. 희극에서의 변장은 다른 새로운 아이덴터티를 취할 기회를 제공하기에 어느 정도의 행동의 자유와 사고의 자유를 제공하듯이 햄릿의 광기는 햄릿을 짓누르는 현실이라는 무거운 짐을 잠시 내려놓을 수 있는 시간적 여유를 준다고 할 수 있다. 로절린드(Rosalind)가 개니미드(Ganymede)로 변장함으로써, 그녀는 행동과 사고의 자유로움의 기회를 얻는 동시에 개니미드가 로절린드의 부족한 부분을 채워주면서 완전한 자아로 나아가는 희극적 해결의 계기가 된 반면, 햄릿의 광기는 비록 일시적인 사고와 행위의 자유를 용인하기는 했지만 궁극적으로는 "인간의 정신은 넘치는 잠재력 때문에 분열된다"는 야스퍼스(Jaspers)의 비극관을 확인시키면서 분열된 인간의 정신세계의 깊은 늪을 반영하는 비극적 기능을 수행한다.

이 작품을 동요(fluctuation), 이탈(deflection), 패턴의 추구라는 구조적 구분을 통해 극을 조망해 볼 것을 권유한 스나이더(Snyder)의 관점은 『햄릿』이라는 비극에서의 희극의 움직임이 총체적으로 반영되어 있다는 점을 설명하기에 적합하다. 햄릿의 심리적 갈등상태를 주로 다루는 3막의 전반부까지를 동요의 단계로, 폴로니어스를 살해한 후 4막에 잠시 무대를 떠나 있으며 여러 경험을 하게 되는 것을 이탈의 단계로, 그리고 5막은 일정한 패턴을 추구하는 햄릿의 모습이 초점을 두고 극의 의미를 마무리 짓고자 했다. 『햄릿』을 해결과 완성을 시도하지만 결국 좌절과 분열의 극으로 결론을 낸 마이클 골드만(Michael Goldman)과 같은 일부 비평 흐름을 부인하지는 않았지만, 스나이더는 적어도 햄릿의 결말에서 "부인할 수 없을 정도로 양립할 수 없는, 동시에 부인할 수 없을 정도로 공존하고 있는 진실들의 불가능할 것 같은 결합 *an impossible coherence of truths that are both undeniably incompatible and undeniably coexistent*"를 읽어낸 스테픈 부스의 말에 힘을 실었다. 셰익스피어는 사건들을 통해 관객이 목적과 패턴을 찾아야 하는 동기 부여과정을 병행했고, 극의 마지막 단계에서 그러한 필요성을 만족시키려 했다는 것이 스나이더의 결론이었다. 결국 『햄릿』은 비극으로서 끝나는 것이 아니고, 보다 확대되고 단단한 희극적 비전을 제시하면서 비극을 넘어선다.

비극 넘어서기를 가능하게 한 것으로 주인공 햄릿이 하나의 '희극적' 경험을 하게 된다는 점을 주목할 필요가 있다. 여기서의 희극적이란 희극을 움직이는 우연이라는 힘을 통해 기존의 경험과 전혀 다른 경험을 통한 새로운 시각을 얻게 되었다는 뜻이다. 햄릿은 우연히 자기를 처형해 줄 내용을 담고 있는 로잔크란츠와 길든스턴이 지닌 편지를 발견하게 되고 자기 대신 이 두 사람의 목숨을 제거해 달라는 편지로 바꿔치기 한다. 아버지의 인장을 지니고 있었기에 편지 위조가 가능해지는 것 역시 우연에 의한 것이었다. 다음 날 해적선을 만나 공격을 당한 것 역시 우연한 사고였고, 자신이 의도하지 않았지만 다시 덴마크로 목숨을 보전하고 돌아오게 된다. 이러한 일련의 우연에 얽힌 경험을 통해 드디어 햄릿은 새로운 판을 짜서 거기에 노녁석 실서를 만들어 내야 한다는 강요에서 벗어나, 이미 짜여져 있는, 신의 섭리에 의한 패턴을 인식할 수 있는 마음가짐과 태도의 변화를 겪게 된다.

> 치밀한 계획이 실패할 때면
> 우리의 무모함이 가끔 큰 도움이 된다는 사실을 기억해둘 만하지
> 우리가 벌인 일을 잘 다듬어 마무리 지어주는
> 하느님이 계신다는 사실을 명심해야 한다니까.

> Our indiscretion sometime serves us very well
> When our deep plots do pall, and that should learn us
> There' a divinity that shapes our ends,
> Rough-hew them how we will −
>
> (V. ii. 8-11)

계획된 걸투에 대한 불인김을 느끼고 있지만 참새 한 나리가 떨어지는 것조차 주조하는 신의 특멸한 섭리가 있음을 인성하면서 자신의 목숨을 구해준 신의 섭리가 의도하는 바를 기꺼이 수용하고자 하

는 태도를 보인다. 햄릿은 결국 자기 내부의 분열과 갈등의 문제를 외부의 객관적인 진리와 패턴을 발견함으로써 해결해 버린 것이다. 비록 이것이 그의 운명의 마지막 움직임을 초래하면서 비극적인 결말을 가져오지만 단순 비극을 넘어서는 시각을 제공한다.

비극은 비극적 강렬함과 긴박감을 유지해야 한다. 클로디우스의 사악한 의도는 폭로되었고 그에 합당한 대응이 이루어져야 함을 관객은 기대하게 될 것이다. 그러나 관객이 눈으로 확인하게 되는 것은 햄릿과 이름 모를 광대와의 철학적 상념의 대화이다. 단단한 플롯을 요구하는 비극에서 있을 장면이라기보다는 플롯의 유연성이 보장되는 희극에서나 있을 끼어듦 혹은 이탈이다. 이것은 복수를 강요받는 상태에서 주관적인 심증과 객관적인 확증의 필요성에서 행위를 미루던 극이 초반의 햄릿의 모습의 재현이기도 하다. 그러나 이러한 플롯의 이탈은 우발적으로 아무런 계산 없이 이루어진 것이 아니라 극의 전반적인 움직임 차원에서 이해되어야 한다. 셰익스피어는 5막 1장의 묘지 장면을 통해 비극과 희극의 자연스런 교차점을 형성하면서 앞서 지나간 장면들의 의미를 다시 모자이크해볼 기회를 마련한다. 다시 말하자면, 희극이 애써 죽음이라는 극단적인 상황을 피하려 움직인다면, 이 극은 죽음에 익숙해지게 해서 비극성을 넘어선 사고의 확장을 시도했다고 볼 수 있다. "존재하느냐, 존재하지 않느냐 *To be or not to be*"의 대사부터 묘지에 이르기까지 햄릿이 죽음을 신의 섭리로 받아들이는 과정에서 관객 역시 무의식적으로 죽음에 익숙해지게 됨을 깨닫게 된다. 비극은 결국 죽음이 인간의 삶에 있어 거부할 수 없는 순리인 것을 알고 있으나, 막상 그것에 직면했을 때는 당혹스럽고 부자연스러운 것으로 받아들여지는 인식에서 비롯된 장르라 할 수 있다. 따라서 이 극은 햄릿을 비롯한 다수의 죽음 자체의 비극성보다는 인간의 유한적 상황에서 불가피한 죽음에 대한 철학적 접근과 죽음을 초월하는 비전을 찾는 움직임으로 해석하는 것이 옳을 듯싶다. 극에서 죽음에 익숙해지기 훈련은 3막 1장 독백에서부터 시작된다.

> 햄릿. 존재하느냐, 마느냐 그것이 문제로다.
>   어느 쪽이 더 고귀한가. 난폭한 운명의
>   돌팔매와 화살을 맞고 견뎌내는 것,
>   아니면 무기 들고 밀려드는 고난과 맞짱을 떠서
>   끝장을 보는 쪽인가. 죽는 건 – 잠드는 것뿐인데,
>   잠 한번에 육신이 물려받은 고통과
>   수 천 가지 갈등이 말소된다면
>   그야말로 간절히 바라던 바가 아니더냐.
>   죽는 건, 잠드는 것:
>   잠드는 건 아마도 꿈꾸는 것일 테지
>   – 아, 그게 바로 걸림돌이군.
>   왜냐하면 우리가 이 삶의 뒤엉킴을 떨쳐버릴 때
>   죽음의 잠속에 무슨 꿈이 찾아올지 생각하면
>   우린 주춤할 수밖에 – 그게 바로 불행이 오래오래
>   살아남는 이유로다.

> Ham. To be, or not to be, that is the question:
>   Whether 'tis nobler in the mind to suffer
>   The slings and arrows of outrageous fortune,
>   Or to take arms against a sea of troubles
>   And by opposing end them. to die-to sleep,
>   No more; and by a sleep to say we end
>   The heart-ache and the thousand natural shocks
>   That flesh is heir to: 'tis consummation
>   Devoutly to be wish'd. To die, to sleep;
>   To sleep, perchance to dream-ay, there's the rub:

For in that sleep of death what dreams may come,
When we have shuffled off this mortal coil,
Must give us pause-there's the respect
That makes calamity of so long life.

(Ⅲ. ⅰ. 56-69)

죽음을 통해 삶의 방향을 찾고자 하지만 햄릿에게 놓여진 것은 죽음을 통해 접하게 될 미지의 세계에 대한 두려움과 부조리함에 대한 암시일 뿐이었다. 이는 비단 햄릿에게만 해당되는 두려움이 아니다. 인간이라면 예외 없이 직면할 두려움이자 필연적인 공포이다. 그러나 여기에서의 죽음은 햄릿에게만 문제가 되는, 개인적인 차원을 벗어나지 못했었다. 죽음은 자신의 현실을 대체할 그 무언가를 찾는 햄릿의 도피처가 될 수 있었고, 햄릿은 죽음이라는 미지의 도피처에 대한 막연한 두려움을 표현했다. 폴로니어스를 살해한 긴박한 상황에서도 햄릿은 이러한 철학적 상념의 실타래를 다시 풀어내면서 플롯의 움직임을 이탈한다.

햄릿: 그 자가 먹는 곳이 아니라 먹히고 있는 곳에서. 매우 교활한 벌레들 한 무리가 그를 차지하고 있습니다. 먹는 데는 구더기가 유일한 제왕이지요. 우리 모두는 살찌고 우리를 살찌우려 다른 동물들이 살찌고, 우리 자신들은 구더기 배를 채우려 또 살찌죠. 살찐 왕이나 마른 거지나 다양한 메뉴에 불과하지요. 한 상에 차려 놓은 음식 둘이라고나 할까. 그게 다입니다.

왕: 저런, 저런.

햄릿: 혹자는 왕을 먹은 구더기로 고기를 낚을 수 도 있고, 그 구더기를 삼킨 고기를 먹을 수도 있습니다.

왕: 그게 무슨 뜻인가?

햄릿: 왕이 어떻게 거지 뱃속으로 행차하실 수 있는지를 보여주려

는 뜻밖에 별게 있겠습니까.

Ham: Not where he eats, but where a is eaten. A certain
convocation of politic worms are e'en at him. Your worm is
your only emporor for diet: we fat all creatures else to fat
us, and we fat ourselves for maggots. Your fat king and
your lean beggar is but variable service – two dishes, but to
one table. That's the end.

King: Alas, alas.

Ham: A man may fish with the worm that hath eat of a king,
and eat of the fish that hath fed of that worm.

King: What dost thou mean by this?

Ham: Nothing but to show you how a king may go a progress
through the guts of a beggar.

(Ⅳ. ⅲ. 19-31)

이 부분에서 햄릿이 사용한 구더기 이미지는 주로 클로디우스를
공격하기 위한 제한되고 축소적인 것으로 햄릿의 정신세계가 여전히
복수와 죽음에 의해 마비되어 있음을 반영한다고 볼 수 있다. 이 부
분의 햄릿의 사고는 5막의 묘파기꾼의 냉소적이고 허무주의적 관점
과 다를 바 없다. 중요한 점은 극의 움직임이 햄릿이 변화되는 인식
에 초점을 맞추고 있다는 점이다. 폴로니어스의 살해 이후 영국으로
의 여행 노중 생긴 일들이 햄릿의 인식의 큰 변화를 가져왔다는 것
이 5막의 묘파기꾼들과의 대화를 통해 분명해 진다. 5막의 묘지에서
햄릿은 묘파기꾼의 말에 수긍하면서 자기를 포함한 인간 모두가 죽
음이라는 보편적인 운명을 받아들여야 할 대상임을 인식하게 된다.
햄릿은 왕이든 가난한 사람이든 선한 사람이든 악한 사람이든 죽음
을 피할 수 있는 사람은 없고 모든 인간은 죽음 앞에서 모두 평등해

진다는 사실을 터득하면서 죽음에 대한 긴 여행의 종착지에 이르게 된다. "존재하느냐 존재하지 않느냐"라는 독백에서만 해도 죽음은 두렵든 바람직하든 의미 있는 현실이었다. 그러나 죽음 앞에는 인간 누구나 다 똑같다는 죽음에 대한 묘파기꾼의 희극적 관점은 이러한 의미 자체를 미심쩍게 만든다. 숭고하게 죽음을 맞이하든 무기를 들고 죽음과 싸우든 죽음은 오고, 죽음은 모든 인간의 삶을 똑같이 부조리하게 만드는 인생의 종착점이다.

극 초반의 독백에서 햄릿은 자기 자신에게 있어 삶의 의미와 죽음의 의미를 물었지만 이 죽음의 장소에서는 희극의 거리두기 관점을 이용하여 햄릿 자신도 관객에게 던져진 질문의 일부가 되어버린다. 묘파기꾼들의 대화를 한 걸음 떨어져서 구경하는 입장에서 죽음을 객관화 보편화할 수 있는 지적 거리를 유지하게 된 것이다. 삶과 죽음을 포함한 모든 것을 물질적인 수준으로 육체적인 차원으로 축소시키는 희극의 광대처럼, 묘파기꾼의 관심은 사람이 죽음을 초월할 수 있는지 없는지, 죽음 후의 세계가 어떤 것인지와 같은 철학적인 것이 아니라, 인간의 육체가 이 땅 속에서 얼마나 오래 남아있을 수 있는지에 관한 숫자적 의미에 있다. 앞으로 묻힐 인간은 더 있다는 묘파기꾼의 냉소적 목소리는 죽음이 비극에서의 대체 불가능한 위대한 주인공 개인에게 한정된 위협적 존재가 아니라 보편적 인간에 모두 해당되는 평범한 운명임을 강조한다. 햄릿은 수많은 인간들 가운데 하나일 뿐인 것이다. 극의 전반적인 방향이 다른 희극적 대체 집단을 통해 햄릿과 구분되도록, 햄릿의 특별함을 강조하기 위해 움직인 것과는 달리, 비극의 주인공인 햄릿도 죽음 앞에는 다른 인간과 다를 바 없는 존재임을 보이면서 극의 움직임을 전도했다.

햄릿은 더 이상 감정의 과장상태에 있지 않다. 더 이상 행위의 조종자(manipulator)로 행동의 기회를 마련하려 갈등하지도 않는다. 그렇다고 해서 햄릿의 대사만으로 햄릿이 인간 존재의 의미와 패턴을 찾았다고 단언하기에는 부족함이 있다. 결국 결론은 5막의 커튼이 내려간 뒤에 관객에게 할당된 몫이라 할 수 있다. 포틴브라스가 도착하고 무대에는 시체들이 널브러져 있지만 죽음은 아무 의미 없는 살육의 현장이 아닌 질서의 회복을 암시하기 위한 상징적 기호로 해석되어지길 기다리고 있다. 각 죽음은 무언가 의미 있는 방식으로 마감한 삶을 정의하려든다. 레아티즈처럼 직접적으로 삶을 정리한 경우도 있고,("내가 배신당했기에 당연히 죽는 거요 *I am justly killed with mine own treachery*" 〔V. ii. 313〕) 다른 사람의 입을 통해 간접적으로 삶이 정리된 경우도 있다.

> 자, 그대 근친상간에 살인까지 범한 저주받은 덴마크 왕,
> 이 독배를 비워라. 당신의 합진주가 여기 있지 않나?
> 어머닐 따르라.

> Here, thou incestuous, murd'rous, damned Dane,
> Drink off this potion. Is thy union here?
> Follow my mother.

(V. ii. 330-332)

여기서의 '결합(union)'은 클로디우스가 독이 든 진주 반지와 결합함을 의미하기도 하고, 근친상간(近親相姦)으로 맺어진 결혼을 의미하기도 한다. 어머니도 죽었기에 죽음으로써 결혼은 유지해야 한다는 의미로도 읽혀진다. 거투르드의 죽음 역시 남편에 대한 사랑과 아들에 대한 양립할 수 없는 사랑이라는 비극적 운명의 결과로 정의된다. 이로 인해 폴로니어스, 로잔크란츠, 그리고 길든스턴의 죽음 역시 합당한 의미를 찾게 된다. 항상 적절한 상황 인식이 부족하고, 극

조종술(manipulation)과 엿듣기에 능한 희극적 인물인 폴로니어스는 비극 세계의 중심에서 밀려나는 것은 당연하다. 로잔크란츠와 길든스턴 역시 그들이 저지른 죄에 대한 적절한 대가였다.

햄릿의 삶만이 죽음으로 정의되기는 너무 복잡하다. 햄릿의 죽음은 아버지의 죽음과 관련된 원죄적 입장에서 기인한 죽음이기도 하고, 폴로니어스 살해라는 행위에서 기인한 비극적 결과라는 해석도 가능하다. 그러나 셰익스피어는 더 이상의 해석의 기회를 제시하고 있지 않다.

> 시간이 있다면, ─냉혹한 저승사자는 자기 일에
> 한 치의 오차도 없으니─말씀드릴 수 있으나─
> 관두지요.
> ......
> 남은 건 침묵뿐이구나.
>
> Had I but time, -as this fell sergeant, Death,
> Is strict in his arrest-O, I could tell you-
> But let it be.
>
> (V. ii. 341-343)
> ......
> the rest is silence. (365)

극의 결말은 희극적 결말의 인위성과 한계성을 상기시키는 부분이라 할 수 있다. 햄릿이 깨달은 신의 섭리는 깨끗하게 정돈된 보상이나 벌이라는 희극적 공식의 결과와 무관하다. 주요 인물들의 죽음은 인과응보와 연관되어 있기는 하지만 그들이 안고 있는 도덕적 결점의 무게와 비례하지는 않는다. 햄릿이 깨달은 신의 섭리는 하나의 '데우스 엑스 마키나'(deus ex machina: 극작술의 하나로 내부적 요

소에 의한 해결이 아닌 외부적인 힘이 작용하여 극이 마무리 된다)
가 되어 무대의 질서를 회복시키는 것과도 전혀 관계가 없다. 결국
인위적인 희극적 결말이 아니라 죽음에 익숙해지고 죽음을 직면하여
죽음을 넘어서는 비전으로 삶을 바라볼 수 있는 확장된 시야를 제공
했다는 점에서 『햄릿』은 희극을 이용하여 비극이란 장르가 제공할
수 있는 의미의 한계를 넘어서기를 시도한 극이라 할 수 있다.

『리어왕』: 희극적 좌절의 의미

일반적으로 희극의 방향은 희극이 수용하기 어려운 경직되고 불합리한 가치로부터 일종의 '생산적인 고통(creative suffering)'으로 해석될 수 있는 경험을 통해 새로운 자각, 질서와 조화의 세계로 나아간다. 과정에 있어서의 혼란스럽고 고통스런 사건들과 희극의 결말을 위협하는 방해물들은 무대 위의 질서회복 및 새로운 자각, 성장이라는 희극적 가치를 만들어 내기 위한 일종의 장치로 인식된다. 이러한 희극의 방해물들은 희극이란 장르의 일반적인 관행에 따라 해결되리라는 관객의 기대의식에 힘입어 불편한 감정의 동반 없이 희극의 구성요소로 자리 잡고 있다. 이런 차원에서 『리어왕』에서의 리어왕의 비극적인 경험은 잔인하다 싶을 정도로 고통스럽지만 리어왕의 정신적 성장과 깨달음을 가져왔다는 생산적이고 긍정적인 해석을 가능하게 한다. 극은 끊임없이 구원을 전제로 둔 고통 뒤에 행복한 결말에 대한 기대의 끈을 놓지 않는다. 그러나 무대 위의 코딜리아(Cordelia)의 갑작스런 죽음과 그로 인한 리어왕의 죽음이라는 비극적 결말은 관객 및 독자에게 상당한 당혹감과 혼란을 불러 일으켰고, 비극적 결말에 대한 그들의 거부감은 자연스럽게 희극적 결말로의 개작의 필요성으로 이어지게 된다.

　『리어왕』은 셰익스피어의 비극 가운데 유일하게 희극의 영향을 받아 창작된 작품이고■ 또한 희극으로 수차례 각색되어 약 한 세기

■ 일반적으로 『리어왕 이야기』 *The True Chronicle History of King Leir* (1605)가 리어왕과 세 딸의 이야기를 축으로 하는 『리어왕』의 제1플롯의 모델이 되고 있다는 사실이 받아 들여져 왔다. 동일한 주요 등장인물, 왕국의

반 이상을 희극의 옷을 입고 무대에서 상연된 흥미로운 기록을 가지고 있는 극이다. 또한 셰익스피어의 비극 작품 가운데 유독 『리어왕』만이 끈질기게 개작의 필요성이 제기되었고, 아주 오랜 시간 동안 별다른 거부감 없이 비극적 결말을 피한 개작물이 오히려 관객 및 독자, 비평가의 취향을 만족시켜 왔다. 극의 비극적 논쟁을 피한 『리어왕』의 대표적인 각색물로 테이트(Nahum Tate)의 『리어왕 이야기』 *The History of King Lear*(1681)는 1681년부터 1845년까지 무대에서 상연되면서 존슨(Johnson), 헤즐릿(Hazlitt), 코울리지(Coleridge), 램(Lamb)과 같은 당대의 문학 비평가들에게서 긍정적인 평가를 이끌어낸 작품으로 이러한 정황을 뒷받침한다. 테이트의 각색에 따르면 리어는 왕권을 되찾고 코딜리어는 에드거(Edgar)와 결혼하게 된다. 이러한 사실은 모두 『리어왕』의 결말에 대한 불만에서 비롯된 것이고 어느 작품보다 두드러지게 『리어왕』이 희극적 표면 구조의 틀을 지니고 있다는 것을 보여 주는 부분이다. 코딜리아의 갑작스런 죽음과 그로 인한 리어왕의 죽음으로 끝나는 비극적 결말은 작품 전체를 희극적 틀에 의존하여 극을 읽어낸 관객 및 독자가 수용하기에는 부담스러웠을 것이고, 작품의 전체적인 흐름을 역행하는 결말보다는 리어의 왕위 복원과 화해의 분위기로 마무리되는 것을 원하는 관객의 요구 역시 자연스런 반응이었다고 할 수 있다.

셰익스피어는 어리석음에서 시작하여 고통과 시련을 겪으면서 화해와 질서의 새정립이라는 익숙한 낭만 희극의 기대를 극의 마지막까지, 리어왕이 죽은 코딜리아를 안고 나와 관객으로 하여금 눈으로 만져볼 수 있는 확실한 증거를 제시하기 전까지 저버리지 않았다.

분할, 코델라(Cordella)의 추방, 두 딸의 배신, 결국 코델라와 리어(Leir)의 화해, 그리고 리어의 왕위 복원으로 이어지는 스토리 라인에서 악은 벌 받고 선은 결국 보상받는다는 것으로 극이 마무리된다고 한다.

셰익스피어는 분명 관객이 가지고 있는 장르 의식을 공유하고 있었고 그러한 장르 의식을 최대한 이용하여 비극적 효과를 이끌어 냈다. 희극에 가장 가깝게 접근하면서 어느 극보다 강도 높은 비극적 효과를 가져왔다는 점이 『리어왕』이 희극을 가장 급진적으로 이용했다는 스나이더(Snyder)의 평에 힘을 싣는 부분이다. 따라서 극을 희극적으로 마무리 짓기를 바라는 일반 대중의 취향과 일부 비평가의 평론은 셰익스피어가 의도적으로 장르를 이용하고 있음을 간과했다. 『리어왕』에서 셰익스피어는 단지 결말이 가져온 비극성에 의존하여 공포와 연민의 감정을 만들어 내는 단계에 머무른 것이 아니고 질서와 혼동, 웃음과 눈물의 동시 존재 가능성을 제시하면서 극의 리얼리티를 강화했다. 다시 말해 모든 혼동의 상황이 정돈되어 질서와 화합으로 끝나는 희극의 인위적 결과에 대한 직접적인 비평이며 나름대로의 답을 구하는 극작가로서의 제스처인 동시에 일반 비극이 줄 수 있는 비극적 효과의 한계를 넘어서 보고자 하는 극작가로서의 실험의식을 내비친 것이라 할 수 있다.

테이트(Nahum Tate:1652-1715)의 개작물처럼 슬픔과 자포자기로 인한 리어왕의 죽음을 가져온 코딜리아의 죽음은 지극히 '피할 수 있는' 것이었다. 셰익스피어는 만약 자신이 원했다면 리어왕의 이야기를 대다수가 인정하는 비극적 조건에 맞게 받아들여 '피할 수 없는' 결말을 전제로 사건들을 완벽하게 구성할 수 있었을 것이다. 그러나 극은 코딜리아의 죽음이 피할 수 없는 필연적인 결과라기보다는 분별없는 실수 같다는 생각이 들게 한다. 셰익스피어는 극을 접하게 되는 사람들의 기대 심리를 고의적으로 피해가면서 결과적으로 그런 심리를 최대한 이용한다. 『리어왕』은 희극적 결말에 대한 기대 심리를 저버리면서 상대적으로 비극적 효과를 증폭시키는 결과를 가져오기 위해서 관객이 희극이라는 장르를 의식하도록 극 전체적으로 희극이란 장르에서 익숙한 구조 및 모티프, 희극적 장치들을 적극적으로 이용하고 있다. 『리어왕』은 이중 플롯과 현명한 광대(Fool)의 등장, 구세대에서 신세대로의 권력 이동, 가장(假裝)을 통한 사건의 진행, 주인공이 사회를 벗어나 자연의 상태에서 교육을 받고 다시 사회로 돌아오는 구조, 이러한 과정 속에 전통적 희극의 무질서로 볼 수 있는 사회적 위계질서의 전도(顚倒), 논리와 이성의 부재와 같은 희극적 구성요소들로 가득 찬 공간이다.

『리어왕』은 의도적으로 이러한 희극의 결말, 구조, 모티프, 희극적 장치는 물론, 관객의 기내 심리까지 총체적으로 희극이란 상르에 의존을 하고 있다. 그러나 이 비극은 이러한 표면적인 유사함과 더불어 희극과의 명백한 차이점과 거리감을 제시한다. 바로 이러한 희극적인 것을 비극적 맥락에서 재해석하는 셰익스피어의 창작 기술이 바로 희극과 비극이라는 두 장르를 단순히 절충하는 당대의 유행과 큰 차이를 보이는 부분이다. 하나의 장르가 의도적으로 다른 장르의 영역으로 들어가려는 것이나 반대로 그 영역을 밟지 않으려고 애쓰는 것 모두 상호 장르 의식에서 비롯된다. 이는 단순히 희극과 비극을 섞어 극의 농도를 흐리려는 것이 아니라 상호 장르에 적극적인 영향을 주어 상대 장르를 변화시키는 결과를 가져온다. 다시 말해 비극이 희극이란 장르의 영향으로 일반 비극이 줄 수 있는 극적 효과를 넘어선 비극적 감흥과 여운의 극대화를 만들어 낸다는 사실에 주목한 것이다. 『리어왕』은 이런 관점에서 두 상르 간의 상호 의식을 통해 어느 극보다 강도 높은 비극적 효과를 만들어 냈고, 모든 혼란과 갈등, 고통이 질서와 조화로 마무리되는 비현실적인 희극의 결말을 계신해 넣은 킹크 비평을 담아내고 있다. 이 장에서는 민저 구체적으로 『리어왕』에서 일반적으로 받아들여지는 희극적 장치, 가치, 구조, 규칙 등이 비극적 맥락에서 어떤 효과를 전하는지 살펴보고자 한다. 셰익스피어가 구체적으로 희극의 어떤 장르적 특성을 이용하면서 관객으로 하여금 희극적 결말에 대한 기대의식을 확장시키는지 알아보기로 한다. 『리어왕』은 희극에 대한 관객의 기대의식을 최대한 확장시키다가 마지막 순간에 뒤엎음으로써 전달되는 효과를 통해 작품의 전체의 의미가 극이 끝난 후에 재해석되는 독특한 극적 효과를 만들어 냈다. 결과적으로 『리어왕』이 희극과 비극의 어설픈 장르의 혼합이 아니라 하나의 장르가 다른 장르의 의미를 변화, 확대, 강화시키는 장르 실험극이라는 입장에서 셰익스피어의 숨은 의도를 통한 작품의 의미를 정리해 보고자 한다.

　『리어왕』은 주된 줄거리와 부차적인 줄거리의 두 축으로 이루어진 극이다. 리어왕과 세 딸에 대한 이야기가 한 줄기이며 글로스터 (Gloucester) 백작과 두 아들에 대한 이야기가 다른 한 줄기다. 글로스터 백작과 두 아들이 만드는 이야기는 "영리하지만 버릇없는 아들의 꾀에 빠져 혼쭐나는 노인을 다룬 전형적인 희극 테마"라고 평한 프라이(Northrop Frye)의 말에서처럼 전통적인 희극의 모티브를 그대로 가지고 와서 리어의 이야기와 비교해 볼 때 직접적이고 이해하기 쉽다. 글로스터의 이야기는 리어의 왕국분할과 왕권이양이라는 역사적이고 대국적인 문제를 사소한 가정 분쟁으로 극의 분위기를 바꾸어 버리면서 일시적으로나마 극의 무게를 가볍게 하기도 한다. 자살을 결심한 글로스터가 에드거(Edgar)의 속임수로 벼랑에서 뛰어내릴 것을 시도하다가 엉덩방아 찧는 장면은 무대 위에서의 직접적인 희극적 효과 외에도 신세대에 속기 잘하는 구세대의 희극적 관계를 나타내는 상징적이자 대표적인 장면으로 손꼽을 수 있다. 일단 『리어왕』에서 글로스터의 플롯은 리어를 축으로 하는 중심 플롯의 무겁고 혼란스러운 플롯을 일시적으로나마 반전시켜 분위기를 상승시키는 희극의 하위 플롯 역할을 수행함과 동시에 연극적 풍요로움과 다양성을 부가하는 희극적 특징을 반영하고 있다.

그러나 셰익스피어는 글로스터 플롯을 위 문단에서 기술한 희극적 플롯 기능에 제한시키지 않았다. 셰익스피어는 희극에서 익숙한 이중 플롯을 비극이란 문맥에 가져오면서 플롯의 이중적 의미 생산에 주목했다. 다시 말해 희극에서처럼 단순히 부차적인 플롯과 중심 플롯과의 병렬 구조를 유지한 것이 아니라 두 플롯의 접목, 일치를 유도하였다. 리어의 플롯과는 감정의 크기와 철학적 깊이에서 큰 차이가 있지만 두 플롯은 흐름에 있어 자식에게 버림받은 아버지, 아버지에게 버림받은 자식, 진실과 위신의 전도, 고통을 통한 새로운 깨달음이라는 유사성을 띠고, 에드거라는 인물은 두 플롯의 접점을 이루게 된다. 희극에서처럼 플롯간의 좁혀지지 않은 거리감이 존재하는 것이 아니라 두 이야기에서는 사건이 진행됨에 따라 두 플롯을 점점 대칭구도로 만들면서 두 플롯의 거리를 점점 좁힌다. 에드거는 코딜리어처럼 아버지로부터 버림을 받고, 두 아버지는 모두 고통을 겪다가 자식으로부터 용서와 사랑을 되찾게 되고 결국 죽음을 맞게된다. 이러한 과정에서 희극적 이중 플롯이 약속하는 도피, 탈출, 관점의 다각화에 대한 약속은 철저히 붕괴된다. 리어의 세계를 지배하는 법칙과 다른 법칙이 지배하는 세계가 존재하지 않음이 글로스터의 플롯에 의해 확인되는 과정을 거치면서 셰익스피어는 이중 플롯의 희극적 기능에 불신을 보이듯 플롯의 다양화가 오히려 탈출구의 부재를 확인시키는 비극적 밀실기능을 담당하여 비극적 효과를 강화할 수도 있음을 증명하고자 하는 듯하다. 결국 희극에서 익숙한 이중 플롯의 구조가 단색의 비극에 한층 어두운 그림자를 드리우는 역할을 했다고 볼 수 있다.

앞서 언급했듯이 이중 혹은 다중 플롯은 원래 낭만 희극에서 흔히 볼 수 있는 구조이다. 희극에서의 다중 플롯은 플롯이 끼어들수록 극 자체와 극을 보는 관객의 반응 공간을 분산, 확대시키는 구실을 한다. 감정의 몰입과 집약을 요구하는 비극에서는 다소 위험부담이 있는 극 구조라고 할 수 있다. 플롯을 통해 하나의 세계에서 다른 세계로의 이동은 관객이 하나의 상황과 문제에 봉착해서 밀실과 같은 상황에 갇히는 상황을 막기 위한 탈출구를 제시하는 대표적인 희극적 장치이다. 상호 플롯간의 상관관계나 영향력보다는 하나의 플롯과 전혀 다른 규칙이 적용되는 플롯을 통해 다양한 관점과 다양한 음색을 유도하면서 희극의 색은 무채색인 비극과는 달리 다채롭게 된다. 그러나 『리어왕』에서 부차적인 줄거리인 글로스터백작과 두 아들에 대한 이야기는 비극적 감정의 무게는 증가시킬 수도 있지만 리어왕 자체의 이야기로의 감정몰입 비극적 농도를 약화시킬 위험부담도 있다.

이런 위험 부담을 안고 셰익스피어가 글로스터 백작 이야기를 창작해 낸 의도에 주목해야만 한다. 『리어왕』에서 리어의 이야기는 글로스터의 이야기를 적극적으로 이용해 재생(regeneration)으로의 희극적 움직임의 가능성을 관객에게 제시한다. 다시 말해 관객으로 하여금 희극적 결말에 대한 기대의 끈을 놓지 못하게 하는 심리적 기능을 수행한다. 쉽게 파악되는 전형적인 희극의 형식을 가진 글로스터의 플롯은 복잡하고 해석하기 어려운 리어의 비극 세계를 이해하는 데 도움을 준다. 특히 4막에서의 에드거가 글로스터를 교육시키는 부분은 고통스러운 경험을 통한 심리적인 성숙, 재활이라는 낭만 희극의 이상적 과정을 리어의 플롯에까지 확대 해석을 가능하게 한다. 이러한 두 플롯의 병치구조는 서로에게 어떤 심리적 위안이나 탈출구를 제시하지 못한다는 면에서 고통과 슬픔을 가중시키지만, 어디론가 이끌고 개선시킨다는 보다 큰 틀에서 반드시 필요한 과정이 될 수 있다는 역설적인 효과를 지니고 있다.

황야와 도버(Dover)라는 공간은 또 다른 역설적 효과를 지닌 것으로 셰익스피어가 희극이란 장르를 의식하고 있다는 예로 들 수 있다. 황야와 도버는 『한여름 밤의 꿈』 *A Midsummer Night's Dream*이나 『뜻대로 하세요』 *As You Like It*에서 등장인물들이 처한 어려움을 해결해 나가는 데 적극적인 도움을 제공하는 호의적인 녹원과는 완전히 다른 공간이다. 데이비드 영(David Young)의 주장처럼 『리어왕』은 희극의 목가적 이상주의를 쉽게 받아들이기를 거부한다고 볼 수도 있다. 그는 『리어왕』이 목가적 패턴을 부정하기 위해 목가적 패턴을 이용하고 있는 것이리고 보면서 굶주림, 고립, 굴욕에 대한 치유와 위안의 힘을 자연에서 찾고자 하는 목가적 희극의 이상주의에 대한 비판을 담고 있다고 했다. 또한 이 극은 인간과 자연의 완전한 조화라는 목가극의 기본 전제에 대한 도전이라는 설명을 덧붙였다. 그러나 『리어왕』에서의 자연이란 공간이 굶주림과 굴욕과 같은 육체적 정신적 문제에 대한 위안과 치유의 전통적인 공간이 되지는 않을지라도, 리어와 글로스터에게 있어 헐벗고 굶주린 사람들에 대한 동료애를 느낄 수 있게 만든, 변화와 각성의 장소이자, 긍정적인 희극적 결말로 이어질 가능성을 내포한 공간임을 부인할 수는 없다. 황야와 도버에서의 고통스런 경험이 고통 자체를 소멸시키지는 않았지만 그 고통으로 인해 리어와 글로스터는 자기중심적 안일함에서 벗어날 수 있게 되었다.

리어: 그들은 나를 전능하다 했지 거짓말이야 – 나 역시 학질에 걸리지 않고 못 배기는 인간이지.

리어: 나는 그지없이 어리석은 비보 늙은이리네.

글로: 나는 두 눈 뜨고도 넘어졌었지.

Lear: They told me I was every thing; 'tis a lie-I am not auge-proof.

(Ⅳ. vi. 104-105)

Lear: I am a very foolish fond old man.

(Ⅳ. vii. 60)

Glo: I stumbled when I saw.

(Ⅳ. i. 20)

이러한 자각은 끔찍한 대가를 치른 뒤에 온다. 하지만 그러한 자각, 깨달음, 변화의 가치는 값지다. 황야와 도버라는 자연공간은 리어와 거너릴, 글로스터가 속했던 사회의 감추어진 거짓됨, 잔인함, 이기심, 탐욕 등을 드러내는 역할을 완벽히 수행했다. 이런 점에서 희극의 녹원 세계와 그리 다를 바 없다. 황야에서 '불쌍한 톰(Poor Tom)'으로 가장한 에드거는 황야라는 공간을 변화와 각성의 장소로 만들고 동시에 극의 방향이 희극적 결말로 끝날 수 있다는 기대를 보다 강화시키는 인물로 해석된다.

극의 리듬 역시 비극보다는 희극에 가깝다. 거너릴과 리건(Regan)이 리어왕의 생명을 위협하는 음모를 꾸미는 동안 켄트(Kent)와 같은 주변 인물들은 바로 어떤 대처의 필요성을 느낀다. 그러나 정신을 놓은 리어는 그러한 위협, 위험에 주위를 기울이지 않는다. 광대역시 자기 앞에 직면한 물리적인 불편함을 호소할 뿐이고 변장한 에드거 역시 다를 바 없다. 리건과 거너릴 1의 빠른 움직임에도 불구하고 『리어왕』의 중간 부분은 사건을 진행시킬 의사가 없다. 5막극의 중간인 3막은 다른 비극에 있어서 다음 사건으로 넘어가는 도약판과 같은 부분이다. 『오셀로』에서는 오셀로가 이아고의 유혹에 빠져 복수를 결심하게 되면서 바로 다음 행동을 취할 준비를 하게 되는 부분이고, 『햄릿』에서도 연극 상연, 거투르드와의 언쟁, 폴로니우스의 살인으로 꽉 차여진 부분으로 다음의 사건, 행위로의 빠른 전개를 약속하는 막이었다. 그러나 『리어왕』에서는 폭풍 속에서 울부짖고 '불쌍한 톰'으로부터 철학적 대화만을 찾고, 실재로 눈앞에 없는 딸들에 대한 상상의 재판을 행하면서 플롯상의 긴박함을 접어버린다. 비극의 플롯과는 어울리지 않는 시간의 늘어짐은 오히려 희극의 융통성 있는 리듬을 상기시키는 부분이다.

구세대와 신세대의 갈등 구조는 희극에서 자주 발견되는 양식이다. 억압과 구속을 상징하는 구세대가 자유와 생명력으로 무장한 신세대에게 사리를 내어 주는 틀은 연속성과 순환성을 리듬으로 하는 희극의 본질을 나타내기에 효과적이다. 『리어왕』에서는 구세대에 대한 신세대의 도전이라는 희극적 이야기 틀을 사용하면서 이 극이 희극을 염두하고 있다는 사실을 관객 및 독자가 알아주기를 바란다. 희극에서 구세대는 구속과 억압의 상징으로, 고통과 혼동이 조화와 질서를 위한 전제 조건으로 존재하듯이, 반드시 전복되어야 하는 권위 집단으로 그려진다. 신세대는 그러한 구세대를 극복함으로써 그들의 존재를 확실히 하고 새로운 사회에 대한 희망을 약속하게 된다. 부모세대로부터 자식에게로의 중심이동은 자유를 상징함과 동시에 연속성의 맥락에서 파악된다. 사회는 구세대의 완고함으로부터 해방되어 다음세대의 생명력으로 재충전되는 과정을 겪는다. 따라서 희극에서는 구세대의 희생이 필연적이기에 가능한 한 구세대에 대한 연민을 일으키지 않도록 극의 방향이 정해져야 한다. 희극에서의 구세대는 허영심 있고, 어리석고, 자녀들에게 쉽게 속아 넘어가는 전형적인 '성내는 노인(*senex iratus*)'과 같은 부류의 인물이다. 희극이 감싸 안는 가치의 대조되는 인물들로, 이들은 희극 논리상 당연히 제거되어야 할 인물이다. 리어 역시 극의 초반에서는 바로 이런 희극의 구세대적 인물의 전형으로 묘사된다. 그러나 극은 리어의 혼동과 무능력을 통해 나이든 세대를 연민의 감정으로 깊숙이 끌어안게 만든다. 여기서 다시 한번 『리어왕』이 희극이란 장르 특성을 비극적 문맥으로 성공적으로 끌어 들여 비극적 승화의 발판을 마련했음을 지적할 수 있다.

『리어왕』에서 셰익스피어는 구세대와 신세대의 갈등 역학 구조에서 희극에서처럼 신세대의 관점이 아니라 구세대의 눈을 통해 권력의 중심이동을 보도록 관객에게 요구함으로써 관점의 변화를 통한 비극적 효과를 노린다. 『리어왕』과 비교해 볼 때 『리어왕』의 모델이 되었던 『리어왕』 *King Leir*은 리어(Leir)의 이야기와 딸들에 대한 이야기의 비중을 같은 무게로 다루고 있다. 고노릴(Gonorill)과 라간(Ragan)의 이기적인 성욕과 물질주의를, 코델라(Cordella)의 낭만적인 사랑과 그녀의 덕성과 대조시키는 일이 극의 중심에 놓여 있다. 이러한 대조의 틀에서 리어(Leir)는 두 딸들의 희생양이자 신세대가 감당하기 버거운 전통적인 희극의 구세대 역할을 수행한다. 반면 셰익스피어는 이러한 옛 패턴을 유지하면서 거기다 글로스터와 에드거, 에드몬드(Edmund)라는 또 다른 가지를 덧붙이면서도 아버지를 극의 중심에 놓았다.

극의 초점을 이동시켰기 때문에 셰익스피어는 구세대가 권위(authority)뿐만 아니라 정체성까지 빼앗기는 적나라한 과정을 보여줄 보다 구체적이고 가시적인 무대 상황을 연출할 필요성을 느끼게된다. 이런 맥락에서 1막 4장부터 2막 4장에 이르기까지 리어와 두딸 거너릴과 리간이 리어를 보필하는 병사의 수를 두고 실랑이를 벌이는 장면은 다분히 상징적이다. 카트멜(Deborah Cartmell)은 100명의 병사 수는 단순히 수학적 양의 개념이 아닌 상징적인 의미를 지닌 것으로 지적했다. 무대 위의 병사들은 개별적인 존재들의 집합이아닌 리어의 권위와 왕권, 나아가 리어가 자기 정체성을 찾을 수 있는 유일한 대상이다. 수를 줄이고자 하는 딸들에게 리어는 다음과같이 방어한다.

리어. 내 부하들은 모두 엄선된 재원들이니.
　　　신하의 본분을 잘 알고 있을 뿐만 아니라
　　　모든 일에 성심을 다하고, 자신의 명예를
　　　무엇보다 중히 여기는 사람들뿐이지.

Lear. My train are men of choice and rarest parts,
　　　That all particulars of duty know,
　　　And in the most exact regard support
　　　The worships of their name.

(I . iv. 261-264)

　리어는 자신을 존경과 위엄의 대상으로 인정받기를 요구하지만 두 딸들은 철저히 거부한다. 그들에게 병사들은 리어가 다시 정권을 잡을 수 있도록 도와주는 위협적인 존재라는 것 외에 아무런 의미가 없다(I . iv. 324-327). 양로원으로 보내진 노인이 더 이상 자기가 자지고 있던 개인 소유의 물건들이 필요 없듯이, 리어 역시 개인 병사들이 더 이상 아무런 의미가 없다는 것이 그들의 주장이다. 그들은 리어가 데리고 다니는 병사들에게서 자신의 위엄과 자리, 존재의미를 찾고자 하는 심리적 상황을 전혀 모른다고, 혹은 의도적으로 무시해 버린다고 볼 수 있다.

　거너릴과 리간은 아버지인 리어가 완전히 자신들에게 의존하는 단계가 되기를 바랐으나 일단 리어가 무릎을 꿇고 생명을 부지할 수 있는 음식을 구걸하는 순간에는 모든 것을 거부하는 아이러니를 보인다. 리어는 무력한 아이가 되고 리간은 꾸짖는 부모가 된다. 위계질서가 전도된 희극의 세계이시만 그로 인한 웃음이나 희극적 즐거움은 찾을 수 없다. 이 부분은 희극적 위계질서의 전도된 세계에 대한 이면의 어두움, 비극적 가능성에 대한 틈을 노출시켰다.

리간. 아버지는 아버지 보다 자신의 상황을
         더 잘 파악하고 있는 사람들에게
         분별 있는 사람을 의지하고 따라야 해요.

Regan.   You should be rul'd and led
           By some discretion that discerns your state
           Better than you yourself.

(Ⅱ. iv. 146-148)

만약 리어가 지배당하고 이끌림의 대상이 되길 거부한다면, 리어
는 자신이 초래한 실수의 대가를, 비록 더 험난하고 고통스러울지언
정, 치러야 하는 것은 예정된 결과이다. 리건은 "고집스런 사람에겐
그들이 자처한 상처가 그들의 선생이 되게 해야 한다 *to wilful
men,/The injuries that themselves procure/Must be their
schoolmasters*"라는 입장을 고수하고, 거너릴(Goneril) 역시 어리석은
노인네들은 아이와 다를 바 없다고 하면서 구세대를 경멸과 조롱의
대상으로 삼는다. 곁플롯에서도 이러한 위계질서의 전도된 상황과
구세대와 신세대의 갈등은 나타난다. 에드몬드는 에드거에게 나이든
아버지는 아들의 보호를 받아야 한다고 주장하면서 구세대를 대체할
단계적인 계획을 마련한다. 그의 첫 목표는 에드거 대신 상속자의
자리를 차지하는 일이고, 다음 단계는 아버지를 대신해 모든 권한을
차지하는 일이다.
    그러나 이러한 위계질서가 전도된 희극적 모티프를 통해 비극적
그림자가 드리워 질 수 있다는 경고를 함과 동시에 셰익스피어는 다
시 한번 아버지가 아이가 되고, 아이가 아버지가 된 위계질서가 전
도된 상황을 긍정적인 방향으로 해석할 수 있는 가능성을 열어 놓는
다. 즉 아버지는 아이가 되어 무언가를 배울 수 있는 시간의 여유를

갖게 된다. 에드거는 글로스터의 안내자이며 스승이 되고 글로스터는 그의 가르침을 겸허하게 받아들인다.

> 글로. 이젠 기억허자. 이제부터 고민이란 놈이
>   '됐다, 됐어'라고 외치고 내 자빠질 때
>   참고 견디자.

> *Glo.* I do remember now. Hence forth I'll bear
>   Affliction till it do cry out itself
>   'Enough, enough,' and die.
>
>   (Ⅳ. vi. 75-77)

> 에드거. 아니, 또 나쁜 생각을 하시나요? 인간이란
>   이 생에 올 때처럼 이 생을 뜰 때도 참고 기다려야 해요.
>   뭣보다 때가 익는 것이 중요하지요. 자 갑시다.

> *Edg.* What, in ill thoughts again? Men must endure
>   Their going hence, even as their coming hither:
>   Ripeness is all. Come on.
>   *Glo.* And that's true too.
>
>   (Ⅴ. ii. 9-12)

리어의 두 딸의 파괴적인 수도권이 리어를 미치게 만들지만 그가 다시 제정신을 차리게 되고, 자신을 재발견하게 되는 계기가 된 것처럼, 회개하는 전통적인 아이의 자세로 고딜리어에게 무릎을 꿇는다는 것은 의미심장한 상징적인 제스처로 볼 수 있다. 리어를 성서의 탕아(누가복음 15: 11 32)의 이미지와 일치시키려는 것 역시 희극적 가능성에 대한 기대를 도와주는 맥락으로 이해 가능하다. 왜냐

하면 탕아 이야기는 행복한 결말로 끝나기 때문이다. 관대한 아버지와 같은 딸과 탕아인 아버지와의 재결합은 새로운 탄생이며 밝은 미래에 대한 암시라고 할 수도 있다.

희극에 뿌리를 내리고 있는 등장인물의 존재 역시 이 극이 희극에 의존하고 있다는 부분을 설명할 수 있는 부분이다. 『리어왕』에서의 관대의 존재는 부인하기 어려운 희극의 그림자이다. 리어의 깨달음을 위한 안내자 역할로서, 구원을 향한 자각이란 희극의 궤도에서 한 자리를 차지하고 있다. 그가 희극적 광대의 역할을 담당하기 위해서는 두 가지 역설관계에 있는 기능을 수행해야 하는데, 첫 번째로는 리어의 어리석음을 알게 하기 위해 조롱과 농담을 하고, 인식 후의 고통을 없애기 위해 또 농담과 조롱을 일삼으며 파국을 피하게 해야 한다. 광대의 존재와 움직임은 희극이란 장르가 움직이는 궤도의 축소판이라 할 수 있다. 다시 말해 노출과 조롱으로 자기기만으로 감았던 눈을 뜨고 자기의 현실을 직시할 수 있게 해야 하지만, 끔찍한 결과는 막아내야만 한다. 이런 관점에서 그가 리어의 고통과 광기를 막는 역할을 완수하지 않은 채 극에서 자취를 감추었다는 사실은 불길한 징조로 보이고 극이 비극적 결말을 피할 능력이 없음을 암시하는 듯하다. 그러나 광대의 무대에서의 퇴장은 바로 '불쌍한 톰'의 등장으로 이어지면서 그가 리어의 깨달음의 과정의 마무리를 담당하게 된다.

변장이란 모티프는 이미 앞에서 여러 차례 언급했듯이 희극에서 가장 흔히 이용되는 극적 장치이다. 『리어왕』에서는 켄트와 에드거가 자신의 원래의 모습, 신분으로 무대에 등장하지 않고 각기 캐이우스(Caius)와 '불쌍한 톰'으로 나타난다. 켄트의 변장은 사랑하는 사람을 위해 신분을 감추고 나타나는 희극의 변장 기법을 그대로 빌려온 경우이다. 그는 유아적 리어를 돌보는 부모 역할을 하는 코딜리어처럼, 백작의 신분이면서 하인으로 변하고, 하인이 주인을 주도적으로 보호하는 위계질서의 전도라는 희극적 형식을 강화한다. 희극에서의 변장은 행동의 자유를 보장하여 극에서의 활동 범위와 문제 해결 가능성을 높이는 역할을 담당한다. 켄트의 변장은 때로는 관객이 공유할 수 있는 희극적 즐거움을 주기는 하지만, 변장했더라도 켄트는 여전히 켄트이다. 그는 외관의 변화와는 달리 리어를 돌보고 걱정하는 신하로서의 역할에는 변화가 없다. 리어를 끊임없이 지켜보고 진심으로 걱정하고 배려하는 마음을 지니고 있지만, 켄트에게는 정작 변장이 허용하는 극적 자유가 제한되어 있다. 희극처럼 마지막 단계에 자신의 신분을 밝히지만 코딜리어의 죽음으로 실성한 리어는 그를 알아보지 못한다. 그가 담당했던 희극적 역할과는 달리, 자기 정체를 밝혔을 때의 기쁨도, 보답의 장면도 기대 할 수 없다. 다시 한번 셰익스피어가 희극과 비극의 거리감을 제시하기 위해 장르라는 양식을 의도적으로 사용했음이 증명되는 순간이다.

에드거는 켄트보다 복잡한 기능을 담당한다. 그가 '불쌍한 톰'으로 변장한 것은 희극의 전통에 한 발짝 더 다가간 것으로 자기 방어를 위한 수단으로 변장을 택했고 결국 변장을 통해 리어가 새로운 시야를 갖도록 도와주는 적극적인 역할을 담당하게 된다.▪ '불쌍한 톰'으로 변장한 에드거는 리어의 자기 인식과정에 있어서 필수적인 인물

▪ 일부 비평가들은 장자로서의 정당한 권리와 위치를 사생아 에드몬드에게 빼앗겨 버린 에드거가 변장으로 존재의 끈을 이어 갈 수밖에 없는 상황과 그 의미를 주목해 왔다. 에드거가 인간의 가장 원초적인 본능이 생명을 유지해야 하는 절박한 상황에서 에드거임을 거부하고 '불쌍한 톰'으로 변장하는 것은 자기 부정에서 시작하여 극의 결말에 자신의 정체를 낭랑히 밝히며 자기 정체성을 회복하는 과정의 출발점이라고 말한다. 이처럼 에드거의 성격변화 및 성장에 초점을 두고 『리어왕』을 해석하는 많은 학자들이 있다. 그러나 이 책에서는 리어의 성장에 초점을 두는 관계로, 그 과정상에 에드거의 역할과 기능 중심으로 설명하기로 한다.

이다. 미친 거지는 미쳐 가는 리어에게 무언가를 보여 줄 수 있는 "철학자(philosopher: Ⅲ. iv. 151)"로서 리어의 교육의 한 부분을 담당한다. 인간과 동물의 경계에 있는 듯한 헐벗고 굶주린 톰에 대한 리어의 연민은 지금까지 리어의 눈에 들어오지 않던 하찮은 미물, 자연의 하위 단계까지 확대되면서, 리어 자신의 자기 인식 및 자각, 각성의 과정이 동시에 이루어진다. 리브너(Ribner)는 '불쌍한 톰'으로서의 에드거의 기능을 다음과 같이 설명한다.

> '불쌍한 톰'으로서의 에드거는 짐승의 수준으로 전락한 인간을 대변한다. 그는 이러한 상징적인 변장을 통해 현실에서의 인간은 그리 하찮은 존재가 아님을 강조하게 된다. 굳이 그가 이러한 특별한 변장을 취한 다른 이유를 찾을 필요는 없다. 셰익스피어는 환각의 상태에 빠진 리어가 생각하는 인간상을 보여주고자 했을 뿐이다.

> As Poor Tom [Edgar] serves as a symbol of man reduced to the level of the beast; that he is in disguise symbolically underlines that in reality man is not so. There is no need to search for other reasons for his assumption of this particular disguise. shakespeare wishes merely to provide a visual symbol of man as Lear in his delusion conceives to be.

그러나 인간의 단계를 지나 짐승의 단계로 전락한 인간의 상징만으로 '불쌍한 톰'을 해석하는 리브너의 시야는 너무 좁히지 않았나 하는 생각이 든다. '불쌍한 톰'은 가난하고, 헐벗고, 짐승과 다를 바 없는 존재인 동시에 하나의 완벽한 캐릭터의 위치를 차지한다. 즉, 에드거의 벌거벗음은 에드거의 목숨을 보존하기 위한 장치인 동시에 '불쌍한 톰'으로 변장한 에드거의 모습을 보는 리어에게는 자기중심적인 생각을 벗어나 타인을 배려할 수 있도록 마음의 여유를 갖게 하는 교육적 모델이 된다.

> 리어. 너처럼 알몸뚱이로 이러한 맹렬한 비바람을 맞고 있느니
>   무덤에 있는 편이 더 낫겠구나. 사람이
>   저자 꼴밖에 될 수 없단 말인가? 저잘 봐라.
>   너는 누에에서 비단도 못 얻고, 짐승에게서 가죽도,
>   양에게서 털도, 고양이에게서 사향도 얻어내지 못하는구나.
>   하! 여기 세 사람은 몽땅 거짓인데, 너만이 진짜구나;
>   옷을 갖춰 입지 않은 사람은 이런 불쌍하고, 벌거벗은 채,
>   두 다리로 서있는 동물에 불과하구나. 벗어버리자.
>   빌려 입은 이런 것들! 와서 이 단추 좀 풀어주오.
>
>   (리어, 옷을 벗으려 몸부림친다)

> *Lear.* Poor Tom were better in a grave than to answer
>   with thy uncover'd body this extremity of the skies. Is
>   man no more than this? Consider him well. Thou
>   ow'st the worm no silk, the beast no hide, the sheep no
>   wool, the cat no perfume. Ha! here's three on's
>   are sophisticated; thou art the thing itself; unaccom-
>   modated man is no more but a such a poor, bare, for'd
>   animal as thou art. Off, off, you lendings! Come,
>   unbutton here.
>
>   [Tearing off his clothes.]
>   (Ⅲ. iv. 101-109)

'불쌍한 톰'으로 변장한 에드거가 제시하는 그림은 황량하기 그지없지만, 그럼에도 불구하고 야생의 에너지를 느끼게 한다. 바로 그 에너지가 리어의 비전과 관객의 비전을 확장시키는 근원이라 할 수 있다. 에드거의 변장은 자신의 정체를 숨기려는 의도에서 시작되었지

만, 미쳐 가는 리어와 황야에서의 만남을 통해 에드거 자신도 인간의 본질에 대해 생각하게 하고 타인의 고통에도 참여할 수 있는 인간애를 갖게 된다. 리어가 겪는 고통을 통해 에드거는 다음과 같은 인생관을 개념화하게 된다.

> 에드거. 허나 이렇게 경멸당하는 것을 알고 있는 편이 낫지,
> 여전히 경멸당하면서 겉으로만 아첨을 받는다는 것은 최악이지.
> 운명의 수레바퀴의 가장 낮은 지점을 지나 버림받는다는 것은
> 다시 바퀴가 돌 거라는 희망을 보게 되고,
> 더 나빠질 것이 없기에 두려워하며 살 필요도 없다.
> 한탄스러운 변화는 최상으로부터의 나락일 뿐;
> 최악 다음에는 웃을 수 있는 상황이 오게 마련이니.

> *Edg.* Yet better thus, and known to be contemn'd,
> Than, still contemn'd and flatter'd, to be worst.
> The lowest and most dejected thing of Fortune
> Stands still in esperance, lives not in fear:
> The lamentable change is from the best:
> The worst returns to laughter.
>
> (Ⅳ. i. 1-6)

아무리 운명이 버린 자라 할지라도 여전히 희망 속에서 굳게 서 있어야 하고 두려움 속에 살아서는 안 된다는 한층 성숙해진 에드거의 대사이다. 가장 슬픈 변화는 최상의 상태에서 몰락할 때이므로 현재의 최악의 상황에 있는 사람은 웃을 수 있는 희망이 있다는 이 부분은 지금까지 암울한 고통과 절망의 소용돌이에서 『리어왕』이 희극적 결말로 끝날 수 있다는 기대를 다시 한번 갖게 한다.

4막에서 에드거의 변장은 여기서 멈추지 않고 농민의 역할을 다시

담당한다. 그는 변장이 상황 통제 능력의 효과를 가지고 있다는 것을 너무나 잘 알게 된다. 그는 마치 타고난 상황 적응력과 점점 대담해지는 상황 조작 능력을 자랑하는 듯, 희극의 조종자(manipulator)처럼 옷과 말씨, 신분을 자유자제로 바꾼다. 극을 움직이는 적극적인 주체가 된 에드거의 변화를 통해, 리어와 나란히 에드거의 정신적 성장과 자기 성숙에 주목하려는 경향과 분석이 비평흐름에 나타나기 시작했다. 그러나 에드거가 변장을 하는 직접적인 계기는 자기를 위해서보다는 리어와 글로스터가 자신을 거울삼아 본인들의 모습과 현실을 직시하고 더 낳은 것을 보고 생각하게 하는 것에 있다고 보는 것에 더 무게가 느껴진다. 리어는 '알몸뚱이의 톰(unaccommodated man)'을 통해 인간이 단지 거짓이란 옷을 입고 있는 존재로서의 허상과 실제를 인지하게 되고, 글로스터는 '분배가 과잉 없이 고루 되어져야함 (Ⅳ. i. 71)'을 깨닫게 된다. 에드거 역시 농부와 거지와 같은 비천한 신분이 된 자신을 다음과 같이 설명한다.

> 에드거. 다지 헐벗고 굶주린 사람이지요. 운명의 매질에 길들여졌기에
> 슬픔을 잘 알고, 슬픔을 느낄 수 있는 재주를 지녀
> 남의 고통에 연민의 정으로 넘쳐나는 사람일 뿐입니다.

> Edg. A most poor man, made tame to fortune's blows,
> Who, by the art of known and feeling sorrows,
> Am pregnant to good pity.

> (Ⅳ. iv. 223-225)

분명 자신보다는 리어와 글로스터의 경험에 비춘 내사이나. 그는 확실히 운명의 뒤바뀜으로 고통 받고, 그로 인해 두 노인에 대한 깊은 연민을 갖게 되지만, 그가 처음에는 이러한 동정심과 연민이 부

족한 사람이었다는 암시는 극에 나타나지 않는다. 그는 리브너 (Ribner)의 말대로 철저히 기능적 역할을 담당하고 있다.

에드거의 성장과 변화에 초점을 두든, 그의 기능적인 면에 관심을 두든 한 가지 확실한 것은 그가 극에서 차지하는 비중이 커지면서 희극적 결말에 대한 기대도 비례하여 커진다는 사실이다. 그는 극의 초반에는 속기 쉬운 알라존(alazon)이란 인물 설정에서 강력한 에이론(eiron)적 인물로 변화되고 그의 변화는 바로 리어와 글로스터의 깨달음의 완성과 맞물려 희극적 결말에 대한 관객의 기대를 유발한다. 『로미오와 줄리엣』에서의 로렌스 신부의 상황 조작의 실패와는 대조적으로 에드거의 계획은 의도한 결과를 가져왔다. 에드거가 글로스터를 치료하는 과정은 기본적으로 기만의 과정이다. 여기에는 다크 코메디(dark comedy)적 요소가 많다. 『자에는 자로』 *Measure for Measure*에서 안젤로(Angelo)의 욕망 혹은 『끝이 좋으면 다 좋다』 *All's Well that End's Well*에서 버트람(Bertram)의 잔인함이 희극이란 보호막에서 용인되듯이, 에드거의 속임수도 아버지의 치유라는 긍정적인 결말을 전제로 눈 감아진다: "왜 그의 절망에 망설여지나/이 모든 것이 그의 절망을 치유하고자 함이 아닌가? *Why I do trifle thus with his despair/Is done to cure it*"(Ⅳ. iv. 33-34). 아버지의 절망이란 병을 치유하기 위해 속임수를 쓴다는 것을 에드거 자신도 정당한 변명으로 삼고 있다. 5막에서 에드거의 마지막 변신이라 할 수 있는 기사들이 입는 갑옷을 입고 등장한 에드거의 모습은 처음 에드거가 무대에 나타났을 때 에드먼드가 내뱉은 "구닥다리 희극의 결말(catastrophe of the old comedy)(Ⅰ. ii. 128)"처럼 등장한다는 농담이 예언적 복선 구실을 한 듯한 인상을 주며 모든 상황이 질서와 정돈으로 마무리 될 듯한 희극적 기대를 눈으로 확인시킨다. 또한 글로스터의 정신적 재생과 오스월드(Oswald)의 몰락, 거너릴에게 죄를 묻고 에드몬드가 패배하여 자신의 죄를 뉘우치게 되는 일련의 희극적 해결도 희극적 결말에 대한 관객의 기대와 무관하지 않다. 단지 에드거가 자신의 변장 사실을 알리는 것이 글로스터를 아버지로 대하는 순간에 그리고 아버지의 죽음의 순간에 이루어졌다는 점은 불안한 결말로의 그림자를 드리운다. 그러나 이것을 어두운 결말을 암시하는 것으로 해석할 수도 있지만 오히려 일단 글로스터의 죽음으로 모든 것을 접고 리어의 희극적 결말의 기대를 유도하는 효과로 읽어낼 수도 있다.

세익스피어는 비극으로 『리어왕』을 만들면서 희극적 요소를 배제하는 것이 아니라 적극적으로 끼어 넣는 데에 부지런했다. 지금까지 논의한 이중 플롯, 자연으로의 도피, 전도된 위계질서, 광대의 등장, 변장은 모두 희극적 결말에 대한 기대를 강화시키는 방향으로 설정되어 있다. 만약 극의 결말을 모르는 관객이라면 대부분 희극적 결말에 대한 강한 여운을 가질지도 모른다. 이는 우리가 『햄릿』의 결말에 익숙하기에 극에서 햄릿이 갖는 불확실성에 쉽게 동화하지 못하는 것처럼, 『리어왕』의 결말에 대한 익숙함이 이러한 희극적 패턴이 주는 효과를 숨죽여 버린다. 만약 극의 결말을 몰랐다면 극의 진행상 제시하는 희극적 요소를 바탕으로 광기와 처절함을 넘어선 성장, 질서, 새로운 조화를 확신했을 것이다. 또한 이러한 희극적 결말을 향한 움직임은 단순히 낭만 희극의 사회적 질서회복을 넘어서, 도덕적 정의 실현 차원에서 기독교적 구원극과의 유사점을 찾는 근거가 된다.

4막의 마지막 장에서 리어와 코딜리어의 화해 장면은 분명 탕아와 구원자적인 고딜리어와의 상징적 의미의 결합이다. 코딜리어에서 구원자의 모습을 엿보게 만드는 것은 성서의 탕아의 정신적 구원의 흐름을 리어에게서 읽어 낼 수 있게 만드는 역할을 한다. 특히 죄를 씻어낸다는 성스러운 물의 이미지와 코딜리어를 일치시키는 부분에서는 구원과 재생의 희망적인 메시지를 읽을 수 있다.

> 기사. 그러고는 천성의 눈에서
> 절규를 적시어내는 성스러운 눈물을 흘리셨지요.
> 그리고 홀로 슬픔을 달래시려
> 자리에서 일어나셨지요.

> *Gent.* There she shook
> The holy water from her heavenly eyes,
> And clamour moisten'd, then away she started
> To deal with grief alone.
>
> (Ⅳ. iii. 29-33)

> 코딜리아. 신의 은총을 담은 온갖 비약,
> 아직 세상에 알려지지 않은 약초가
> 내 눈물에 적시어 자라나길!

> *Cor.* All bless'd secrets,
> All you unpublish'd virtues of the earth
> Spring with my tears!
>
> (Ⅳ. iv. 15-17)

그녀는 정말 모든 저주를 씻어내 정의와 질서를 회복시킬 수 있는 (*"redeems nature from the general curse"* [Ⅳ. vi. 203]) 사람이었다. 관객은 그녀의 자비와 사랑을 통해 리어가 죽음과 지옥을 넘어서 새로운 삶과 평온을 찾을 것이라는 기대를 하게 된다.

리어. 네가 독약을 준다 해도 나는 기꺼이 마실 거다.
　　　네가 나를 원망하리라는 것을 안다. 네 인니들이
　　　나에게 한 짓을 생각해보니 말이다.
　　　너는 그들이 갖지 않은 그만한 이유가 있지 않더냐.
코딜. 없어요, 아무 이유 같은 건 없어요.

Lear. If you have poison for me. I will drink it.
　　　I know you do not love me; for your sisters
　　　Have, as I do remember, done me wrong:
　　　You have some cause. they have not.
　Cor. No cause, no cause.

(Ⅳ. vii. 72-75)

이것으로 극이 끝나리라 박수를 칠 준비를 하는 사람도 있으리라.
셰익스피어는 의도적으로 전운을 암시하는 부분을 리어와 코딜리어
의 만남 직후로 돌린다.

켄트: 이젠 좀 경계해야 할 시간입니다. 영국 왕의 군대가 빠르게
　　　접근하고 있어요.
기사: 이번 접전은 피비린내 나는 혈전이 될지도 모르겠소.

Kent: 'Tis time to look about; the powers of the kingdom
　　　approach apace.
Gent: The arbitrement is like to be bloody.

(Ⅳ. vii. 93-95)

긴장의 완화에서 다시 공포로의 급전은 다른 셰익스피어의 비극에
서는 찾기 어려운 리듬이다. 기대는 긴장감으로 바뀌고 전쟁은 시작
된 것도 알지 못한 채 끝나버린다. 에드거는 리어와 코딜리어가 전

쟁 포로가 되었다는 소식으로 관객을 놀라게 한다. 그러나 바로 리어가 포로가 된 절망의 상태에서도 좌절하지 않고 마음의 평정을 찾고 있는 모습에서(V. iii. 8-15), 고통을 겪은 후 성장한 새로운 리어의 모습을 확인하고 관객도 일시적 편안함을 느낀다. 바로 에드몬드의 살해 명령에 긴장하지만, 동화 같은 에드거의 등장과 에드몬드와의 결투에서의 승리로 에드몬드의 말처럼 운명의 수레가 한바퀴 돌아(the wheel is come full circle), 착한 사람은 복 받고 나쁜 사람은 벌 받는 결말만이 남았다는 인상을 준다. 한 사람이 피 묻은 칼을 들고 나와 외치는 외마디 "그녀가 죽었습니다.(She's dead)!"는 다시한번 관객을 순식간에 공포로 몰아넣게 되고, 이미 에드몬드의 살해명령을 알고 있는 그들은 코딜리어의 죽음을 연상할 수 있게 된다. 그러나 대명사 '그녀'는 코딜리어가 아닌 동생 리건을 독살한 거너릴로 판명된다. 리어와 코딜리어를 제외하고 무대 위에 모두 모인 인물들은 극의 결말의 시간을 예고하고 에드몬드는 살해 명령을 취소한다. 그러나 무대 위에 나타난 장면은 죽은 코딜리어를 안고 등장한 리어이다. 너무나 놀랍고 불편하고 부적합한 장면이 아닐 수 없다. 작가는 게임의 규칙을 어긴 것이다. 이부분을 설명하기 위해 챔버스(R. W. Chambers)와 같은 비평가는 셰익스피어가 이미 잘 알려져 있는 이야기의 결말을 바꿀 수 없었다고 주장한 바 있다. 그러나 전해 내려오는 이야기 속의 코딜리어의 죽음은 리어와는 관련이 없다. 코딜리어의 죽음은 리어가 죽은 뒤 몇 년이 지난 뒤에 조카들의 반란으로 감옥에 갇히게 된 후에 자살로 이루어진다. 셰익스피어는 확실히 자살을 타살로 바꾸었고, 그녀의 죽음을 리어의 이야기 궤도상으로 진입시켰다. 결과적으로 리어와 관련된 이야기들의 존재는 작가가 기존의 이야기 틀에 구속되지 않는다는 반증일 뿐이다. 몇몇의 비평가들이 코딜리어가 자신의 아버지를 구하기 위해 외국세력을 이용했다는 점을 코딜리어의 비극적 결말의 화근으로 지적한다. 이에 대해 프라이(Frye)는 비극을 '일종의 비상식적 교훈 이야기(a kind of insane cautionary tale)'로 만드는 설명이라고 일축했다. 몇몇 비평가들은 그의 시작부분에서 아버지의 제안을 거절하는 코딜리어에게서 지나친 자존심과 고집스러움이 있었음을 지적하지만 이것 역시 그녀의 죽음의 당혹감을 줄이거나 없애기에는 역부족이다. 그렇다면 이 작품에 영향을 준 작품들에서 잘못을 찾을 수도 없고, 코딜리어의 죽음을 정당화하기에는 역부족인 코딜리어의 비극적 결함을 논하기도 무리라는 결론이 나온다. 아무리 재생과 새로운 깨달음을 얻었다 하더라도 리어가 저지른 잘못을 용서받기 어렵다는 주장도 해명하기 어려운 감정적 무게를 느끼게 하는 장면이다.

코딜리어의 죽음은 어떤 논리로도 설명이 어려운 부분이다. 단지 타이밍의 문제이고 운명의 장난일 뿐이다. 이 순간에도 셰익스피어는 관객의 기대의 감정의 고삐를 다시 한번 조인다.

> 리어. 저것 좀 보시오. 그녀를 좀 보시오. 그녀의 입술 말이오.
> 저기, 저기. 저기를 보란 말이오.

> *Lear.* Do you see this? Look on her. Look, her lips.
> Look there, look there!
>
> (V. iii. 310-311)

코딜리어가 살았다는 말인가? 아니다. 이제야 희망은 완전히 소멸하고 리어도 죽는다. 관객도 마찬가지로 켄트의 말대로 "이런 것이 예정된 결말이더냐 *Is this the Promise'd end?*"라는 질문을 하고 싶을 것이다.

왜 셰익스피어는 비극에서 희극에서 자주 사용되는 관행들(comic

conventions)을 적극적으로 이용했고 마지막까지 관객으로 하여금 희극적 결말에 대한 기대(comic expectation)를 버리지 못하게 했을까? 램(Charles Lamb)은 이 부분을 리어의 기나긴 고통으로부터 리어에게 유일하게 허락될 수 있는 삶의 무대에서의 정당한 퇴장(a fair dismissal from the stage of life the only decorous thing for him)을 가능하게 했다고 말하면서, 『리어왕』의 결말을 옹호하였다. 리어의 정신적인 성장 후의 죽음은 리어라는 인물을 비극적으로 승화시켰고 비극적 인물에 적합한 퇴장일수는 있다. 그러나 극적 움직임에 있어 리어의 죽음은 삶의 무대에서 물러난 것은 맞지만 '정당하다'는 램의 평가에 쉽게 고개가 끄떡여지지는 않는다. 셰익스피어는 분명 비극의 일반적인 결말의 움직임과 다른 효과를 추구하고자 했음이 틀림없고, 그러한 노력은 희극이라는 상대 장르를 최대한 이용하고자 하는 데서 찾을 수 있다.

　『오셀로』와 『리어왕』을 본 관객은 비슷한 극적 여운을 가질 수 있다. "만약 데스디모나가 살아있기만 했다면"과 "만약 코딜리어가 살아있다면"과 같은 가정이 가능하듯, 재앙을 피할 수 있는 기회가 여전히 존재했다는 점에서 『리어왕』은 『오셀로』와 가까운 거리에 있다고 할 수 있다. 그러나 『오셀로』에서는 데스디모나의 생존 가능성이 하나의 가정(assumption)과 같은 기회이지 극 전반에 걸친 심리적 현실감에 근거한 것은 아니다. 다시 말해 설사 데스디모나가 적당한 시간에 잠에서 깨어 자신의 무고함을 말할 기회가 주어졌더라도 너무 깊은 강박관념에 사로잡힌 오셀로에게 의한 결말은 달라질 것이 없다. 순전히 우발적으로 좋지 않은 타이밍이 파국을 만든 『로미오와 줄리엣』에서조차 극의 후반에서 비극이 아닌 결말에 대한 기대를 일으킬 만한 강한 복선이나 암시를 찾기 어렵다. 『로미오와 줄리엣』과 『리어왕』은 모두 나쁜 소식을 담은 편지를 무효화시킬 좋은 소식의 편지가 늦게 도착했기 때문에 비극으로 끝난다는 공통점이 있다. 하지만 로미오의 하인 발타자(Balthazar)가 신부의 편지는 얻지 못하고 만투아에 피신해 있는 로미오에게 눈으로 확인한 줄리엣의 죽음 소식의 전달에는 악의가 없다. 또한 그것을 뒤엎을 소식을 담은 편지를 전달할 존 신부(Friar John)의 지체 역시 순전한 불운에 기인한다. 반면 에드몬드의 처음 편지는 살해 의도가 있는 것이었고, 그것을 무효화시키려는 편지 역시 후회와 반성의 결과로서 풀이된다. 결과적으로 『로미오와 줄리엣』의 편지 사건은 완전히 우연(chance)에 죄우되는, 어떤 도덕적 문제가 개입될 여지를 진혀 제공하지 않는다는 점에서 『리어왕』의 편지 사건을 새롭게 파악할 수 있는 기회를 준다.

『리어왕』에서 죽은 코딜리어를 안고 나오는 리어를 보고 켄트가 던진 "이것이 예정된 결말이더냐 *Is this the promis'd end.*(263)?"라는 대사는 뜻밖의 결과에 대한 당혹스럽고 절망적인 감정을 나타내 보이는 것이지만, 셰익스피어는 이러한 감정 반응을 이끌어내기 위해 계산적으로 극을 풀어나갔다. 즉 "예정된 결말"에 대한 기대를 계속 유지하면서 결국 "예정된 결말"에 대한 불신과 의문을 동시에 제시하는 것이 이 극의 중심 과제인 것이다. 에드몬드가 에드거의 첫 등장에서 착하고 속기 잘하는 에드거를 '구닥다리 희극의 결말처럼 등장 한다'고 비아냥거리는 부분은 뻔한 희극의 관행에 따른 결말의인위성에 대한 조롱의 시작이고, 황야에서의 끔찍한 밤을 지낸 후 에드거가 희극의 일반적인 경향을 빗대어 자신들의 처지를 위안하는 부분은 덜 직접적이긴 하지만 희극이 하나의 고정된 틀에 있다는 인식을 더 깊게 반영한다(Ⅳ. i. 1-6, 본 책, 182쪽 참조). 내리막길이 있으면 오르막길이 있다는 것은 희극의 전형적인 전제이다. 에드거는 현재 자신과 리어의 처지를 내리막길을 다 내려 왔기에 이제

오르막길을 오르면 된다고 위안한다. 그러나 그가 바로 목격하게 되는 것은 응혈로 두 눈을 대신한 채 헤매는 처절한 아버지의 모습이다. 그는 "지금은 여느 때보다 더 나쁜 최악이다 *I'm worse than e'er I was*"라고 말한다. 더 이상 희극의 패턴공식이 자신의 상황, 『리어왕』의 세계에 적용되지 않음을 깨닫는 순간이자, 셰익스피어가 희극이란 장르가 만들어 낸 개념, 전제, 틀, 패턴을 공격하기 위해 반대로 희극을 이용했다는 증거가 되는 부분이다. 동시에 결말에 대한 단계적인 준비과정이라고도 풀이된다. 에드거의 이러한 행운의 수레바퀴 이미지는 켄트의 상황에서 미리 예견되었다. 켄트는 밤이 가면 낮이 찾아오듯이 좋은 일이 생길 것이라고 자위하지만(Ⅱ. ii. 160-168), 그의 앞에 놓여있는 일들은 암울하기 짝이 없다. 이처럼 셰익스피어는 사건이 희극적 가정 혹은 전제와 모순되도록 극을 배치하는 데 부지런했다. 『오셀로』와 『햄릿』에서 셰익스피어는 희극이란 장르가 옹호하는 가치의 어두운 이면을 경험하게 했다고 한다면, 이 작품에서는 희극의 기본 구조 자체에 물음표를 달았다는 스나이더(Snyder)의 말에 힘을 싣는 부분이다. 희극의 기본 구조가 실패할 수도 있다는 암시는 희극의 대전제인 "운명의 수레바퀴의 회전(Fortunate Fall)"에 대한 부정이고 결과적으로 구원극으로서의 가능성을 위협하면서 희극이란 장르에 대한 도전으로까지 해석된다.

그러나 여전히 이러한 암시는 일시적이거나 산재되어 있기에 관객이 희극적 결말에 대한 기대를 꺾기에는 역부족이다. 이러한 암시들은 셰익스피어가 『리어왕』에서 지속적으로 희극이란 장르를 의식하면서 창작하고 있다는 증거가 될 수 있고, 희극이란 장르에 대한 작가로서의 의문 혹은 간접 비평이 될 수 있다. 그러나 셰익스피어가 이 작품에서 이끌어 내고자 한 것은 희극적 기대의식을 최대한 이용하여 관객의 기대의식 최고점에서 뒤엎음으로써 일반 비극이 줄 수

있는 비극석 효과의 농도와 색깔에서의 차별성의 유도이다. 불행한
상황에서 행복한 상황으로, 혹은 질서의 세계로부터의 무질서라는
예측 가능한 논리적 순서에 따른 결과가 관객에게 주는 놀라움은 모
든 상반된 상황들이 동시에 노출되는 부조리적 상황에서 기인한, 경
악에 가까운 놀라움의 수준과는 비교할 수 없다. 모든 것이 해결되
고 안정과 질서를 찾는 과정에서 코딜리어의 죽음이 바로 그런 것이
고, 셰익스피어는 이러한 극적 효과를 놓치지 않았다고 볼 수 있다.

나이트(G. Wilson Knight)는 그의 저서 『불의 바퀴』 *The Wheel
of Fire*에서 『리어왕』의 미지막 징면을 그로데스크하다고 밀했다. 그
로테스크(the grotesque)란 톰슨(Philip Thomson)의 비유에 따르면,
한때는 눈물의 계곡이다가, 한 순간은 서커스와 같은 인생이 아니라,
눈물의 계곡과 서커스가 공존하는 인생에서 느낄 수 있는 부조리적
상황과 관련된다. 비극적 상황이 희극적 상황과 불편한 공존관계에
서 생성되는 느낌이다. 『리어왕』은 코딜리어의 죽음이 던지는 그로
테스크한 효과를 위해 극 전반에 걸쳐 희극적 장면과 비극적 감정의
교차 효과를 만들어 냈다. 이러한 일례로 2막 4장에서 리어와 광대
의 대화를 살펴보기로 한다.

> 리어. 오, 나의, 나의 북받치는 심장아, 진정하라.
> 광대. 아저씨, 크게 호통 치세요. 아낙네가 펄펄 뛰는
>   뱀장어를 밀가루 반죽에 넣을 때 하드시요.
>   기어 나오는 뱀장어의 대가리를 후려치며
>   '들어가, 이놈아, 들어가란 말이야'라고 하드시요.

> *Lear* O me, my heart, my rising heart! But, down.
> *Fool.* Cry to it, nuncle, as the cockney did to the eels
>   when she put 'em I' th' paste alive; she knapp'd

'em o' th' coxcombs with a stick, and cried
'Down, wantons, down.'(119-123)

　　관객의 눈앞에 있는 사람은 심장이 멈출 것만 같이 고통을 당하고
있는 노인이다. 여기에 광대는 전혀 관계없을 것 같은 어리석은 아
낙이 냄비에 든 살아있는 뱀장어와 실랑이를 벌이는 우스꽝스러운
부엌의 장면을 연관시킨다. 이러한 희극적 개입은 리어의 고통에 동
참하려는 관객의 연민을 저지하고 일정한 거리를 만들어 낸다. 리어
는 아낙과 일치가 되고, 그의 고통은 먹지 못하게 된 파이 정도로
비하된다. 희극이란 장르에서는 웃음을 만들어 내기 충분한 장면이
지만 여기에서는 그렇지 않다. 이유는 리어라는 인물이 극에 차지하
는 위치, 중요성과 관련이 있다. 관객은 그의 상처받고 고통스러워하
는 영혼을 인정하고 가슴아파한다. 희극적 요소의 개입은 이렇게 불
협화음을 만들어 내고 관객의 귀에 거슬리게 된다. 바로 이 느낌이
그로테스크이다. 하나의 결과에 대한 감정적 반응이 다른 상충된 요
소에 의해 위협받을 때 생성되는 느낌말이다.
　　독특함과 차별성은 비극의 주인공이 지닌 대표적인 특징이다. 비
극의 주인공은 우리 주변에서 흔히 볼 수 있는 보편적이고 일반적인
사람이 아니다. 극은 리어에게서 이러한 비극의 주인공으로서의 독
특한 위치를 빼앗으면서 다시 한번 그로테스크한 반응을 유도하면서
비극이란 장르를 위협한다. 광대는 리어가 처한 상황을 왕으로서가
아니라 철저히 버림받은 아버지의 처지로 국한, 축소시킨다.

　　　광대. 당신 따님들을 어머니로 삼을 때부터였지요.
　　　　　그때 당신은 그들의 손에 회초리를 쥐어주고
　　　　　엉덩이를 까 보이셨잖아요.

Fool. e'er since thou mad'st thy

    daughters thy mothers; for when thou gav'st them

    the rod and putt'st down thine own breeches.

(I . iv. 168-170)

광대. 아비가 누더기를 걸치면

    자식 놈들은 모르는 척하지만

    아비가 돈주머니를 꿰차고 있으면

    자식들은 모두 효자가 되는 법이지.

Fool. Fathers that wear rags

    Do make their children blind.

    But fathers that bear bags

    Shall see their children kind.

(II . iv. 46-49)

    광대의 대사에 반영된 리어의 모습은 완전히 빈털터리가 된 아버지이자 노년에 자신의 재산을 몽땅 내주어버린 바보 같은 노인네에 불과하다. 그의 경험은 비극의 주인공에게 해당하는 독특하고 차별된 것이 아니고 일반 사람들 모두가 겪어왔고 겪을 수 있는 그런 고통과 좌절이다. 『리어왕』이란 비극에서 광대(Fool)는 희극의 광대(clown)처럼 상식에 기반을 두고 실용적이고 현실적이고 육체적인 수준의 대화를 이끌면서, 비극의 주인공으로서의 리어의 권위와 위엄에 상처를 남긴다. 폭풍우가 몰아치는 황야에서 딸들에게 저주를 퍼붓고 우주적 혼동의 거대한 비전을 내뿜는 리어를 대하는 광대의 반응은 지극히 단순하고 현실적 치원에 미문다.

리어. 바람아, 불어라, 네 볼떼기를 터지게 할 만큼 불어대라.
　　　폭포수 같은 호우야, 억수 같은 폭우야, 내리쏟아져
　　　첨탑을 침수시키고, 지붕 위 팔랑개비를 익사시켜버려라.
　　　순식간에 천지를 달리는 유황불이여,
　　　참나무를 두 쪽 내는 천둥의 선도자인 번개여,
　　　둥근 지구를 때려 부수어 납작하게 만들어라
　　　인간 창조의 모태를 부수고, 배은하는 인간을 만드는
　　　모든 씨를 쓸어 없애 버려라.
광대. 아저씨, 비 안 맞는 집에서 아첨하는 것이
　　　이런 날 밖에서 비 맞는 것보다 나아요.

Lear. Blow, winds, and crack your cheeks; rage, blow.
　　　You cataracts and hurricanoes, spout
　　　Till you have drench'd our steeples, drown'd the cocks.
　　　You sulph'rous and thought-executing fires,
　　　Vaunt-couriers of oak-cleaving thunderbolts,
　　　Singe my white head. And thou, all-shaking thunder,
　　　Strike flat the thick rotundity o'th' world;
　　　Crack nature's moulds, all germens spill at once,
　　　That makes ingrateful man.

Fool. O nuncle, court holy-water in a dry house is better
　　　than this rain-water out o' door.

(Ⅲ. ⅱ. 1-11)

　'폭포수 같은 비'도 '억수 같은 폭우'도 '밖에서 내리는 빗물' 정도
로 의미 축약을 이룬다. 필요한 것은 인류 창조와 멸망과 관련된 파
괴력을 지닌 사건이 아닌 비를 피할 수 있는 집이다. 리어의 대사의
범위가 아무리 심오하고 광범위할 지라도 다시 한번 리어는 현실을

직시 못하는 노인네일 뿐이다라는 생각이 끼어드는 것을 막을 수 없다. 비극은 폭발직전의 비극적 감정과 타협되지 않은 상태의 희극적 대사의 공존으로 또 한번 위협을 받는다.

극은 그로테스크한 효과를 통해 리어의 비극적 상황과 위엄에 치명적인 상처를 입힐 수도 있다는 사실을 관객이 지속적으로 의식하도록 유도하지만, 위협을 넘어선 파괴의 단계에 이르지는 않도록 수위조절 또한 적극적이다. 광대의 대사 한마디 한마디에 대한 자세한 분석과 해석은 주제와 연관되면서 문맥의 의미를 확대, 변형, 강화하는 반면, 관객에게 광대의 대사는 단지 극의 무거운 어조로부터 혹은 단순한 논리로부터의 일시적 이탈로 받아들여지기 쉽다. 그로테스크한 효과는 주인공의 비극적 위엄과 상황을 위협하는 순간에 대상을 한정시키지 않고 일반 사람으로 확장시키면서 강도를 조절한다.

『리어왕』에서 그로테스크한 효과는 다음 두 장면에서도 찾을 수 있다. 바로 3막 6장의 거너릴과 리건의 재판 장면과 4막 6장의 글로스터의 자살 소동 장면이다. 먼저 괘씸한 두 딸의 재판을 하기 위해 리어는 자신이 재판을 주재할 것을 공포하면서 배심원을 소환하고 논리적이고 체계적인 법정 준비과정에 야단법석 부산을 떤다(Ⅲ. vi. 20-23, 35-39). 그러나 여느 법정보다도 더 '정의'와 '공평함'을 강조하며 준비된 재판은 시작부터 아버지와 딸 사이의 언쟁 수준으로 격하 된다: "내 이 훌륭하신 분들께 맹세하건데, 이년을 불쌍한 아비를 발길로 내찼습니다. *I here take my oath before this honourable assembly she kick'd the poor King her father*"(46-48). 이것은 광대의 축약되고 비하된 상황인식과 다를 바 없다. 여기에서 거너릴과 리건은 아버지를 내쫓은 정도가 아니라 아버지를 살해하려는 사악한 의도를 가진 딸들이었다는 것이 글로스터에 의해 알려진 상황에서는 더 부조리하다. 리어는 리건을 재판하려다 갑자기 법 대신 약을 구하려 한다. 딸의 사악함을 치료하려는 약 말이다: "그럼 리건을 해부해 주십시요: 그년의 가슴속에 뭐가 자라는지 한번 봅시다. 그리 냉혹한 마음을 만드는 본성에 무슨 특별한 이유가 있답디까? *Then anatomize Regan: see what breeds about her heart. Is there any cause in nature that make these hard heart?*"(74-76). 재판관들이 해답을 제시하지 못했듯이 의사들 역시 대답이 없다. 리어는 '아침이니 저녁이나 먹으러 감세'라는 논리의 혼동을 보인다. 이 희극적 상황의 가장자리에서 느껴지는 파토스에 당황한 테이트(Tate)가 자신의 개작물에서 이 장면을 의도적으로 제외시켰다는 뮈르(Muir)의 지적은 이 『리어왕』이라는 작품에서 그로테스크한 효과를 간접적으로 증명해 주는 것이라 할 수 있다.

글로스터의 자살 소동 역시 이러한 부조리한 상황에서의 파토스(비애)를 느끼게 한다. 테이트(Tate)는 재판 장면과는 달리 이 장면은 유지했는데, 차이점은 글로스터가 기절하는 것으로 처리하여 셰익스피어의 『리어왕』에서 보다 그의 위엄의 손상을 최소화했다. 광대의 존재를 장르의 법칙(decorum)에 크게 위배된다고 생각한 테이트는 이 시점에서 웃음을 유도하는 것에 부정적이었다. 19세기 무대에 올려진 『리어왕』에서도 역시 이 장면을 불편하게 생각하여 생략하는 경우가 많았고, 지금도 이 장면의 희극적 효과를 둔화시키려는 경향이 있다고 한다. 확실히 이 장면은 무게 있는 글로스터의 플롯의 도덕적 클라이멕스에 엉뚱한 희극적 개입(comic parenthesis)으로 생각되어 생략되거나 의미가 축소될 수 있다. 그러나 이것은 단순한 개입이 아니라 아버지 글로스터 백작을 교육시키는 에드거의 시나리오에 필수적인 부분이다. 즉 글로스터는 자신이 열망하던 죽음(death wish)을 이룬 후에야 "당신의 인생은 기적이요 *thy life's a miracle*"이란 결론에 마음을 연다. 그의 자살 시도는 그로테스크한 효과가 단순한 희극적 구원극 이상의 의미를 전달하는 데서 의미를 찾을 수 있다.

분명 많은 비평가들과 관객이 우려했듯이 이러한 비극적 감정과 쉽게 타협되지 않는 희극적 개입과 공존 상태는 비극이란 장르를 위협한다. 그럼에도 불구하고 셰익스피어는 의식의 중앙부에서가 아닌 의식이 가장자리에서 느껴지는 이러한 불편한 감정을 고집했다. 결과적으로 이러한 일련의 그로테스크한 효과는 마지막 순간의 코딜리어의 죽음의 부조리함을 이해하도록 관객을 준비시켰다고 볼 수 있다. 그로테스크의 핵심은 기내하시 않은 상황에서의 개입으로 인한 정신적 충격이라고 할 수 있고 결과적으로 부조리함에 대한 인식으로 이어진다. 5막에서 새로운 희망, 재활의 리듬을 유지하다가 갑자기 죽은 코딜리어를 안고 리어가 나타나는 장면에서 주는 감정의 불편함과는 정도에 있어서는 비교되지 않지만 크게 다르지 않다. 희극적 결말에 대한 기대를 만들어 가다가 돌이키기 어려운 비극적 상황을 개입시키는 것이나, 비극적 상황과 흐름에서 희극적 개입 혹은 공존은 모두 정신적인 충격을 가져온다. 『리어왕』은 관객이 이러한 정신적 충격을 받을 준비를 시키는 과정으로 읽어낼 수 있다. 그렇다면 셰익스피어는 왜 이런 그로테스크적 효과를 고집했을까? 이 질문은 결국 셰익스피어가 코딜리어의 죽음을 통해 무슨 메세지를 전달하려 했는가와 일맥상통한다고 볼 수 있다. 결국 필자는 먼 길을 돌아 출발점으로 돌아왔다. 코딜리어의 죽음을 해석하는 관점에 따라 『리어왕』은 하나의 구원극으로 해석되는 경향과 베켓트(Samuel Beckett)의 『게임의 종말』 *Endgame*과 같은 부조리극으로 해석되는 경향으로 나뉜다. 희극적 구원 패턴의 모빙이 결국 깨어지는 것을 통해 질서 부재의 우주에서 질서를 인식하려는 어리석음을 나타내려는 것일 수도 있고, 구원의 패턴은 가능한 한 상처입지 않는 범위에서 인간의 유한적 상황의 고통과 절망감만을 강조한다고 볼 수도 있다. 많은 비평가들은 후자의 견해에 무게를 두곤 있지만, 에버렛(Barbara Everett), 브룩크(Nicholas Brooke), 엘튼(William Elton)과 같은 일부 비평가들은 비관적 해석에 입각해 이 작품을 보았다.

비관적 해석 역시 타당한 근거를 바탕으로 한다. 『리어왕』의 표층적 플롯에서 등장인물들은 각각 자신의 목적에 따라 플롯을 만들어 간다. 권력을 위해 혹은 사랑을 위해, 구원하기 위해, 파멸시키기 위해 시작된 플롯들 가운데 결국 의도대로 성공한 것은 하나도 없다. 심층적 플롯에서는 리어와 글로스터의 동기가 불분명한 방황이 있다. 결국 이들의 방황에 방향감을 부여한 것은 방황의 주체인 자신들이 아닌 에드거로서, 그는 고통을 통한 지혜를 얻게 된다는 신의 섭리의 긍정적 패턴을 극에 심는다. 이 두 가지 플롯의 엇갈림은 인간의 계획은 의도하지 않은 방향으로 나아가지만 그 가운데 인간을 초월한 힘이 보다 더 큰 질서 쪽으로 인도한다는 『햄릿』에 나타난 관점과 유사한 시각을 제시하는 듯하다. 그러나 『리어왕』에서는 『햄릿』에서 발견할 수 없는 또 다른 차원의 시각이 존재한다. 인간의 위엄과 의미를 조롱하는 그로테스크적 요소가 바로 그것이다. 이 그로테스크적 요소는 『햄릿』의 묘지 장면처럼 틀 안에 내포되는 경우도 있지만, 『리어왕』에서는 틀 안에서의 해결을 거부한다. 4막에서 나타난 리어와 글로스터의 속죄 및 깨달음, 구원에서 이야기를 끝내지 않고, 코딜리어와 리어의 죽음이라는 뜻밖의 결과는 극이 "이 세계는 결국 인간의 도덕적 성장에 대한 아무 관심도 없고, 원칙과 질서 부재의 혼동, 그 자체일 뿐이다"라는 비관론자들의 입장을 지지하는 것 같기도 하다.

그러나 극은 여기에 머무르기를 거부하고 더 많은 것을 말하면서 관객 및 독자가 더 많은 것을 발견하기를 유도한다. 단순히 허무적 부조리 세계라는 비관적 세계관으로 고정시키기에는 무시할 수 없는 긍정적이고 희망적인 메시지가 나타난다. 콘월(Cornwell)의 하인들이 눈 먼 글로스터에게 보이는 동정심이 첫 번째 긍정적인 요소로 지적된다. 피투성이가 된 글로스터의 상처에 달걀 흰자위라도 붙여 치유해 주겠다는, 극에서 스쳐 지나가는 이들은 정해진 이름도 없는 하인들이지만 그들이 차지한 극의 가벼운 비중과는 대조적으로 보편적인 인간애에 대한 무게 있는 무언가를 암시한다(Ⅲ. vii. 97- 105). 극을 『세임의 종말』과 같은 부소리극의 맥락에서 바라본 브룩크(Brooke) 역시 이 부분의 희망적이고 긍정직인 의미를 축소하거나 소멸시키지 못했다. 그는 에드몬드가 죄를 뉘우치는 부분과 마지막에서 '더 고생하지도, 더 오래 살지고 않을 거다'라는 에드거의 결구와 함께 이 부분을 『리어왕』에서 베케트(Beckett)적 황량함을 막아내는 부분으로 지적했다. 극에서의 올버니(Albany)의 역할 변화 역시 극의 긍정적 흐름에 한 몫을 더 한다. 그는 결말 부분에서 도덕 집행관으로서 상황을 정돈 한다: "*All friends shall taste/The wages of their virtue, and all foes/The cup of their deservings*"(Ⅴ. iii. 301-303). 그러나 상황은 바로 그의 말을 역전시켜 코딜리어와 리어의 죽음이 뒤따르게 한다. 사건이 다시 한번 행동의 주체로서의 인간을 인정하지 않는 부분이다. 그러나 올버니는 절망에 압도돼 없이 다시 한번 조각들을 주워 맞추기를 시도 한다: "*Friends of my soul, you twain Rule in this realm, and the gor'd state sustain*"(317-319). 수동적이고 중립적인 입지를 차지하던 무채색의 올버니가 동료 의식을 가지면서 극의 중심 흐름에 합류하게 된다. 리어의 패배아 콘월이 죽음으로 영국(Britain)의 유일한 지배권을 갖게 된 그는 처음에는 "정당성 있는 왕(the rightful king)"인 리어에게, 다음에는 켄트와 에드거에게 왕권을 넘긴다. 다시 한번 이 장면은 극의 처음 장면을 상기시키며 대조 효과를 만든다. 즉 올버니의 탈자기중심적 권력이양은 리어의 이기적 권력 양도와 대조된다. 이 부분은 리어의 초반부는 선한 사람들은 이분되고 악인들만이 동맹을 이루는데, 결말로 접어들면서 반대 상황이 나타난다고 긍정적인 변화를 지적한 웰포드(Enid Welsford)의 의견과 접목되는 부분이다. 또한 켄트와 에드거에게 한 올버니의 말에서 끔찍한 무질서에 둘러싸여있는 상황에서도 선의 집합의 의미를 강화한다는 효과를 찾을 수 있다. 리어는 극 전반에서 찾기 힘들었던 인내심을 때때로 나타내 보이고, 아버지가 원상태로 돌아오기를 기도하던 코딜리어의 소망도 어느 정도 이루어지고, 후회하던 글로스터가 바랐듯이 에드거는 결국 아버지의 바람대로 되었다는, 초반과는 확연히 변화된 상황 역시 극의 무거움을 다소 가볍게 하는 부분이다.

위와 같은 움직임이 극에서 전달되는 압도적인 부조리적 상황과 분위기, 반응을 막아서고는 있지만, 결말의 암울함을 걷어내기는 부족하다는 생각을 여전히 접기 어렵다. 브래들리(Bradley)를 비롯한 많은 학자들이 결말에서의 초월적 비전 및 승리를 읽어내기도 했지만, 단순히 희극적 사이클로 역경을 질서와 안정을 위한 수단으로 보는 손쉬운 낙관론으로 극을 읽어내기에는 두 노인이 겪은 고통과 절망, 코딜리어의 죽음이 부담스럽다. 분명 『리어왕』에는 낙관론자들이 말하는 정신적인 고양(exaltation)이 있다. 그러나 그것은 '비극적'이라는 수식어를 동반해야 의미가 완성된다. 결국 셰익스피어가 극에서 어떤 종교적 배경도 철저히 배제한 것은 이러한 맥락에서 이해해야 할 것이다.■ 결코 죽음 이후의 다음 세상에 대한 가능성이 끼어 들 여지를

■ 『리어왕』이 어떤 종교적 배경도 철저히 거부하고 순수한 이교도적 배경 위에 극을 유지함에도 불구하고 어느 다른 극보다 종교에 관해 깊게 생각할 여백을 많이 제공하고 있다. 『리어왕』은 자칫 종교, 특히 기독교 자체를 부인하거나 종교의 모순을 들추어낸다고 생각할 수 있다. 정의의 부재는 신의

만들지 않고, 불완전하고, 제한적이고, 무심할 정도로 잔인한 이 세계를 극은 제시한다. 켄트와 코딜리어와 같은 부류의 선한 사람들과 같은 공간과 시간을 채우고 있는 거너릴과 거너릴의 집사 오스왈드와 같은 부류의 악한 사람들의 존재를 무대 밖으로 몰아냄 없이, 사악한 사람들뿐만 아니라 선한 사람도 실패와 좌절, 죽음에 제외될 수는 없다는 것을 보여주면서 보다 강하고 단단한 리얼리티를 무대에 올린 것이다. 코딜리어의 죽음은 결국 패턴 혹은 질서부재, 신의 부재를 '극단적으로' 상징하는 사건으로 이 가운데 비극적 영웅으로서 리어의 자아 찾기의 노력은 현실을 바탕으로 뿌리 내리게 된다. 이러한 세계에서 리어는 '적응되지 않은(unaccommodated)' 수동적인 인물인 동시에 기꺼이 '적응을 거부하는(unaccommodating)' 능동적인 인물임이 부각된다.

자신의 어리석음으로 인해 광대로부터 조롱의 표적이 되고, 한없이 축소되고, 폭풍우라는 물리적 현상과 정신적 혼동과 같은 내부적 폭풍우에 의해 심한 타격을 받으면서도 리어의 정신세계는 썩기를 기다리는 고인 물이 아니라 목적지를 향해 흐름을 멈추지 않는 강물과 같다. 리어는 자신의 눈에 비친 부조리하고 원칙 없이 존재하는 세상사에 대해 '모두 죄지은 사람뿐이고 그에 합당한 벌을 받는 사람은 없다'라던가 '개도, 말도, 하물며 쥐도 살아있는데 왜 자신의 딸

부재에 대한 회의와 절망을 야기할 수 있다 그러나 인간은 비록 질서가 무심한 우주로부터 어떤 지지를 받지 못할 지라도, 인간을 넘어서는 어떤 힘이 합당치 않은 고통으로부터 구원해 주지 않을 지라도, 보다 큰 이상적 질서와 의존하며 삶을 영위해 나아가야 할 필요가 있는 것이 종교의 기본 전제이자 존재의 당위라 할 수 있다. 이런 점에서 이 극은 종교적 배경을 걷어낸 상태에서 인간 자신의 철저한 파괴를 통해 인간의 윤리적 형이상학적 위치를 검토함으로써, 신의 섭리라는 안전막 밖에서, 고통을 통한 사랑, 용서, 동료애의 가치를 새롭고 검증된 가치로 만들어냈다. 결과적으로는 기독교에서 중시하는, 기독교의 핵을 이루는 정신의 강화를 읽어낼 수 있는 극으로 볼 수 있는 가능성을 열어놓았다.

코딜리어는 숨을 쉬지 않는가'와 같이 세상의 부조리함에 쉼 없는 질문의 화살을 쏜다. 그러나 세상은 그런 화살에 전혀 상처입지 않고, 상흔도 없이 존재하는 듯하며, 어떤 신의 정의도 답을 주지 않는다. 결국 코딜리어에게 자신이 범한 죄에 대한 벌을 구하면서, 밖에서의 질서와 패턴, 도덕적 정의를 찾는 것이 아니라 그의 내부에서 그 모든 것을 만들어 내었다. 다른 비극의 주인공들처럼 리어 역시 고통을 통해 새로운 인식과 자아를 성취한다.

리어는 부조리에 대한 지속적인 질문과 나름대로의 답을 추구하는 과정에서 자아를 새로이 인식하고 창조해 나간다. 더 이상 "아무것도 아닌 존재(nothingness)"가 아닌 의미는 "무엇(something)"이 된다. 여전히 세상이 부조리하고 패턴과 질서가 존재하지 않아 보일지라도 완전한 암흑은 아닌 것이다. 현실의 모순 혹은 부조리에 관한 잦은 언급이 있는 『햄릿』에서는 결국 모든 인간사와 자연 현상을 주관하는 신의 섭리에서 해답을 얻는 반면 『리어왕』에서는 신의 섭리라는 안전막을 제거하고 주인공들 스스로가 자신을 파괴하고 재창조하는 주체로 만든 점을 주목한다. 역경을 통해 얻게 된 사랑, 용서, 동료애와 같은 극이 옹호하는 가치들은 기독교적 개념과 맥을 같이하지만, 인간을 초월한 힘에 의해서 조정되어지고 얻어지는 것이 아니라 인간의 좌절에 뿌리를 두고 그곳에서부터 비롯된 검증된 가치들이라는 점에서 차별된 의미를 찾을 수 있다. 『리어왕』은 결국 더 큰 질서체계로부터의 조력 없이 자기 자신에서 비롯된 구원극이라는 점이 부각된다.

셰익스피어는 『리어왕』에서 『연옥』 *Purgatorio*과 같은 구원극을, 『게임의 종말』과 같은 부조리극을 기대하지 않았다. 그는 상반된 비전의 불편한 공존 상태에서 이 극만의 독특하고 강렬한 비극적 에너지를 만들어 냈다. 『리어왕』패턴과 질서부재의 부조리적 상황에서 축소된 개인에 대한 비극적 이야기가 아닌, 파괴적 요소로부터 더 큰 자아를 창조해 나갈 수 있는, 스스로 자신의 의미를 만들어 낼 수 있는 능력의 소유자로서의 인간 정신에 대한 형상물이다. 『리어왕』의 비극 세계의 의미는 희극의 실패로 인해서만 완성될 수 있었다. 퍼즐의 한 조각이 없어져서 퍼즐의 그림이 완성되지는 못할 지라도, 그 없어진 공백이 주는 의미는 완성된 그림이 주는 의미보다 더 확장된 의미를 제공할 수도 있다. 결국 희극적 기대를 희극적 틀에서 완성시키지 않고 비극이란 상이 장르에 전이시키면서 일반적인 비극이 가져올 수 있는 효과와 비교할 수 없을 정도의 파장을 만들어 냈다.

참고문헌

Barber, L. C. *Shakespeare's Festive Comedy*. Princeton, New Jersey: Princeton University Press, 1972.

Bacon, Francis. *The Essayes or Counsels, Civill and Morall*. Ed. Michael Kiernan. Cambridge, Mass.: Harvard University Press, 1985.

Bartels, E. C. "Making More of the Moor: Aaron, Othello, and Renaissance Refashionings of Race" *Shakespeare Quarterly* 41(1990): 421-452.

Bethell, S. L. *Shakespeare and Popular Dramatic Tradition*. New York: Ontagon Books, 1970.

Booth, Stephen. *Shakespeare Reread: the Texts in new Contexts*. Ed. Russ McDonald. Ithaca: Cornell University Press, 1994.

_____. *Reinterpretations of Elizabethan Drama*. Ed. Norman Rabkin. New York: Columbia University Press, 1969.

Bradley, A. C. *Shakespearean Tragedy*. New York: Penguin Books, 1991.

_____ *Reading on the Tragedies of William Shakespeare*, Ed. Clarice Swicher. San Diego: Greenhaven Press, 1996.

Brooke, C. F. Tucker, ed. *English Drama 1580-1642*. Lexington, Messachusette: D. C. Heath and Company, 1961.

Burke, Kenneth. "*Othello*: An Essay to Illustrate a Method." *Hudson Review* 1(1951): 159-207.

Carroll, William C. "The Base Shall Top th' Legitimate: The Bedlam Beggar and the Role of Edgar in *King Lear*" *Shakespeare Quarterly* 38(1987): 245-273.

Cartelli, Thomas. "Edward Bond's Lear and the Ghost of History" *Shakespeare Survey.* 55(2002) : 198-211.

Cartmell, Deborah. *Interpreting Shakespeare on Screen.* New York : St Martin's Press, 2000.

Chapman, George. *The Plays of George Chapman.* Ed. Allan Holaday. Woodbridge : D. S. Brewer, 1987.

Charlton, H. B. *"Romeo and Juliet" as an Experimental Tragedy.* London : British Academy Shakespeare Lecture(1939) : 8-43.

Coldwell, Joan. *Charles Lamb on Shakespeare.* New York : Barnes and Noble Books, 1978.

Colie, Rosalie L. *Shakespeare's Living Art.* Princeton : Princeton university Press, 1974.

Conford, F. M. *The Origin of Attic Comedy.* Gloucester, Mass.: P. Smith, 1968.

Danson, Lawrence. *Shakespeare's Dramatic Genres.* New York : Oxford University Press, 2000.

Donne, John. *The Songs and Sonnets of John Donne.* Ed. Theodore Redpath. London : Methuen, 1983.

Doran, Madeleine. *Endeavors of Arts.* Madison : University Wisconsin Press, 1964.

Draper, R. P. *Shakespeare: The Comedies.* London : Macmillan, 2000.

Duff, David. *Modern Genre Theory.* London : Longman, 2000.

Elton, William. *"King Lear" and the Gods.* Lexington : Univ. of Kentucky Press, 1988.

Everett, Barbara. *Essays on Shakespeare's Tragedies.* New York : Oxford University Press, 1989.

Fergusson, Francis. *Reading on the Tragedies of William Shakespeare.* Ed. Clarice Swisher. San Diego : Greenhaven Press, 1996.

Fiedler, Leslie A. *The Stranger in Shakespeare.* London : Paladin, 1974.

Fowler, Alastair. *Kinds of Literature: An Introduction to the Theory of Genre and Modes.* Cambridge: Harvard University Press, 1982.

_____. "Transformations of Genre" *Modern Genre Theory.* Ed. David Duff. London: Longman, 2000. 232-249

Frye, Northrop. *Anatomy of Criticism.* Princeton: Princeton University Press, 2001.

---------------. *Myth of Deliverance: Reflections on Shakespeare's Problem Comedies.* Toronto: University of Toronto Press, 1983.

Gardner, Helen. *Readings on the Tragedies of William Shakespeare.* Ed. Clarice Swisher. San Diego· Greehaven Press, 1996.

Goldman, Michael. *Shakespeare and Energies of Drama.* Princeton: Princeton University Press, 1972.

Granville-Baker, Harley. *Prefaces to Shakespeare.* Oxford: Hienemann Publisher, 1995.

Greg, W. W. *A Bibliography of English Printed Drama to the Restoration.* London: Bibliographical Society, 1962.

Hadas, Moses. *Three Greek Romances.* Indianapolis: Bobbs-Merrill, 1964.

Heilman, Robert B. Ed. *Shakespeare, the Tragedies: New Perspectives.* Englewood Cliffs, New Jersey: Prentice-Hall, 1984.

Herrick, Marvin T. *Comic Theory in the Sixteenth Century.* Urbana: University of Illinois Press, 1964.

Iyengar, Sujata. "*Othello.*" *New Critical Essays.* New York: Routledge, 2002. 99-121

James, Henry. *The Art of Criticism: Henry James on the Theory and Practice of Fiction.* Eds. William Veeder and Susan M. Griffin. Chicago: University of Chicago Press, 1986.

Jaspers, Karl. *Tragedy Is Not Enough.* Trans., Harold T. Reiche, Harry Moore, and Karl W. Deusch. Boston: Beacon Press, 1969.

Johnson, Samuel. *Selections from Johnson on Shakespeare.* Ed. Jean

O'Meare. New Haven: Yale University Press, 1986.

Knight, G. Wilson. *The Wheel of Fire*. New York: Routledge, 2001.

Kott, Jan. *Shakespeare Our Contemporary*. London: W. W. Norton & Company, 1975.

Langer, Susanne K. *Feeling and Form*. London: Routledge and Kegan Paul, 1967.

Levin, Harry. "Form and Formality in *Romeo and Juliet*." *Shakespeare Quarterly 11*(1960): 3-11.

Long, Michael. *The Unnatural Scene*. London: Routledge and Kegan Paul, 1976.

Lupton, Julia R. *After Odepus: Shakespeare in Psychoanalysis*. Ithaca: Cornell University Press, 1993.

Mack, Maynard. "The Jacobean Shakespeare" *Shakespeare's Late Tragedies*. Ed. Sussane L. Wofford. Upper Saddle River, New Jersey: Prentice-Hall, 1996. 33-51.

McElroy, Bernard. *Shakespeare's Mature Tragedies*. Princeton: Princeton University Press, 1973.

McEvoy, Sean. *Shakespeare: the Basics*. London: Routledge, 2000.

Miola, Robert S. *Shakespeare and Classical Comedy*. Oxford: Clarendon Press, 1994.

Mooney, Michael E. *Shakespeare's Dramatic Transactions*. Durham: Duke University Press, 1990.

Muir, Kenneth. *Aspects of King Lear*. New York: Cambridge University Press, 1982.

Murry, John Middleton. *Poets, Critics, Mystics*. Carbondale: Southern Illinois University Press, 1972.

Nugent, S. Georgia. "The Literature of Ancient Greece and Rome" *Shakespearean Comedy*. Ed. Maurice Charney. New York: New York Library Forum, 1980. 59-80.

Potter, Lois. "Shakespeare in the Theater 1660-1900" *The Cambridge Companion to Shakespeare* . Eds. Margareta de Grazia and Stanley Wells. Cambridge: Cambridge University Press, 2001. 181-206.

Rabkin, Norman. *Shakespeare and the Problem of Meaning*. Chicago: University of Chicago Press, 1981.

Raphael, D. D. *The Paradox of Tragedy*. Oxford: Oxford University Press, 1981.

Ribner, Irving. *Patterns in Shakespearean Tragedy*. London: Methuen, 1979.

Richards, I. A. *Richards on Rhetoric*. Ed. Ann. E. Berthoff. New York: Oxford University Press, 1991.

Rossiter, A. P. *Angel with Horns*. Ed. Graham Storey. London: Longman, 1989.

Rymer, Thomas. "Short View of Tragedy" *The Critical Works of Thomas Rhymer*. Ed. Curt A. Zimansky. Westport: Greenwood press, 1971. 162-179.

Salingar, Leo. *Shakespeare and Traditions of Comedy*. New York: Cambridge University Press, 1976.

Shakespeare, William. *The Riverside Shakespeare*. Eds. G. Blakemore Evans *et al*. Boston: Houghton Mifflin Company, 1997.

------------------. *The Sonnets*. Ed. G. Blakemore Evans. Cambridge: Cambridge University Press, 1996.

Snyder, Susan. "The Genres of Shakespeare's Plays." *The Cambridge Companion to Shakespeare*. Eds. Margreta de Grazia and Stanlet Wells. New York: Cambridge University Press, 2001. 81-97.

----------. *The Comic Matrix of Shakespeare's Tragedy*. Princeton: Princeton University Press, 1979.

-------------. *Shakespeare: A Wayward Journey*. Newark: University of Delaware, 2002.

Taylor, Estelle. "Unmasking *Othello* Criticism." *Shakespeare Worldwide* *13*(1991): 107-128.

Thompson, Philip J. *The Grotesque*. Critical Idiom Series 24. London: Methuen, 1972.

Wilson, J. Dover. *What Happens in Hamlet*. Cambridge: Cambridge University Press, 1959.

Young, David. *The Action to the World: Structure and Style in Shakespearean Tragedy*. New Haven: Yale University Press, 1990.

· 저자 ·

이노경   ■ 약 력
(李魯慶)
　　　　　　연세대학교 영어영문학과 졸업
　　　　　　연세대학교 대학원 영어영문학과 석사
　　　　　　연세대학교 대학원 영어영문학과 박사

　　　　　■ 주요논저

　　　　　「Wordsworth의 시에 나타난 "Gentle Reader" 연구」
　　　　　「Shakespeare의 장르 의식 연구」
　　　　　「동적이미지 분석을 이용한 셰익스피어 극 읽기」
　　　　　「Julius Caesar에서의 '시대착오' 의미 연구」
　　　　　외 다수

　　　　　■ 영문에세이

　　　　　「The Wizard of Life」
　　　　　「Someone Watches Over You」
　　　　　「The Animal Kingdom」
　　　　　외 다수

제3의 장르를 찾아서
- 셰익스피어 다시 읽기

· 초판 인쇄	2006년 7월 10일
· 초판 발행	2006년 7월 10일
· 지 은 이	이노경
· 펴 낸 이	채종준
· 펴 낸 곳	한국학술정보㈜
	경기도 파주시 교하읍 문발리 526-2
	파주출판문화정보산업단지
	전화 031) 908-3181(대표) · 팩스 031) 908-3189
	홈페이지 http://www.kstudy.com
	e-mail(e-Book사업부) ebook@kstudy.com
· 등 록	제일산-115호(2000. 6. 19)
· 가 격	14,000원

ISBN   89-534-5382-8 93840 (Paper Book)
　　　　89-534-5383-6 98840 (e-Book)